Lily King
Euphoria

Neuguinea, Anfang der 1930er Jahre: Die berühmte Amerikanerin Nell Stone, ihr Mann Fen und der Brite Andrew Bankson stoßen nach Jahren einsamer Feldforschung aufeinander und entwickeln eine leidenschaftliche Dreiecksbeziehung. Erschöpft von den Versuchen, etwas Verwertbares über die Stämme am Sepik-Fluss herauszufinden, gelangen die drei Forscher zu den Tam, einem weiblich dominierten Stamm mit ungewöhnlichen Ritualen.

Während sie immer tiefer in das Leben der Tam eindringen, werden auch ihre unterschiedlichen Wünsche und Interessen immer deutlicher, die erotische Anziehung zwischen Nell Stone und Andrew Bankson immer intensiver.

Schließlich schreitet Fen zu einer dramatischen Aktion mit tragischem Ausgang für alle.

Von realen Ereignissen im Leben der berühmten Ethnologin Margaret Mead inspiriert, erzählt Lily King in diesem grandiosen, spannenden und sinnlichen Roman ebenso anschaulich wie klug von Begierde, Liebe, unterschiedlichen Lebensformen und Herrschaft.

Lily King, geboren 1963, wuchs in Massachusetts auf und lebt heute mit ihrer Familie in Maine. Für ihre Romane erhielt sie zahlreiche Preise. *Euphoria* (C.H.Beck 2015) wurde mit dem Kirkus Prize ausgezeichnet und von «The New York Times» unter die fünf besten literarischen Bücher des Jahres 2014 gewählt. Die deutsche Übersetzung wurde zu einem Bestseller. Von der Autorin erschienen bei C.H.Beck Literatur außerdem der Roman *Vater des Regens* (2016), *Writers & Lovers* (2020) und *Hotel Seattle* (2022).

Sabine Roth ist seit 1991 als Übersetzerin tätig. Zu den von ihr übersetzten Autoren gehören Jane Austen, Henry James, Agatha Christie, John le Carré, V.S. Naipaul, Elizabeth Strout, Richard Osman und Lemony Snicket. Für C.H.Beck Literatur übersetzte sie *Vater des Regens* und *Writers & Lovers* von Lily King sowie *Mr Thundermug* von Cornelius Medvei.

Lily King

Euphoria

Aus dem Englischen
von Sabine Roth

C.H.Beck

Für meine Mutter Wendy
in Liebe

In der primitiven Welt von Neuguinea
spielen Streitigkeiten um Frauen eine beherrschende Rolle.
  Margaret Mead

Entgegen dem verbreiteten Glauben
ist Erfahrung vor allem eine Sache der Imagination.
  Ruth Benedict

1

Einer von den Mumbanyo warf ihnen noch etwas nach, als sie ablegten. Etwas Bräunliches. Es dümpelte ein Stück hinter dem Einbaum im Wasser.

«Nur wieder ein toter Säugling», sagte Fen.

Sie konnte nicht sicher sein, dass es ein Witz war. Er hatte ihr schon vor einer Weile die Brille zerbrochen.

Weit vorn im dunklen Grün der Uferbiegung lag der helle Einschnitt, zu dem das Boot sie bringen würde. Sie richtete ihre ganze Aufmerksamkeit darauf. Sie sah nicht mehr zurück. Die wenigen Mumbanyo am Strand sangen und schlugen für sie die Totentrommel, aber sie drehte sich nicht noch einmal um. Ab und zu, wenn die stehenden Ruderer, die abwechselnd zum Ufer oder zu anderen Einbäumen hinüberriefen, alle vier gleichzeitig zogen, spürte sie auf der feuchten Haut einen Anflug von Fahrtwind. Dann brannten die nässenden Stellen und spannten sich, wie um rasch ein wenig zu heilen in dem trockenen Luftstoß. Der Wind kam und ging, kam und ging. An den kleinen Aussetzern zwischen Wahrnehmung und Begreifen merkte sie, dass das Fieber wieder stieg. Die Ruderer legten eine Pause ein, um eine Schlangenhalsschildkröte aufzuspießen und das noch zuckende Tier ins Boot zu hieven. Hinter ihr summte Fen einen Grabgesang für die Schildkröte, so leise, dass nur sie es hörte.

Wo der Yuat in den Sepik mündete, wartete ein Motorboot auf sie. Außer dem Bootsführer, einem Mann namens Minton, den Fen aus Cairns kannte, waren noch zwei weiße Paare an Bord, die Frauen in gestärkten Kleidern und Seidenstrümpfen, die Männer im Smoking. Sie klagten nicht über die Hitze, was bedeuten musste, dass sie hier lebten, die Männer als Plantagen- oder Bergwerksaufseher, vielleicht auch im Dienst der Regierung, die den Schutz dieser Unternehmen gewährleistete. Wenigstens waren es keine Missionare. Einen Missionar hätte sie heute nicht ertragen. Die eine Frau hatte leuchtend goldenes Haar, die andere Wimpern wie schwarze Farne. Beiden baumelten perlenbesetzte Täschchen vom Handgelenk. Ob das glatte Weiß ihrer Arme wohl echt war? Sie hätte die ihr Nähere gern berührt, ihr den Ärmel zurückgeschoben, um zu sehen, wie hoch die weiße Farbe hinaufreichte, so wie die Stämme, zu denen sie kam, es in der ersten Zeit immer bei ihr machten. Die Frauen schauten mitleidig, als sie und Fen mit ihren schmuddeligen Seesäcken und ihren Malariaaugen an Bord kletterten.

Der Motor sprang mit einem Dröhnen an, das so laut, so erschreckend war, dass sie sich wie ein Kind die Ohren zuhielt. Auch auf Fens Gesicht zuckte es, und sie lächelte unwillkürlich, aber er fühlte sich von ihr ertappt und ließ sie stehen, um mit Minton zu reden. Sie setzte sich zu den Frauen auf die Heckbank.

«Irgendein besonderer Anlass?», fragte sie Tillie, die mit dem Goldhaar. Wenn sie solches Haar hätte, würden die Eingeborenen nie aufhören, an ihr herumzufingern. Mit solchem Haar war man im Feld verloren.

Sie hörten sie beide trotz des Motordröhnens und lachten.

«Wir haben Weihnachten, Dummerchen.»

Sie hatten bereits getrunken, dabei konnte es nicht weit nach Mittag sein, und das «Dummerchen» hätte ihr weniger ausgemacht, wenn sie nicht ein verdrecktes Hemdkleid angehabt hätte und darunter Fens Schlafanzug. Dazu ihre Schrunden, ein frischer Kratzer an der Hand vom Stachel einer Sagopalme, die Schwäche im rechten Knöchel, die Neuritis in den Armen, die seit den Salomon-Inseln nicht mehr wegging, und ein juckender Stich zwischen den Zehen, hoffentlich nicht schon wieder Ringelflechte. Bei der Arbeit konnte sie die Beschwerden für gewöhnlich ausblenden, aber jetzt, angesichts dieser Damen in Seide und Perlen, meldeten sie sich mit aller Macht.

«Ob Lieutenant Boswell wohl da sein wird?», fragte Tillie ihre Gefährtin.

«Sie schwärmt nämlich für Lieutenant Boswell.» Die zweite Frau, Eva, war größer und stattlich, ihre Hände ungeschmückt.

«Stimmt gar nicht», konterte Tillie. «Und Sie außerdem auch.»

«Aber *Sie* sind verheiratet, meine Liebe.»

«Sie können ja wohl nicht erwarten, dass ein Mensch blind und taub wird, kaum dass der Ring am Finger steckt», sagte Tillie.

«*Ich* erwarte das auch nicht. Aber Ihr Mann.»

Im Geist machte Nell sich Notizen:

- Schmuck an Hals, Handgelenken, Fingern
- Bemalung nur im Gesicht
- Akzent auf Lippen (dunkelrot) und Augen (schwarz)
- Hüften betont durch Einschnüren der Taille
- Unterhaltung offenbart Rivalität
- das umkämpfte Ziel ist der Mann, nicht zwingend, einen zu haben, sondern imstande zu sein, einen einzufangen

Konnte sie es denn nie gut sein lassen?

«Haben Sie die Eingeborenen erforscht?», fragte Tillie sie.

«Nein, sie kommt direkt aus Sydney, vom Twilight Ball im Floating Palais.» Bei Eva war der australische Akzent ausgeprägter, sie klang fast wie Fen.

«Ja», sagte sie. «Seit Juli. Vorletzten Juli, meine ich.»

«*Anderthalb Jahre* an diesem komischen kleinen Fluss?», fragte Tillie.

«Du lieber Himmel», sagte Eva.

«Erst ein Jahr in den Bergen nördlich von hier bei den Anapa», sagte Nell. «Und dann noch einmal fünfeinhalb Monate bei den

Mumbanyo, ein Stück den Yuat aufwärts. Wir sind vorzeitig weg. Ich konnte mich nicht mit ihnen anfreunden.»

«*Anfreunden?*», sagte Eva. «Ihr Kopf sitzt noch auf Ihren Schultern, reicht Ihnen das nicht?»

«Waren es Menschenfresser?»

Eine ehrliche Antwort schien ihr zu riskant. Sie wusste nicht, wer ihre Männer waren. «Nein. Sie haben die neuen Gesetze anerkannt und halten sich daran.»

«Was heißt hier *neu*?», sagte Eva. «Diese Gesetze gibt es seit vier Jahren.»

«Einer so alten Kultur kommt das vermutlich eher kurz vor. Aber sie fügen sich.» Und schoben alles, was schiefging, auf das fehlende Blutvergießen.

«Reden sie denn darüber?», wollte Tillie wissen.

Warum fragten bloß sämtliche Weißen nach dem Kannibalismus? Sie dachte an Fen bei seiner Rückkehr von der zehntägigen Jagd, seine halbherzigen Versuche, es ihr zu verschweigen. Ich hab auch welches probiert, war es schließlich aus ihm herausgebrochen. Und es stimmt, es schmeckt wirklich nach altem Schweinefleisch. Das war ein beliebter Witz bei den Mumbanyo: Ein Missionar schmeckt wie ein altes Schwein.

«Ja, mit großem Verlangen.»

Beide, auch die kräftige, burschikose Eva, fuhren ein wenig zurück.

Und dann fragte Tillie: «Kennen Sie dieses Buch über die Salomon-Inseln?»

«Wo ständig irgendwelche Kinder in den Büschen kopulieren?»

«Eva!»

«Ja.» Und Nell konnte nicht widerstehen: «Hat es Ihnen gefallen?»

«Ach, ich weiß nicht», sagte Tillie. «Ich verstehe nicht, was diese ganze Aufregung soll.»

«Gab es Aufregung?», fragte Nell. Über das Echo in Australien hatte sie bisher nichts gehört.

«Aufregung ist noch vorsichtig ausgedrückt.»

Sie wollte fragen, wer sich aufregte und weshalb, aber einer der Männer kam mit einer riesigen Ginflasche zu ihnen herüber und schenkte nach.

«Ihr Mann meinte, Sie würden sowieso nichts wollen», sagte er entschuldigend zu ihr, denn er hatte kein Glas für sie dabei.

Fen wandte ihr den Rücken zu, aber so wie er stand, den Rücken gekrümmt, auf den Fersen wippend, konnte sie sich seinen Gesichtsausdruck bestens vorstellen. Er kompensierte seine abgerissene Kleidung und seinen dubiosen Beruf durch einen umso härteren, männlicheren Blick. Gestattete sich nur dann ein kurzes Lächeln, wenn der Witz sein eigener war.

Gestärkt durch mehrere Schlückchen, setzte Tillie ihre Befragung fort. «Und was werden Sie über diese Stämme schreiben?»

«In meinem Kopf ist noch alles wie Kraut und Rüben. Ich muss immer erst wieder in meinem Büro in New York sitzen, um Ordnung in meine Eindrücke zu bringen.» Sie spürte ihren eigenen Drang, die beiden an ihren Platz zu verweisen, sich über diese sauberen, hübschen Frauen zu erheben, indem sie ein Büro in New York heraufbeschwor.

«Sind Sie dorthin unterwegs? Zu Ihrem Büro in New York?»

Ihr Büro. Ihr Schreibtisch. Ihr Eckfenster mit seinem Blick auf die Kreuzung von Amsterdam Avenue und 118th Street. Auch Entfernung konnte zuweilen etwas schrecklich Beengendes sein. «Nein, als Nächstes fahren wir nach Victoria, um die Aborigines zu studieren.»

Tillie zog eine Schnute. «Sie Ärmste. Sie sehen auch so schon lädiert genug aus.»

«Wegen der Abos können Sie auch uns fragen, da müssen Sie nicht extra hinfahren», fügte Eva hinzu.

«Es waren nur die letzten fünf Monate, dieser letzte Stamm.» Ihr fehlten die Worte, die Mumbanyo zu beschreiben. Sie und Fen waren sich über alles an ihnen uneins gewesen. Nicht eine ihrer Theorien hatte er gelten lassen. Unfassbar, die Leere jetzt in ihrem Kopf.

Tillie wartete mit der oberflächlichen Anteilnahme der Beschwipsten. «Manchmal geht einem eine Kultur einfach an die Nieren», sagte sie schließlich.

«Nellie», rief Fen zu ihr herüber. «Minton sagt, Bankson ist noch hier.» Er zeigte vage stromaufwärts.

Natürlich ist er noch hier, dachte sie, aber laut sagte sie: «Der damals dein Schmetterlingsnetz gestohlen hat?» Sie bemühte sich um einen scherzhaften Ton.

«Er hat überhaupt nichts gestohlen.»

Was hatte er gleich wieder erzählt? Es war auf der Rückreise von den Salomonen gewesen, bei einer ihrer ersten Unterhaltungen. Sie hatten über ihre Professoren von früher getratscht. Haddon mochte mich, hatte Fen erzählt, aber sein Schmetterlingsnetz hat Bankson gekriegt.

Bankson hatte ihren schönen Plan durchkreuzt. Sie waren 1931 hergekommen, um zwei neuguineische Stämme zu studieren. Aber weil am Sepik schon Bankson war, hatten sie sich nach Norden gewandt, ins Gebirge zu den Anapa, in der Hoffnung, wenn sie in einem Jahr zurückkämen, würde er weg sein und sie hätten freie Auswahl unter den Flussstämmen, deren weniger isolierte Kulturen eine ungleich größere künstlerische, wirtschaftliche und spirituelle Bandbreite aufwiesen. Aber er war immer noch da, also waren sie in entgegengesetzter Richtung zu ihm und seinen Kiona einen südlichen Nebenarm des Sepik hinaufgefahren, den Yuat, und dort hatten sie die Mumbanyo gefunden. Sie hatte nach einer Woche gewusst, dass sie mit diesem Stamm nicht froh werden würde, aber fünf Monate gebraucht, um Fen wieder zur Abreise zu überreden.

Fen war neben sie getreten. «Wir sollten ihn besuchen.»

«Meinst du?» Das schlug er zum ersten Mal vor. Warum jetzt, wo alles für die Abfahrt nach Australien vorbereitet war? Vor vier Jahren war er mit Haddon, Bankson und dem Schmetterlingsnetz in Sydney gewesen, und für sie klang es nicht, als ob die zwei sich sonderlich grün wären.

Banksons Kiona waren ein Kriegervolk, die Herrscher über den Sepik, bevor die australische Regierung durchgegriffen, ihre Dörfer auseinandergerissen, ihnen Land zugewiesen hatte, das sie nicht wollten, und alle Widerständigen kurzerhand eingesperrt hatte. Die Mumbanyo, selbst kühne Kämpfer, rühmten den Heldenmut der Kiona. Deshalb wollte er zu Bankson. Die Stämme in Nachbars Garten wirkten immer süßer als der eigene, das hatte sie ihm schon viele Male zu erklären versucht. Andererseits war es unmöglich, nicht neidisch zur Konkurrenz hinüberzuschielen. Ehe man nicht alles säuberlich auf dem Papier dargelegt hatte, schien der eigene Stamm ein heilloses Chaos.

«Denkst du, wir treffen ihn in Angoram?», fragte sie. Sie würden Bankson ja wohl nicht hinterherdackeln. Sie hatten sich für Australien entschieden. Ihr Geld reichte nicht für viel länger als ein halbes Jahr, und es dauerte bestimmt einige Wochen, bis sie sich bei den Aborigines eingerichtet hatten.

«Eher nicht. Mit der Regierungsstation kannst du ihn wahrscheinlich jagen.»

Die Geschwindigkeit des Boots hatte fast etwas Desorientierendes. «Die Pinasse nach Port Moresby legt morgen früh ab, Fen. Die Gunai sind eine gute Wahl für uns.»

«Bevor wir dort ankamen, dachtest du auch, die Mumbanyo wären eine gute Wahl.» Er ließ das Eis in seinem leeren Glas klirren. Er schien noch mehr sagen zu wollen, doch dann ging er zurück zu Minton und den anderen Männern.

«Sind Sie schon lange verheiratet?», fragte Tillie.

«Im Mai werden es zwei Jahre», sagte Nell. «Einen Tag nach der Trauung haben wir uns hierher eingeschifft.»

«Sehr stilvolle Flitterwochen.»

Sie lachten. Die Ginflasche machte wieder die Runde.

Die nächsten viereinhalb Stunden hindurch beobachtete Nell die herausgeputzten Paare, wie sie tranken, stichelten, schäkerten, zustießen, lachten, sich entschuldigten, auseinanderdrifteten, wieder zusammenfanden. Sie betrachtete ihre jungen, unfreien Gesichter, sah, wie locker die Maske ihres Selbstvertrauens saß, wie leicht sie verrutschte, wenn sie sich unbeachtet glaubten. Ab und zu hob Tillies Mann den Arm, um auf etwas an Land zu zeigen: zwei Jungen mit einem Netz, einen Beutelmarder, der wie ein zerlaufender Sack von einem Ast hing, einen Fischadler, der sich auf seinem Horst niederließ, einen roten Papageien, der das Stampfen des Motors nachahmte. Sie versuchte, nicht an all die Dörfer zu denken, die sie links liegen ließen, an die Pfahlhäuser, die Feuerstellen, die Kinder, die im Schilf mit ihren Speeren Jagd auf Schlangen machten. So viele Menschen, die ihr entgingen, so viele Stämme, die sie nie kennenlernen, Wörter, die sie nie hören würde ... Vielleicht verpasste sie ja eben jetzt das eine Volk, das für sie bestimmt gewesen wäre, ein Volk, das all ihr Potential freisetzte, dessen Wesen sich ihr restlos erschloss, ein Volk mit einer Lebensform, die ihr entsprach. Stattdessen sah sie diesen Weißen zu, und sie sah Fen zu, der sich vor den Männern markig gab, sie aggressiv über ihre Arbeit ausfragte, auf Fragen nach der seinigen abwehrend reagierte, zwischendrin zu ihr kam, nur um sie mit ein paar beißenden Worten und abruptem Rückzug zu bestrafen. Vier- oder fünfmal machte er das, lud seinen Unmut bei ihr ab, immer nach dem gleichen unbewussten Muster. Sie würde noch eine Weile dafür zu büßen haben, dass sie von den Mumbanyo fortgewollt hatte.

«Attraktiver Bursche, Ihr Mann», sagte Eva, als niemand sonst in Hörweite war. «Macht bestimmt auch im Anzug eine gute Figur.»

Das Boot verlangsamte die Fahrt, das Wasser schimmerte lachsfarben in der sinkenden Sonne, und sie waren da. Drei Boys in weißen Hosen, blauen Hemden und roten Mützen kamen aus dem Angoram-Club gelaufen, um das Boot festzumachen.

«Lukaut long», blaffte Minton sie auf Pidgin an. «Isi isi.»

Untereinander benutzten sie ihre Stammessprache, Taway vermutlich. Den aussteigenden Passagieren wünschten sie mit lupenreinem britischen Akzent einen guten Abend. Wie weit ihre Englischkenntnisse wohl reichten?

«Danke, den wünsche ich euch auch», sagte sie zu dem Größten der drei.

«Vielen Dank, Madame.» Er erinnerte sie an ihren Jagdboy bei den Anapa, dieses lockere Selbstbewusstsein, das stets bereite Lächeln.

«Heute ist Heiligabend, höre ich.»

«Ja, Madame.»

«Feiert ihr Weihnachten denn?»

«O ja, Ma'am.»

Die Missionare hatten ganze Arbeit geleistet.

«Und was wünschst du dir?», fragte sie den Zweitgrößten.

«Ein Fischernetz, Ma'am.» Er versuchte seine Antwort so bündig und sachlich zu halten wie der Große, aber es platzte aus ihm heraus: «So eins, wie mein Bruder letztes Jahr bekommen hat.»

«Und mich hat er als Erstes gekeschert damit!», rief der Kleinste.

Alle drei lachten mit blendend weißen Zähnen. In ihrem Alter hatten die meisten Mumbanyo-Jungen schon kaum mehr Zähne, der Großteil war herausgefault oder ausgeschlagen, und die wenigen noch verbliebenen waren tiefrot von den Betelnüssen, die sie kauten.

Der Große setzte gerade zu einer Erklärung an, da rief Fen von der Rampe nach ihr. Die weißen Paare, bereits auf dem festen Land, amüsierten sich sichtlich über sie beide, die Frau im schmutzigen Männerschlafanzug, die Konversation mit den Eingeborenen machte, und den abgemagerten bärtigen Aussie, Anzugtyp oder auch nicht, der sich mit ihrem Gepäck abschleppte und nach ihr rufen musste.

Sie wünschte den Jungen ein frohes Fest, was sie komisch fanden, aber sie wünschten ihr ebenfalls eines. Am liebsten wäre sie die ganze Nacht mit ihnen auf dem Anleger hocken geblieben.

Fen, sah sie, war nicht verärgert. Er schwang sich die Taschen über die linke Schulter und bot ihr den rechten Arm, als trüge auch sie Abendrobe. Sie hängte sich bei ihm ein, und er klappte den Ellbogen an. Die offene Stelle an ihrem Unterarm begann unter seinem Griff wieder zu brennen.

«Es ist Weihnachten, Himmelherrgott. Musst du immer arbeiten?» Aber sein Ton war jetzt neckend, fast reuig. Wir sind da, besagte der Druck seines Arms. Die Mumbanyo sind Vergangenheit. Er küsste sie, und auch diese Berührung fachte den Schmerz neu an, aber sie sagte nichts. Er wollte keine starke Frau, aber auch keine schwache. Er hatte schon vor vielen Monaten genug gehabt von Krankheit und Wundheit. Wenn sein Fieber zurückkam, unternahm er Vierzig-Meilen-Märsche. Den dicken weißen Wurm, der unter der Haut seines Beins gewachsen war, hatte er kurzerhand mit dem Federmesser herausoperiert.

Ihr Zimmer lag im ersten Stock. Die Musik aus dem Speisesaal des Clubs vibrierte leise in den Dielenbrettern.

Sie berührte eins der Betten. Steife weiße Laken, ein pralles Kopfkissen. Sie zog das straff eingeschlagene oberste Laken heraus und schlüpfte darunter. Es war nur ein schmales altes Feldbett, doch ihr erschien es wie eine Wolke, eine saubere, glatte, knisternde Wolke. Sie spürte den Schlaf herankriechen, den schweren Schlaf aus der Kindheit.

«Gute Idee», sagte Fen und zog sich die Schuhe aus. Er hatte ein ganzes Bett für sich, aber er drängte sich neben sie unter die Decke, so dass sie sich zu ihm drehen musste, um nicht herauszufallen. «Zeit zum Kinderzeugen», sagte er mit singender Stimme.

Seine Hände glitten an ihrer Baumwollhose hinab, packten sie ums Gesäß und pressten ihr Schambein an seins. So hatte sie als Kind ihre Ausschneidepuppen aufeinandergeklatscht, als sie sie zwar noch nicht ausgemustert, aber das Interesse an ihnen schon verloren hatte. Es tat sich nichts, also zog er ihre Hand nach unten, dorthin, wo er sie haben wollte, schloss dann seine eigene darum und schob sie auf und ab in einem Rhythmus, den sie genau kannte, aber den er sie nie allein ausprobieren ließ. Sein Atem ging schon bald schnell und rau, dennoch dauerte es eine lange Zeit, bis sich bei ihm etwas regte. Sein Glied hing zwischen ihrer beider Hände, schlaff wie eine Qualle. Ohnehin war der Zeitpunkt ungünstig. Ihre Periode stand kurz bevor.

«Mist», murmelte Fen. «Was zum Teufel ...»

Der Zorn schien etwas da unten in Wallung zu bringen, und unvermittelt schoss der Penis zwischen ihren Fingern hervor, riesig, hart, dunkelrot.

«Schieb ihn rein», verlangte Fen. «Rein damit, schnell.»

An Einspruch war nicht zu denken; zwecklos, Trockenheit anzuführen oder ihren Zyklus oder den sich anbahnenden Fieberschub oder die Schrunden, die durch das Leinen neu aufgerieben würden. Es würden Blutspuren zurückbleiben, und die Taway-Zimmermädchen würden es für Monatsblut halten und sie aus Aberglauben verbrennen müssen, diese herrlich frischen, sauberen Laken.

Sie gehorchte. Die wenigen Körperpartien, die ihr nicht wehtaten, waren taub, wenn nicht tot. Fen pumpte in sie hinein.

Als es vorbei war, sagte er: «Da hast du dein Baby.»

«Zumindest ein Bein oder zwei», sagte sie, als sie ihrer Stimme wieder trauen konnte.

Er lachte. Die Mumbanyo glaubten, dass viele Anläufe vonnöten waren, damit ein komplettes Kind entstand. «Zu den Armen kommen wir nachher noch.» Er brachte sein Gesicht an ihres und küsste sie. «Und jetzt machen wir uns für diese Feier fertig.»

In der Saalecke stand ein gigantischer Christbaum. Er sah ganz echt aus, beinahe als hätten sie ihn aus New Hampshire importiert. Der Saal war brechend voll, fast alles Männer: Grundbesitzer und Aufseher, Flussschiffer, die Regierungsbeamten oder «Kiaps», Krokodiljäger und ihre stark riechenden Präparatoren, Händler, Schmuggler, dazu ein paar flott bechernde Geistliche. Die hübschen Damen aus dem Boot glühten förmlich, jede umdrängt von ihrer eigenen Männertraube. Taway-Bedienstete in weißen Schürzen trugen Champagnertabletts herum. Sie hatten lange Gliedmaßen, lange schmale Nasen ohne Durchstiche oder Narben. Wie die Anapa schienen sie ein unkriegerisches Volk zu sein. Was würde passieren, wenn eines Tages am Lauf des Yuat ein Gouverneurssitz eingerichtet wurde? Einem Mumbanyo band keiner eine weiße Schürze um. Bei den Mumbanyo bekam man stattdessen die Kehle durchgeschnitten.

Sie nahm ein Glas von einem Tablett, das an ihr vorbeigetragen wurde. Am anderen Ende des Saals, hinter dem Tablett und dem Arm des Taway, der es hielt, sah sie einen Mann neben dem Christbaum stehen, einen Mann, der fast größer als der Baum wirkte und mit dem Finger über einen Zweig strich.

Sie hatte ja keine Brille. Mein Gesicht konnte deshalb kaum mehr für sie sein als ein rosa Klecks unter vielen, doch sie schien mich in dem Augenblick zu erkennen, in dem ich den Kopf hob.

2

Drei Tage vorher hatte ich versucht, mich im Fluss zu ertränken.

Nicht im Ernst, Andy, oder? Die Frage tönte in regelmäßigen Abständen durch meinen Körper, bald mit meiner eigenen Stimme, bald mit den Stimmen meiner Brüder: die von Martin voll ätzender Ironie, die von John besorgter, doch auch sie leicht mokant. Die Luft kam mir dünn vor, als ich durch den Busch hinter meinem Dorf stolperte, Richtung Nordwesten, auf einen leeren Streifen Wasser zu. Ein paar Schritte näher an London, nur ein paar. Sei gegrüßt, Mum, ade, Mum. Ich hab dich geliebt, früher, bevor du mich aus der gottverfluchten Hemisphäre vertrieben hast. In meiner Lunge schien kein Sauerstoff anzukommen. Ich spürte meine Zunge nicht. Der Bub spürt seine Zunge nicht mehr!, krächzte Martin mit der Stimme unserer alten Köchin Mary zu John hinüber. John kicherte zu sehr, um zu antworten. Die Steine waren lächerlich und klackten mir laut gegen die Schenkel. Jetzt nahmen meine Brüder die Leinenjacke aufs Korn, die alte Jacke unseres Vaters mit der Eigelbspur, an die Martin sich natürlich erinnerte. Einen regelrechten Koller hat er gekriegt, weißt du noch, Andy, als ich ihn edelmütig auf den Schandfleck hingewiesen habe. Ich schlug mich durch das Dickicht, und meine Brüder übertrieben meine Bewegungen hinter meinem Rücken, John drohte Martin, wenn er ihn noch mehr zum Lachen reizte, würde er sich in die Hose machen. Ich kam zu der Stelle, wo Tekets Sohn von einer Todesotter gebissen worden war. Er war rasch gestorben – das Gift brachte die Atmung zum Erliegen. So ein Glückspilz aber auch, sagte Martin.

Seltsam, aber sobald man ein Ziel vor Augen hat, versteckt das Unglück sich. Das Gefühl, das so lange an mir geklebt hatte wie Wachs, war verschwunden, ein merkwürdiger Übermut nahm Besitz von mir, mein Humor kehrte zurück, meine Brüder waren mir plötzlich näher als all die Jahre zuvor, fast schien es, als müssten sie jeden Moment wirklich zu sprechen beginnen. Vielleicht sind alle Selbstmörder am Ende glücklich. Vielleicht erschließt sich ihnen an diesem Punkt endlich der wahre Sinn hinter dem Ganzen, der für jeden einmal Geborenen im Sterben besteht. Das ist das eine, das uns allen bestimmt ist, das eine, auf das jedermanns Leben hinzielt und dem er auf Dauer nicht auszuweichen vermag. Selbst mein Vater, seinerseits tot, hätte mir da nur zustimmen können. War es Martin ähnlich gegangen, als er auf den Picadilly Circus zumarschierte? Denn so sah ich ihn vor mir, nicht gehend, nicht rennend, nein, marschierend, so wie John in den Krieg marschiert war, der ihn verschlungen hatte. Und dann die Waffe: aus der Tasche ans Ohr. Nicht an die Schläfe, sondern ans Ohr. Das hatten sie aus irgendeinem Grund betont. Als hätte er nur mit dem Hören Schluss machen wollen, nicht mit dem Leben. Hatte das Metall die Haut berührt? Hatte ihn die Kälte kurz einhalten lassen, oder war es eine Sekundensache gewesen, eine einzige glatte Bewegung? Hatte er gelacht? Ich konnte mir Martin in solch einem Moment nur lachend vorstellen. Denn was hatte Martin je richtig ernst nehmen können? Ganz gewiss keinen jungen Mann, der sich am Picadilly Circus eine Pistole ans Ohr hielt. Das war das Allerverstörendste für mich, als der Direktor kam und mich aus dem Französischunterricht holte. Wie konnte es Martin ausgerechnet mit dieser Sache ernst gewesen sein? Hätte ihm nicht mit etwas anderem ernst sein können? Jetzt kroch das Gefühl doch wieder in mir hoch, eine Art geistige Atemlähmung. Der alte Prall in meinem Büro würde die Nachricht erhalten, und es würde ihm so gehen wie mir an jenem Tag im Zimmer des Direktors, wo ich auf einen Topffarn auf der Fensterbank starrte und nicht glauben konnte, dass es sein Ernst gewesen war. Prall würde nicht recht wissen, ob er lachen oder weinen sollte. Dieser Idiot Bankson hat es geschafft, ins Wasser zu gehen, würde er, schon mit schwankender Stimme, zu Maxley oder Henin im Nachbarbüro sagen. Und dann würde einer von ihnen loslachen. Wie auch nicht? Aber ich konnte nicht umkehren, nicht wieder allein zwischen meinen Moskitonetzen sitzen. Wenn ich nicht in den Fluss ging (der schon zwischen den wächsernen, tellergroßen Blättern hervorglitzerte), brauchte ich einfach nur weiterzulaufen. Früher oder später würde ich zu den Pabei gelangen. Ich hatte noch nie einen getroffen. Die Hälfte von ihnen saßen hinter Gittern, weil sie sich nicht an die neuen Gesetze hielten.

Ich nahm Kurs aufs Wasser. Ich drückte die Zähne in den Zungenmuskel. Drückte sie tiefer. Ich spürte nichts, obwohl ich Blut schmeckte, metallisch, unmenschlich. Ich stapfte direkt in den Fluss. Doch, wahrscheinlich war es eine einzige Bewegung gewesen, aus der Tasche, ans Ohr, peng. Das Wasser war warm, und die Leinenjacke blähte sich nicht auf. Schwer und eng hing sie an mir. Hinter mir platschte etwas. Ein Krokodil? Zum ersten Mal fürchtete ich mich nicht bei dem Gedanken. Vom Krokodil gefressen. Machte noch mehr her, als sich am Picadilly Circus das Hirn wegzupusten. Den Kiona waren Krokodile heilig. Vielleicht würde ich in ihre Mythologie eingehen, der unglückliche Weiße, der ein Krokodil geworden war. Ich ging unter. Mein Geist arbeitete weiter, aber unglücklich war ich nicht. Dummerweise war ich schon immer ein Meister im Luftanhalten gewesen. Wir hatten uns gegenseitig zu überbieten versucht, Martin, John und ich. Sie fanden es drollig, dass der Jüngste die größte Lunge hatte, dass ich eher umkippte, als aufzugeben. Du hast Wechselblütergene in dir, Andy, sagte mein Vater oft.

Sie packten mich so fest und mit so raschem Griff, dass ich Wasser in die Lunge bekam und, obschon wieder an der Luft, nicht atmen konnte. Sie hakten mich links und rechts ein. Sie zogen mich an Land, drehten mich um, klopften auf mir herum wie auf einem Sagofladen und stellten mich wieder auf die Füße, wobei sie nicht aufhörten, mir in ihrer Sprache Vorhaltungen zu machen. Sie entdeckten die Steine in meinen Taschen. Sie nahmen sie, diese beiden Männer, deren Leiber fast schon wieder trocken waren, denn sie trugen nichts als einen Strick um die Taille, während ich in meinen vielen Schichten dastand und triefte. Sie häuften die Steine aus meinen Taschen am Ufer auf und erklärten mir in einem Kiona, das noch schlechter war als meins, sie wüssten, dass ich Tekets Mann aus Nengai sei. Die Steine sind schön, sagten sie, aber gefährlich. Du kannst sie sammeln, aber lass sie am Ufer, bevor du schwimmen gehst. Und schwimm nicht in deinen Kleidern. Das ist auch gefährlich. Und schwimm nicht allein. Wer allein ist, dem stößt leicht etwas zu. Sie fragten, ob ich den Weg zurück finden würde. Sie waren streng und kurz angebunden. Erwachsene, die keine Geduld mit einem übergroßen Kind hatten.

«Ja», sagte ich zu ihnen, «ich komme zurecht.»

«Wir können dich nicht begleiten.»

«Ich komme zurecht.»

Ich trat den Rückweg an. Sie wandten sich flussaufwärts. Sie redeten laut und schnell auf Pabei. Ich konnte ein Wort heraushören, das ich kannte, *taiku*, das Kiona-Wort für Steine. Erst sagte es der eine, dann der andere, lauter. Dann schallendes, zwerchfellerschütterndes Lachen. Sie lachten, wie früher die Menschen in England gelacht hatten, vor dem Krieg, als ich noch ein Kind gewesen war.

Da ich Weihnachten nun doch erleben würde, packte ich eine Tasche und fuhr nach Angoram, um mich unter die Betrunkenen in der Regierungsstation zu mischen.

3

«Bankson. Sie hier! Was für eine Freude, Mann!»

Ich hatte Schuyler Fenwick als einen speichelleckerischen, überspannten Streithammel in Erinnerung, der mich nicht leiden konnte. Aber als ich ihm die Hand hinstreckte, schob er sie weg und riss mich an seine Brust. Ich umarmte ihn auch, und dieses Schauspiel erheiterte die angezechten Kiaps rund um uns nicht wenig. Meine Kehle brannte von einer ungeahnten Bewegung, und ich hatte mich noch nicht wieder gefangen, als er mich schon seiner Frau vorstellte.

«Bankson ist hier», sagte er zu ihr, als hätten sie Tag und Nacht von nichts anderem gesprochen.

«Nell Stone», sagte sie.

Nell Stone? Fen hatte Nell Stone geheiratet? Er schnitt gern auf, aber das hier schien keiner seiner Tricks zu sein.

Bei all dem Klatsch über Nell Stone war nie die Rede davon gewesen, dass sie so schmächtig war, so kränklich. Die Hand, die sie mir hinhielt, hatte einen kaum verheilten Schnitt quer über die Innenfläche. Sie gedrückt zu bekommen konnte für sie nicht angenehm sein. Ihr Lächeln wirkte spontan und echt, aber ihr Teint war aschfahl, ihr Blick glasig vor Schmerz. Sie hatte ein dünnes Gesichtchen mit großen rauchgrauen Augen wie ein Kuskus, der kleine Kletterbeutler, den viele Kiona-Kinder als Haustier hielten.

«Sie sind verletzt.» Krank, hätte ich beinahe gesagt. Ich berührte ihre Hand kurz, ganz leicht nur.

«Verwundet, aber nicht geschlagen.» Sie brachte eine Art Lachen zuwege. Hübsche Lippen in einem erschütternd müden Gesicht.

Lasst mich nur bluten diese Weil', klang die Ballade in meinem Kopf weiter, *dann kämpf ich wie in früh'ren Tagen.*

«Das ist ja phantastisch, dass Sie noch hier sind», sagte Fen. «Wir dachten, Sie wären vielleicht schon abgereist.»

«Schön wär's. Meine Kiona würden wahrscheinlich eine Woche durchfeiern, wenn ich endlich abziehen würde. Aber es gibt eben immer noch dieses eine Puzzleteil, das man an seinen Platz rücken will, selbst wenn es die völlig verkehrte Form hat.»

Sie lachten, mit einer Anteilnahme, einem Verständnis, das sich wie Balsam auf meine zerrütteten Nerven legte.

«Das Gefühl hat man im Feld immer, nicht wahr?», sagte Nell. «Und dann kommt man zurück, und alles passt.»

«Meinen Sie?», fragte ich.

«Wenn Sie Ihre Hausaufgaben gemacht haben, ja.»

«Sind Sie sich sicher?» Ich hörte mich wie ein Halbidiot an. «Schauen wir, dass wir noch was zu trinken bekommen, ja? Und zu essen. Haben Sie Hunger? Sie haben doch bestimmt Hunger. Kommen Sie, setzen wir uns.» Das Herz zappelte mir im Hals. Wenn ich sie nur festhalten konnte, sie alle beide festhalten. Meine Einsamkeit war so übermächtig, ich fühlte sie aus mir herausbeulen wie einen Kropf und wusste kaum, wie ich sie vor ihnen verbergen sollte.

Am hinteren Ende des Saals waren ein paar Tische frei. Wir steuerten einen in der Ecke an, schlängelten uns durch eine Wolke von Tabakqualm zwischen weißen Aufsichtsbeamten und Goldsuchern hindurch, die aufeinander einschrien und tranken, als bekämen sie es bezahlt. Die Kapelle stimmte «Lady of Spain» an, aber niemand tanzte. Ich hielt einen Kellner an, zeigte auf den Tisch und bestellte Essen für uns. Sie waren schon weitergegangen, Fen voraus, ein gutes Stück sogar, denn Nell hatte mit einem Hinken im linken Knöchel zu kämpfen. Ich ging dicht hinter ihr. Die Rückenpartie ihres blauen Baumwollkleids war zerknautscht.

Die Nell Stone meiner Vorstellung war älter gewesen, hausbackener. Ich hatte das Buch nicht gelesen, das sie vor nicht langer Zeit so berühmt gemacht hatte, das Buch, durch das ihr Name zum Synonym für Orgien am Tropenstrand geworden war, aber im Zentrum dieser Ausschweifungen auf den Salomonen hatte ich stets eine amerikanische Matrone vor mir gesehen. Die echte Nell Stone hingegen war fast noch ein Mädchen, mit dünnen Armen und einem dicken geflochtenen Zopf, der ihr über den Rücken hing.

Wir nahmen an dem kleinen Tisch Platz. Von der Wand blickte ein trister George V auf uns herab.

«Woher kommen Sie jetzt?», fragte ich.

«Gestartet sind wir in den Bergen», sagte Nell.

«Den Highlands?»

«Nein, den Toricelli Mountains.»

«Ein Jahr bei einem Stamm, der noch nicht mal einen Namen für sich hatte.»

«Wir haben sie nach ihrem kleinen Berg genannt», sagte Nell. «Anapa.»

«Wenn sie *tot* gewesen wären, wären sie nicht so sterbenslangweilig gewesen», sagte Fen.

«Sie waren sehr sanft und lieb, aber unterernährt und schwach.»

«Zum Aus-der-Haut-Fahren öde, meinst du», sagte Fen.

«Fen war praktisch ein ganzes Jahr lang jagen.»

«Das war die einzige Chance, nicht einzuschlafen.»

«Ich habe meine Zeit mit den Frauen und Kindern in den Gärten verbracht. Sie konnten mit Mühe und Not genug für ihr Dorf anbauen.»

«Und da waren Sie bis jetzt?» Ich versuchte dahinterzukommen, wo und wie sie in einen solch elenden Zustand hatte geraten können.

«Nein, nein. Da sind wir schon im ...?» Fen wandte sich zu ihr.

«Juli.»

«Im Juli weg, wieder in die Ebene runter und haben uns näher an Sie rangepirscht. Bis zu einem Stamm am Yuat.»

«Welchem?»

«Den Mumbanyo.»

Ich hörte zum ersten Mal von ihnen.

«Gewaltige Krieger», sagte Fen. «Die würden Ihre Kiona das Fürchten lehren. Haben sämtliche Stämme den Yuat rauf und runter terrorisiert. Und sich gegenseitig.»

«Und uns», sagte Nell.

«Nur dich, Nellie», sagte Fen.

Der Kellner brachte unser Essen: Roastbeef, Kartoffelbrei und dicke gelbe englische Wachsbohnen von der Art, wie ich sie im Leben nie wiederzusehen gehofft hatte. Wir stürzten uns auf das Fleisch und ins Gespräch gleichermaßen, zu gierig, um uns mit Servietten oder Umgangsformen aufzuhalten. Wir fielen uns ins Wort, überschrien einander. Wir bombardierten uns mit Fragen, wobei die beiden, da sie zu zweit waren, mich mehr bombardierten als ich sie. Aus der Art ihrer Erkundigungen – Fen nach Religion und Kultobjekten, Zeremonien, Kriegsführung und Namenslinien, Nell nach Wirtschaftsweise, Ernährung, Machtstrukturen, Sozialsystem, Kindererziehung – wurde klar, dass sie ihre Zuständigkeiten sauber aufgeteilt hatten, und Neid durchfuhr mich. In jedem meiner Briefe an mein Institut in Cambridge hatte ich um einen Mitarbeiter gebeten, irgendeinen jungen Forscher, der eben erst anfing und ein bisschen Anleitung gebrauchen konnte. Aber alle wollten sie ihr eigenes Terrain abstecken. Möglich natürlich auch, dass sie, sosehr ich es zu kaschieren versuchte, aus meinen Briefen erahnten, dass ich im Trüben fischte, dass meine Arbeit stockte, und deshalb wegblieben.

«Was haben Sie mit Ihrem Fuß gemacht?», fragte ich Nell.

«Umgeknickt, als wir den Anapa hinaufgestiegen sind.»

«Was, vor siebzehn Monaten?»

«Sie mussten sie an einem Stock rauftragen.» Fen schmunzelte bei der Erinnerung.

«Sie haben mich in Bananenblätter eingewickelt, ich sah aus wie ein Ferkel, das sie am Spieß rösten wollten.» Sie und Fen lachten auf, jäh und heftig, als hätten sie noch nie zuvor darüber gelacht.

«Die meiste Zeit hing ich kopfunter», sagte sie. «Fen ging voraus und kam einen Tag früher an und hat mir nicht mal einen Gruß mit heruntergeschickt. Es waren über zweihundert Träger nötig, um unsere ganze Ausrüstung dort hochzuschaffen.»

«Ich hatte als Einziger ein Gewehr», sagte Fen. «Sie hatten uns gewarnt, dass wir mit Hinterhalten rechnen müssten. Diese Stämme da oben hungern, und wir hatten unsere sämtlichen Vorräte bei uns.»

«Er muss gebrochen sein», sagte ich.

«Wer?»

«Ihr Knöchel.»

«Ja» – sie sah zu Fen hinüber, wachsam, schien mir –, «ich glaube auch.»

Erst da bemerkte ich, dass sie nicht zugelangt hatte wie er und ich. Sie hatte nur das Essen auf ihrem Teller herumgeschoben.

Hinter mir fiel ein Stuhl um. Zwei Kiaps hatten sich an ihren Beamtenuniformen gepackt und taumelten, rot im Gesicht, hin und her wie ein betrunkenes Tanzpaar, bis schließlich einer seinen Arm befreite, rasch und fest ausholte und dem anderen die Faust auf den Mund schmetterte. Als man sie endlich getrennt hatte, sahen ihre Gesichter aus wie mit der Harke umgegraben, und ihre Hände glänzten vom Blut des jeweils anderen. Das Stimmengewirr schwoll an, und der Kapellmeister nötigte alle zum Tanzen, indem er eine laute, flotte Melodie spielen ließ. Aber niemand achtete darauf. Am anderen Ende das Saals brach die nächste Prügelei aus.

«Gehen wir», sagte ich.

«Gehen? Wohin?», fragte Fen.

«Ich nehme Sie den Fluss mit hoch. Bei mir im Haus ist genug Platz.»

«Wir haben ein Zimmer hier», sagte Nell.

«Sie werden kein Auge zutun. Und wenn das Haus abbrennt, haben Sie auch kein Bett mehr. Diese Bande hat jetzt fünf Tage durchgesoffen.» Ich zeigte auf ihre Hand und die Wunden, die ich eben erst an ihrem linken Arm bemerkt hatte. «Und ich kann diese Stellen versorgen. Die sehen mir nicht aus, als hätten Sie sie überhaupt behandelt.»

Ich stand schon, drängend, macht doch, sagt endlich Ja. Herzrasen. Ich brauche euch. Ich brauche euch. Ich versuchte es anders, sagte zu Fen: «Sie haben doch gesagt, Sie möchten die Kiona kennenlernen.»

«Das würde ich auch gern, unbedingt. Aber wir brechen morgen früh nach Melbourne auf.»

«Warum das denn?» In all den Stunden, die wir jetzt zusammen verbracht hatten, war keine Rede davon gewesen, dass sie aus Neuguinea wegwollten.

«Wir wollen sehen, ob wir Elkin einen Stamm stibitzen können.»

«Nein!» Es entfuhr mir gegen meinen Willen und in weinerlichem Ton. «Warum?» Zu den Aborigines? Sie durften nicht zu den Aborigines gehen. «Was ist mit den Mumbanyo? Sie waren nur fünf Monate da.»

Fen warf Nell einen herausfordernden Blick zu.

«Wir konnten nicht länger bleiben», sagte sie. «*Ich* jedenfalls nicht. Und wir dachten, in Australien finden wir leichter eine Region, die noch nicht vergeben ist.»

Das Wort «vergeben» öffnete mir die Augen. Das war vermutlich auch sein Sinn und Zweck. «Lassen Sie sich bloß nicht durch mich vertreiben. Der Sepik gehört mir nicht, was soll ich damit? Auf jeden verflixten Navajo kommen achtzig Anthropologen, und mir wird ein Siebenhundert-Meilen-Fluss zugeteilt? Keiner wagt sich in die Nähe? Alle halten ihn für meinen Privatbesitz? Ich will ihn nicht!» Ich hörte selber, wie kindisch das klang. Es war mir egal. Ich würde auf Knien bitten, wenn es sein musste. «Bitte bleiben Sie. Ich suche Ihnen gleich morgen einen Stamm – es gibt Hunderte zur Auswahl – ganz weit weg von mir, wenn Sie wollen.»

Sie stimmten zu, ohne sich auch nur mit einem Blick zu verständigen, so schnell, dass mir hinterher der Verdacht kam, die ganze

Sache könnte abgekartet gewesen sein. Es spielte keine Rolle. Sie mochten mich gebraucht haben. Ich brauchte sie noch viel mehr.

Während ich wartete, dass sie ihre Sachen aus ihrem Zimmer holten, versuchte ich mich auf sämtliche Stämme flussauf und flussab zu besinnen, von denen ich je gehört hatte. Als Erstes fielen mir die Tam ein. Mein Gewährsmann, Teket, hatte eine Kusine, die mit einem Tam verheiratet war, und er verwendete immer das Wort «friedlich», um seine Besuche dort zu beschreiben. Ich hatte schon öfter Tam-Frauen auf dem Markt ihre Fische verkaufen sehen, und jedes Mal beeindruckte mich ihr lakonischer Geschäftssinn, ihre Fähigkeit, sich gegen die gnadenlos feilschenden Kiona zu behaupten, wo andere Stämme klein beigaben. Aber der Tamsee lag zu weit weg. Mir musste etwas viel Näheres einfallen.

Sie kamen mit ihrem Gepäck herunter.

«Das ist aber nicht alles, was Sie haben?»

Fen grinste. «Nein, nicht ganz.»

«Der Rest ist schon in Port Moresby», sagte Nell. Sie trug jetzt ein weißes Männerhemd und eine braune Hose, als plante sie, spätestens morgen früh die Arbeit aufzunehmen.

«Ich kann veranlassen, dass es wieder hergebracht wird. Wenn Sie bleiben wollen, heißt das.» Ich griff mir zwei der Taschen und ging nach draußen, bevor sie es sich anders überlegen konnten.

Die jähe Stille dröhnte mir in den Ohren. Bei dem elektrischen Lichtschein, der zu den Fenstern herausglänzte, dem dünnen Summen der Musik und dem getrimmten Rasen unter unseren Füßen hätte es auch ein milder Abend in Cambridge sein können, an dem wir von einem Ball heimgingen. Ich drehte mich um, und Fen hielt sie bei der Hand.

Ich führte sie über die Straße, am Anleger vorbei und durch eine Schneise im Dickicht zu dem kleinen Strand, wo ich mein Kanu gelassen hatte. Selbst in dem Dunkel konnte ich ihre betroffenen Mienen sehen. Wahrscheinlich hatten sie ein richtiges Boot mit Bänken und Kissen erwartet.

«Das habe ich gewonnen. Es ist ein Kriegskanu. Ich habe einen Eber erlegt, deshalb.» In aller Eile versuchte ich ihre Enttäuschung wettzumachen – warf mit Schwung ihre Taschen ins Boot, spurtete wieder zurück, um den Motor aus seinem Versteck hinter dem dicken Feigenbaum zu holen.

Ihre Erleichterung bei dem Anblick war beträchtlich. Sie hatten gedacht, ich würde sie bis zu meinem Dorf rudern, was nicht nur die ganze Nacht, sondern bis weit in den nächsten Vormittag gedauert hätte.

«Ach, das ist ja schlau», sagte Fen, als ich den Motor festschraubte.

Ich schichtete die Taschen im Bug um, bis sie eine Art Bett für Nell bildeten, ließ zuerst sie einsteigen, dann Fen und schob uns ein paar Meter hinaus. Kaum saß auch ich, riss ich an der Schnur und gab Gas. Falls sie noch letzte Bedenken anmeldeten, gingen sie im Aufjaulen des Motors unter, und zügig glitten wir über das krause, dunkle Wasser davon Richtung Nengai.

4.

Ich wurde im Glauben an die Wissenschaft erzogen wie andere Menschen im Glauben an Gott oder die Götter oder das Krokodil. Würde man in Neuguinea einen Pfeil einlegen und ihn durch den Erdball schießen, käme er auf der anderen Seite vielleicht im englischen Dörfchen Grantchester am Rande von Cambridge heraus. Das Haus, in dem ich dort aufwuchs, Hemsley House, beherbergte schon die dritte Generation der Wissenschaftlerdynastie Bankson, und sämtliche Schreibtischplatten, Schubladen und Schränke quollen über von naturwissenschaftlichem Drum und Dran: Handfernrohren, Reagenzgläsern, Fingerwaagen, Vergrößerungsgläsern, Uhrmacherlupen, Kompassen und einem Messingteleskop, Schachteln mit Objektträgern und Insektennadeln, Geoden, Fossilien, Knochen, Zähnen, Versteinerungen, gerahmten Käfern und Schmetterlingen und Tausenden loser Insektenleichen, die bei der ersten Berührung zu Staub zerfielen.

Mein Vater lehrte Zoologie am St. John's College in Cambridge und stieg dort, erwartungsgemäß, zum Fellow und Master auf. Er und meine Mutter lernten sich 1897 kennen, heirateten im Juni desselben Jahres und bekamen drei Söhne im Abstand von je drei Jahren, erst John, dann Martin, dann mich.

Mein Vater trug einen großen Schnauzbart, der oftmals ein kleines Lächeln verbarg. Ich verstand seinen Humor nicht, bis ich erwachsen war und er ihn verloren hatte, und nahm sämtliche seiner Äußerungen wörtlich, was zu seinem Amüsement beitrug. Meine ganze Kindheit hindurch faszinierten ihn Eier. Er brütete sie erst im Zimmer der Kinderfrau und später, auf ihren Protest hin, in einem Schuppen. Wenn sie so weit waren, nahm er sie, notierte die Nummer des jeweiligen Stalls und der Henne sowie das Legedatum, worauf er die Schale abzupfte und den Embryo in allen Einzelheiten untersuchte. Er züchtete Mäuse, Tauben, Meerschweinchen, Ziegen und Kaninchen, er zog und studierte Löwenmäulchen und Erbsen. Er verlor nie seine Leidenschaft für Mendel. Wie Darwin selbst war er überzeugt, dass in Darwins Lehren etwas fehlte, denn es musste eine Erklärung dafür geben, wie Phänotypen von einer Generation an die andere weitergegeben wurden. Seinem Begriff von der Genetik lag das Bild einer Welle oder Vibration zugrunde. Seine Karriere – bunt, wie sie war, mit Zeiten als Paria und Zeiten als Held – war das Resultat seiner Wissbegierde, seines Forschertriebs. Er war ein Apostel der Wissenschaft, des Wechselspiels von Frage und Antwort, und von seinen Söhnen erwartete er das Gleiche.

1931, als ich nach Neuguinea kam – ich war damals siebenundzwanzig –, lebten von meiner Familie nur noch meine Mutter und ich, und sie war zu einem Mühlstein um meinen Hals geworden, hilflos und herrisch zugleich, eine Tyrannin, die nicht zu wissen schien, was sie von ihrem letzten verbleibenden Untertanen wollte. Doch sie war nicht immer so gewesen. Aus meiner Jugend habe ich sie als sanft und lieb in Erinnerung und, obwohl ich der Letztgeborene war, als jung. Sie ordnete sich in allen Dingen meinem Vater unter, wartete immer erst sein Verdikt ab, außerstande, uns Jungen noch die harmlosesten Fragen zu beantworten: Ob wir die Spinnen mit ins Haus bringen durften, wenn sie in einem Glas waren? Ob wir auf dem großen Stein Marmelade verstreichen durften, um zuzuschauen, wie die Amazonenameisen sich damit abplagten? Zwischen ihr und mir bestand ein besonderes Band, weil sie nicht wollte, dass ich groß wurde, und auch ich keine rechte Lust aufs Großwerden hatte. Meine Brüder schienen kein ermutigendes Beispiel. John ließ sich von meinem Vater alles sagen und Martin so gut wie nichts. Keine dieser Aussichten wirkte auf mich sonderlich rosig, deshalb war ich es hochzufrieden, es mir möglichst lange auf Mutters Schoß gemütlich zu machen.

Unser Besuch bei Tante Dottie, der Schwester meines Vaters, im Sommer 1910 ist meine erste zusammenhängende Erinnerung. Sie war eine unserer vielen unverheirateten Tanten und aus meiner Sicht die interessanteste. Sie besaß eine beeindruckende Käfersammlung, alles aufgespießt und gerahmt und in ihrer gestochenen Handschrift beschriftet, ein Rahmen neben dem anderen, auf Samt ausgelegt. Andere Frauen hatten Schmuck, Tante Dottie hatte Käfer in verschiedensten Formen und Farben, allesamt aus dem New Forest, der zehn Meilen von ihrem Haus begann. Und in den New Forest begleiteten wir sie jeden Tag mit unseren Gummistiefeln und unseren aneinanderklackenden Eimern. Ihr Lieblingsteich lag eine gute Stunde vom Waldsaum entfernt, und sie watete schnurstracks hinein, in den Schlamm, der ihr oft über den Stiefelrand schwappte, und mehr als einmal mussten wir sie herausziehen, zur Dreierkette aufgereiht, ich ganz am Ende auf trockenem Land. Wir lachten so sehr, dass wir zu fast nichts nütze waren, aber Tante Dottie spielte ihre Rolle auch zu gut – tat so, als würde sie im Schlick feststecken und einsinken, und ließ sich dann Zentimeter für Zentimeter von uns herausziehen und ans Ufer zurückholen. Sie hatte immer die verblüffendsten Kreaturen in ihrem Netz, Kreuzkröten, Kammmolche, Schwalbenschwänze, und nur gelegentlich bekam sie Konkurrenz durch John, der geduldiger war als Martin und ich mit unseren Schöpfbechern voller Kaulquappen. So sehe ich John bis heute oft vor mir: als den Zwölfjährigen, der an einem heißen Julitag in einem blasigen, sirrenden Teich im New Forest herumstapft, Eimer in der einen Hand, Netz in der anderen, und die trübe Wasserfläche absucht. Nach seinem Tod bekamen wir einen Brief von einem seiner Regimentskameraden, der schrieb, John habe den Krieg als eine einzige große Exkursion gesehen. «Damit will ich nicht sagen, dass er im entscheidenden Moment nicht bei der Sache gewesen wäre; er war, wie Sie von seinen Vorgesetzten sicher erfahren haben, ein außerordentlich mutiger und umsichtiger Soldat. Aber während die anderen darüber murrten, in einem drei Meter tiefen Graben hausen zu müssen, jubelte John, weil er auf das Fossil einer pliozänen Molluske gestoßen war oder über uns einen seltenen Falken rütteln sah. Er hatte eine große Liebe zu dieser Erde, und auch wenn er viel zu früh von uns gegangen ist, bin ich mir doch sicher, dass er zu Hause ist.» Meine Mutter war nicht sehr froh über diesen Brief mit seiner Unterstellung, John könnte «zu Hause» sein, wo sein Körper doch in Fetzen auf einem belgischen Acker lag, aber ich schöpfte Trost daraus. Es gab wenig Trost nach Johns Tod, daher nahm ich ihn mir, wo ich ihn finden konnte.

John hatte das größte Potential, die Erwartungen meines Vaters zu erfüllen. Er war ein passionierter Naturforscher. Schon mit fünfzehn entdeckte er eine extrem seltene Raupensorte, die in das *Entomologische Journal* aufgenommen wurde. In seinem Abschlussjahr an der Charterhouse School erhielt er den Preis für Biologie. Hätte nicht der Krieg seiner Laufbahn ein Ende gemacht, wäre er höchstwahrscheinlich der vierte Bankson mit einer Professur in Cambridge geworden. Darüber herrschte bei uns Einigkeit. John hätte Vater zufriedengestellt, und Martin hätte seinen eigenen Neigungen folgen können. Allerdings wollte John seine Studienobjekte nicht töten. Und er interessierte sich weder für Eier noch für Erbsen oder Zellen oder das sogenannte Keimplasma. Ihn interessierten viergliedrige Käferbeine und das Schlichtkleid der Stockente. Er wollte draußen sein und in der Erde wühlen. Aber alle Spekulationen über John sind sinnlos. Er hat uns verlassen, mitsamt seinem Potential und dem kleinen Freudenjuchzer im Schützengraben von Rosières, als er aus der harten Lehmwand ein Fossil herausgrub.

Martin versuchte meinen Vater und seinen schrecklichen Kummer über Johns Tod zu beschwichtigen, indem er Biologie, Zoologie und organische Chemie belegte. Nur nebenbei, heimlich, schrieb er seine Stücke und Gedichte. Aber seine Noten waren schlecht, und er war todunglücklich, und schließlich musste er meinem Vater die Wahrheit gestehen. Ihn zog es zur Literatur, zum Schreiben. Mein Vater war ein großer Leser und Kunstliebhaber; er ging mit uns in Britische Museum und in die Tate Gallery und las uns Kindern abends Blake und Tennyson vor. Aber normale Sterbliche erschufen für ihn keine Kunst. Wahre Kunst war eine Anomalie, eine seltene Mutation. Sie entstand nicht einfach, weil jemand es gern wollte. Für den aufrechten Bürger war sie eine sträfliche, nicht zu duldende Zeitverschwendung. Die Wissenschaft hingegen brauchte Heerscharen gebildeter Männer. Die Wissenschaft war die Armee, in der Männer von überragender Intelligenz und Bildung mitziehen und der menschlichen Erkenntnis neue Reiche erobern konnten. Die Wissenschaft brauchte ihre Genies, aber sie brauchte auch ihre Fußsoldaten. Mein Vater hatte drei dieser Fußsoldaten in die Welt gesetzt. Es war schwer, ihn von etwas anderem zu überzeugen. Ich weiß nicht alles, was sich nach Johns Tod zwischen meinem Vater und Martin abspielte. Ich war im Internat, erst Warden House, dann Charterhouse, aber ich glaube, es gingen sehr viele Briefe zwischen ihnen hin und her. «Dein Vater hat wieder Post von Martin», stand oft in den Briefen meiner Mutter. Mehr schrieb sie nicht, aber das hieß, dass mein Vater sich furchtbar aufregte und meine Mutter sich ins Briefeschreiben flüchtete, um emsig und konzentriert zu wirken. Die Zwistigkeiten setzten ihr zu, auch wenn sie nie gegen meinen Vater Partei ergriff, nicht ein einziges Mal. Auch nicht, als er schon gestorben war.

Meine langen Internatsjahre begannen und schlossen mit dem Tod. Mit zwölf bekam ich in der Lateinstunde die Nachricht, dass John gefallen war. Es fielen so viele Brüder von Schülern, dass man deswegen nicht mehr aus dem Unterricht geholt wurde. Man erhielt ein paar Zeilen auf dem gelben Briefpapier des stellvertretenden Schulleiters, mit dem Hinweis, dass man den Raum verlassen dürfe, falls nötig. Nicht einmal die größten Memmen unter uns wären auf die Idee gekommen, sich diese Blöße zu geben, also blieb ich an meinem Platz sitzen, während der Lehrer mit dem Stoff weitermachte und meine Klassenkameraden sich hüteten, in meine Richtung zu schauen. Nach Weinen war einem nicht zumute, da noch nicht. Es war mehr ein Gefühl, als schwömme man in Äthylalkohol, wie daheim die Insekten, die wir betäubten. Nachts weinte man dann, weil ringsumher alle weinten, Schlafsäle über Schlafsäle voller Jungen, die im Dunkeln um ihre Brüder weinten. «Tränen sind endlich, und uns gehn sie aus.» Das ist die Zeile, die mir die liebste aus all den Weltkriegsgedichten ist.

Auch so dauerte es lange, bis das taube Gefühl zu weichen begann.

Es war der Frühling meines letzten Jahrs in Charterhouse, als ich aus dem Studiensaal ins Büro des Direktors gerufen wurde. Martin habe sich erschossen, sagte er. Meine Eltern hielten es für besser, dass ich das Halbjahr zu Ende brachte, ehe ich heimkam. Martin hatte sich an Johns Geburtstag umgebracht, unter der Anteros-Statue am Picadilly Circus. Es kam zu einer gerichtlichen Untersuchung und zu Vernehmungen, und der *Daily Mirror* brachte sein Photo auf der ersten Seite. Es war der meistdiskutierte Selbstmord der englischen Geschichte. Er muss überall Thema gewesen sein, außer in meiner Hörweite. Zu mir sprach niemand ein Wort.

Ich schrieb mich in Cambridge für Zoologie, organische Chemie, Botanik und Physiologie ein. In den Weihnachtsferien hatte ich mit ein paar Kommilitonen nach Spanien fahren wollen, aber in letzter Minute platzte die Reise, also fuhr ich die drei Meilen zu meinen Eltern, und mein Vater nahm mich mit ins Britische Museum, wo wir Anomalien im Federkleid des Rothuhns studierten. Im folgenden Semester beschlichen mich, wie vor mir Martin, Zweifel an meiner Eignung für die Naturwissenschaft. Aber ich *musste* doch geeignet sein; Martins Beispiel bewies, dass jeder andere Weg ins Abseits führte. Unser Daseinszweck ist das Trachten danach, Aufbau und Ordnung der natürlichen Welt zu begreifen – das war der Glaube, in dem ich erzogen worden war. Von ihm abzufallen war Selbstmord. Als sich Gelegenheit zu einer Reise auf die Galapagos-

Inseln bot, dieses Mekka aller Zoologen, ergriff ich sie beim Schopf. Hier würde sich der Funke neu entzünden, hier würde ich erleuchtet werden. Aber die Materie langweilte mich zu Schiff genauso wie bei meinem Vater im Vogelsaal des Britischen Museums. Ich musste feststellen, dass die ganze Darwin'sche These, dass Finken mit dicken Schnäbeln Nüsse und solche mit dünnen Schnäbeln Maden fraßen, Unsinn war, denn sie hüpften alle munter durcheinander und fraßen Raupen. Meine einzige echte Entdeckung war die, dass das warme, feuchte Klima genau richtig für mich war. Nie zuvor hatte ich mich so wohl in meiner Haut gefühlt. Für meine Zukunft als Wissenschaftler allerdings sah ich bei meiner Rückkehr schwärzer denn je. Ich wusste, ich konnte mein Leben nicht im Labor verbringen.

Ich belegte einen Psychologiekurs. Ich trat der Antiquarischen Gesellschaft Cambridge bei und fand mich im Zug nach Cheltenham wieder, wo eine Grabungsstätte besucht werden sollte. Ich hatte ein Auge auf eine junge Frau namens Emma geworfen, die auch Mitglied war, und es so zu deichseln gehofft, dass ich neben ihr saß, aber ein anderer aus der Gruppe hatte die gleiche Idee und etwas mehr Weitblick gehabt, und so landete ich allein hinter den beiden. Ein älterer Mann, ganz klar ein Dozent, setzte sich auf den Platz neben mir, und als ich fertiggeschmollt hatte, unterhielten wir uns. Er interessierte sich für meine Galapagos-Reise, freilich nicht der Vögel oder der Raupen, sondern der ecuadorianischen Mestizen wegen. Er stellte eine Menge Fragen, die ich allesamt nicht beantworten konnte, die aber meine Phantasie reizten und von denen ich wünschte, sie vor Ort selbst gestellt zu haben. Er hieß A. C. Haddon, und durch ihn erfuhr ich zum ersten Mal von einer Disziplin, die sich «Ethnologie» nannte. Am Ende der Fahrt lud er mich ein, für mein nächstes Trimester zu den Anthropologen zu wechseln. Innerhalb eines Monats hatte ich der Biologie den Rücken gekehrt. Es hatte etwas Beängstigendes, fast etwas von freiem Fall, dieser Umstieg von einer extrem geordneten, durchstrukturierten

Naturwissenschaft zu einer neu aufkommenden, knapp zwanzig Jahre jungen Sozialwissenschaft. In der Anthropologie vollzog sich damals ein Umschwung, vom Studium vergangener Kulturen hin zur Erforschung lebender Völker, und damit eine allmähliche Loslösung von dem ehernen Glauben daran, dass die natürliche und unvermeidliche Krönung jeglicher Gesellschaftsform die abendländische sei.

Meine erste Forschungsreise trat ich im Sommer nach meinem Abschluss an. Ich konnte gar nicht schnell genug wegkommen. Mein Vater war im Winter gestorben (ich hatte an seinem Bett gesessen, ich hatte mich von ihm verabschieden können, was half), und meine Mutter klebte an mir wie eine Klette. Sie gebärdete sich überbesorgt und fühllos zugleich. Ich weiß nicht, ob sie das Fehlen meines Vaters wettmachen wollte oder ob sein Fehlen einen Teil ihrer Persönlichkeit freisetzte, der während ihrer langen Ehe verschüttet gewesen war. Sie klammerte sich an mich und schien doch über die Maßen abgestoßen von dem Mann, zu dem ich nun zwangsläufig werden würde. Sie sah die Anthropologie als eine inexakte Wissenschaft, eine unechte Wissenschaft, ein Blendwerk aus Worten ohne Gehalt oder Ziel, und sie war so entschieden in ihrer Haltung, dass schon ein kurzer Besuch meine ohnehin wackeligen Überzeugungen ins Wanken brachte.

Ursprünglich hatte ich mir einen Stamm am Sepik im Mandatsgebiet Neuguinea suchen wollen, einer Gegend, in die bislang weder die Missionare noch die Industrie vorgedrungen waren. Aber als ich in Port Moresby ankam, hieß es, die Region sei nicht sicher genug. Es habe eine Serie von Kopfjagden gegeben. Also fuhr ich stattdessen auf die Insel Neubritannien, wo ich die Baining studierte, ein unmögliches Volk, das sich weigerte, mir irgendetwas zu erzählen, ehe ich nicht ihre Sprache konnte, und als ich sie konnte, erzählten sie mir trotzdem nichts. Sie schickten mich zu irgendeiner Person einen halben Tagesmarsch entfernt, und bei meiner Rückkehr entdeckte ich dann, dass sie in meiner Abwesenheit eine

Zeremonie abgehalten hatten. Ich bekam nichts aus ihnen heraus und hatte nach einem vollen Jahr noch nicht einmal ihr Verwandtschaftssystem durchschaut, dank einer Fülle von Tabus, die es ihnen verboten, die Namen bestimmter Verwandter laut auszusprechen. Erschwerend kam hinzu, dass ich keine Ahnung hatte, was ich da tat. Den ersten Monat hindurch maß ich ihnen nur mit dem Greifzirkel die Köpfe, bis jemand wissen wollte, wozu, und ich darauf nur sagen konnte, ich hätte es so gelernt. Ich warf den Greifzirkel weg, wurde mir aber bis zum Schluss nicht recht klar darüber, was ich sonst dokumentieren sollte. Auf dem Heimweg machte ich einige Monate in Sydney Station. Haddon unterrichtete dort an der Universität, und er heuerte mich als Assistenten für seine Ethnographie-Kurse an. In meiner freien Zeit schrieb ich an einer Monographie über die Baining. Nachdem er sie gelesen hatte, meinte Haddon, ich sei der erste Anthropologe, der zugab, an seine Grenzen gestoßen zu sein – nichts zu verstehen, wenn die Eingeborenen unter sich redeten, nie einer vollgültigen Zeremonie beigewohnt zu haben, ausgetrickst und für dumm verkauft und verspottet worden zu sein. Er rechnete mir meine Aufrichtigkeit hoch an, aber alles andere wäre für mich Betrug gewesen, wie die Tusche, die der arme Kammerer seinen Geburtshelferkröten in die Füße injizierte, um Lamarcks These von der Vererbbarkeit nach der Geburt erworbener Eigenschaften zu beweisen. Zum Ende des Semesters unternahm ich mit meinen Studenten eine Exkursion an den Sepik und schaute mir einige Stämme an, einfach um zu sehen, was ich verpasst hatte. Die Kiona machten einen guten Eindruck auf mich, wenn auch vorwiegend deshalb, weil ich ihnen durch einen Dolmetscher Fragen stellen konnte und darauf eine Antwort erhielt. Wir blieben vier Nächte, und eine Woche später kehrte ich nach England zurück.

Ich war drei Jahre auf Reisen gewesen. Ich dachte, das müsste fürs Erste reichen, aber die Winterdüsternis im Verein mit der rastlosen Gängelei meiner Mutter und dem schalen, verklemmten

Intellektuellengewitzel, das in Cambridge wie blasiger Schimmel in jeder Ecke hing, trieben mich dazu, so bald wieder zu den Kiona aufzubrechen, wie es nur irgend ging.

5

Mein Dorf, Nengai, lag vierzig Flussmeilen westlich von Angoram. In Luftlinie betrug die Entfernung nur die Hälfte, aber der Sepik, der längste Fluss Neuguineas, ist der Amazonas des Südpazifik und bildet so extreme Schleifen, dass er, wie ich ein Jahrzehnt später in einem ganz anderen Zusammenhang entdeckte, über fünfzehnhundert Altwasser hat, Schlaufen, deren Krümmung irgendwann so stark wurde, dass die Verbindung abriss. Aber nachts in einem Einbaum, selbst einem motorisierten, merkt man von diesem ineffizienten Schlängelkurs nichts. Man spürt nur, wie der Fluss einen Bogen macht und dann, irgendwann, einen nächsten. Man gewöhnt sich an die Moskitos in Augen und Mund und an die glänzenden, höckrigen Reliefs der Krokodile und das Zappeln und Rascheln unzähliger Nachttiere, die sich satt fressen, während ihre Jäger schlafen. Die unnötigen zwanzig Meilen stören nicht. Wenn überhaupt, wünscht man sich, die Fahrt dauerte länger.

Der schmale Mond überzog den Fluss mit einer dünnen Silberhaut. Wie ich gehofft hatte, bettete Nell sich zwischen ihre Taschen und sah ganz zufrieden aus. Ich war erleichtert, als ihr die Augen zufielen, als wäre sie mein kränkelndes Kind, das Ruhe braucht, und ich rätselte über dieses Gefühl, während Fen und ich uns unterhielten. Wir sprachen nicht von unserer Arbeit, sondern über Cambridge, wo er während meiner Zeit bei den Baining für eine Weile gewesen war, und über Sydney, wo wir uns kennengelernt hatten. Wir sprachen über Fußball und Premierminister MacDonald und Indien. Ich hatte noch mitbekommen, dass Gandhi einen neuen Hungerstreik angetreten hatte, aber keiner von uns wusste, wie er ausgegangen war. Die Weltgeschichte blieb über Monate in der Schwebe. Ich fand Trost im Nichtwissen.

Nach etwa einer Stunde vollständiger Finsternis umrundeten wir eine Biegung und sahen an einem Strand am Südufer Feuer brennen und geschmückte Leiber aufblitzen. Es war das Olimbi-Dorf Kamindimimbut, wo offenbar ein Fest im Gange war. Wir konnten gebratenes Wildschwein riechen, und die harten Trommelschläge hämmerten in unserer Brust.

Es scheint mir unfassbar, während ich all dies schreibe, dass der nächste Weltkrieg in jener Nacht nur sechs Jahre entfernt war oder dass neun Jahre später Australien die Kontrolle über den Sepik und das ganze Mandatsgebiet an Japan abtreten sollte und ich der amerikanischen Regierung erlauben würde, jedes Fitzelchen an Wissen über die Region aus mir herauszuquetschen. Hätten Fen oder Nell auch so gehandelt? «Anthropologische Beihilfe» nannte das Office of Strategic Services das. Eine sehr gnädige Umschreibung für wissenschaftliche Prostitution.

Ende 1942 führte ich eine Rettungsoperation den Sepik hinauf zu diesem Dorf, und hinterher wurden sämtliche Männer, Frauen und Kinder von Kamindimimbut durch die Japaner umgebracht, als Vergeltung dafür, dass ein paar Olimbi-Männer uns bei der Suche nach drei amerikanischen Agenten geholfen hatten, die in der Nähe des Dorfs gefangen gehalten wurden. Über dreihundert Menschen, niedergemetzelt, nur weil ich wusste, welches Häuflein Pfahlbauten, welches Streifchen Ufersand ihres war.

«Wie behelfen Sie sich frauenmäßig, Bankson?», fragte Fen aus heiterem Himmel, als wir Kamindimimbut hinter uns ließen.

Ich lachte. «Ein bisschen sehr persönlich für unsere erste gemeinsame Bootstour, finden Sie nicht?»

«Ich habe mich bloß gefragt, ob Sie's vielleicht halten wie Malinowski. Sayers war letztes Jahr auf den Trobriand-Inseln, und er hat erzählt, dass da eine ganze Anzahl verdächtig hellbrauner Jugendlicher herumläuft.»

«Glauben Sie das?»

«Haben Sie den Mann mal im Einsatz erlebt? Nell und ich haben ihn in New York vom Bahnhof abgeholt, und das Einzige, was er zu mir sagte, war: ‹Ich brauche einen Martini in der Hand und ein Mädchen in meinem Bett.› Aber im Ernst, es ist kein Honigschlecken allein. Ich glaube nicht, dass ich das noch mal durchhalten würde.»

«Nächstes Mal will ich auch unbedingt irgendeine Art Partner dabeihaben. Schon weil das die Sache so viel effizienter macht.»

«Na, ob ich das unterschreiben würde...» Seine aufgerauchte Zigarette beschrieb einen kurzen leuchtenden Bogen überm Wasser. Ich drosselte das Tempo, bis er sich eine neue angesteckt hatte, dann beschleunigte ich wieder.

Nachts schien es mir zuweilen, als würde mein Boot nicht von seinem Motor angetrieben, sondern Boot wie auch Motor würden vom Fluss selbst gezogen und die Kräusel in meinem Kielwasser wären nur etwas Gemaltes, Teil eines mitreisenden Bühnenbilds.

«Manchmal wünschte ich, ich wäre zur See gegangen», bemerkte ich, hauptsächlich um des Luxus willen, einen flüchtigen Gedanken auszusprechen und mich von einem Gegenüber verstanden zu wissen.

«Ah ja? Warum das?»

«Ich glaube, ich funktioniere auf dem Wasser besser als an Land. Bin mehr eins mit mir sozusagen.»

«Die Schiffskapitäne, die ich getroffen habe, waren alle Volltrottel.»

«Ich stelle es mir einfach schön vor, einer Arbeit nachzugehen, die einem nicht vorkommt wie ein riesiger unsichtbarer Knoten, den man entwirren muss.»

Er antwortete nicht, aber das machte mir nichts. Es schmeichelte mir, dass wir schon auf so vertrautem Fuß standen, dass wir unsere Gedanken schweifen lassen konnten, ohne uns dafür zu entschuldigen. Wir tauchten in einen langen Schwaden von Leuchtkäfern ein, Tausende von Lichtchen, die rings um uns glommen und blinkten, als flöge man zwischen Sternen dahin.

Die dunklen Umrisse an Land wurden zunehmend vertraut: der hohe schmale Ditabaum, den ich Big Ben nannte, die Blauschieferzinke, das lehmige Hochufer der westlichsten Kiona-Siedlung. Ich war offenbar langsamer geworden, denn Fen fragte: «Sind wir bald da?»

«Ein, zwei Meilen noch.»

«Nell», sagte er mit normaler Stimme, weniger eine Frage als ein Test. Nachdem er sich überzeugt hatte, dass sie schlief, beugte er sich vor und sagte leise zu mir: «Haben die Kiona einen heiligen Gegenstand, der außerhalb des Dorfs aufbewahrt wird, einen, den sie füttern und vor allen abschirmen?»

Fragen dieser Art hatte er mir auch in Angoram schon etliche gestellt. «Sie haben heilige Gegenstände, sicher – Instrumente und Masken und die Schädel alter Krieger.»

«Die in Zeremonialhäusern aufbewahrt werden?»

«Ja.»

«Ich meine etwas Größeres. Das sie an einem Ort für sich aufbewahren. Vielleicht haben sie es Ihnen gegenüber auch gar nicht erwähnt, und nur ein Gefühl sagt Ihnen, dass da noch etwas ist…»

Wollte er unterstellen, dass sie mir nach beinahe zwei Jahren irgendeinen entscheidenden Aspekt ihrer Kultur vorenthielten? Ich versicherte ihm, dass ich sämtliche Kultobjekte in ihrem Besitz gezeigt bekommen hatte.

«Sie haben mir gesagt, ihres würde auf ein Kiona-Totem zurückgehen.»

«Die Mumbanyo haben Ihnen das gesagt? Worüber?»

«Tun Sie mir den Gefallen, und fragen Sie noch mal. Nach einer Flöte. Die zeitweise isoliert aufbewahrt wird und die gefüttert werden muss.»

«Gefüttert?»

«Könnten Sie fragen, wenn ich dabei bin? Ihr Gewährsmann sagt Ihnen vielleicht nicht die Wahrheit, aber wenigstens könnte ich seine Reaktion beobachten.»

«Haben Sie diese Flöte gesehen?», fragte ich.

«Ich habe erst wenige Tage vor unserer Abreise davon erfahren.»

«Aber Sie haben sie gesehen?»

«Sie haben sie mir mehr oder weniger dargereicht.»

«Als Geschenk?»

«Ja, ich glaube schon. Als Geschenk. Aber dann hat dieser andere Klan – in unserem Dorf gab es zwei rivalisierende Klans – sie sich zurückgeholt, bevor ich sie mir in Ruhe anschauen konnte. Ich habe Nell überreden wollen, noch zu bleiben, aber wenn sie sich einmal etwas in den Kopf gesetzt hat, ist bei ihr Hopfen und Malz verloren.»

«Warum wollte sie so dringend weg?»

«Weiß der Kuckuck. Sie haben nicht zu ihrer Arbeitshypothese gepasst. Und sie sagt, wo's langgeht. Das Fördergeld läuft über sie. Fragen Sie Ihren Mann noch mal? Nach einer heiligen Flöte?»

«Wegen so was habe ich sie schon zigmal ins Gebet genommen, aber von mir aus.»

«Danke, Kumpel. Nur damit ich sein Gesicht sehen kann. Sehen, ob es etwas verrät.»

Hinter der Flussbiegung kam mein Strand in Sicht.

«Haben Sie das Schmetterlingsnetz noch?», fragte er.

«Wie bitte?»

«Das Ihnen Haddon in Sydney gegeben hat. Wissen Sie nicht mehr? Ich war ganz neidisch damals.»

Aber ich hatte keine Erinnerung daran.

Ich stellte den Motor ab und paddelte das letzte Stück, um das Dorf nicht zu wecken.

Diesmal rüttelte Fen sie. «Nell. Wir sind da. Wir sind bei den berühmten Kiona.»

«Pscht. Nicht dass sie aufwachen», flüsterte sie. «Und wir durchbohrt werden von den Pfeilen der Großen Krieger des Sepik.»

«Fürsten», verbesserte Fen sie. «Fürsten des Sepik.»

Mein Haus stand etwas abseits und war viele Jahre unbewohnt

gewesen. Es war um einen Regenbogen-Eukalyptus herumgebaut, der durch den Boden wuchs und zum Dach wieder hinaus. Viele Kiona glaubten, es sei ein Geisterbaum, ein Ort, wo ihre verstorbenen Angehörigen sich versammelten und ihre Pläne schmiedeten, und manche mieden das Haus und machten einen weiten Bogen darum. Sie hatten angeboten, mir ein Haus näher der Dorfmitte zu bauen, aber ich hatte von Forschern erzählen hören, die Monate warten mussten, bis ihr Haus endlich fertig war, und ich hatte keine Zeit verlieren wollen. Ich befürchtete, Nell könnte sich mit meiner Leiter schwertun, die steil und nicht viel mehr als ein dicker Pfahl mit flachen Kerben anstelle von Stufen war, aber sie erklomm sie leichtfüßig, eine Fackel in der Hand. Den Baum bemerkte sie erst, als sie oben war und die Flamme den Raum erhellte. Ihr entfuhr ein breites amerikanisches «Wow».

Fen und ich wuchteten das Gepäck hinauf, und ich zündete meine drei Öllampen an, um dem Raum mehr Tiefe zu geben. Der Regenbogenbaum beanspruchte einiges an Platz. Nell streichelte ihn. Seine Rinde war abgeblättert, und der Stamm war glatt, mit orangeroten, hellgrünen und indigoblauen Streifen. Es konnte nicht ihr erster Regenbogenbaum sein, aber es war ein eindrucksvolles Exemplar. Sie strich mit der flachen Hand einen der blauen Streifen hinab. Ich hatte das seltsame Gefühl, die beiden kommunizierten miteinander, als hätte ich ihr gerade einen alten Freund vorgestellt, mit dem sie sich auf Anhieb verstand. Um ehrlich zu sein: Auch ich hatte diesen Baum viele Male gestreichelt, mit ihm geredet, in seine Rinde geweint. Ich machte mich zu schaffen, suchte meine Arzneien zusammen, holte meinen Whiskey, denn ich war müde und etwas malad von der langen Nacht und der langen Fahrt und hätte nicht garantieren können, dass ich nicht in Tränen ausbrechen würde, wenn sie mir auch nur eine einzige Frage zu meinem Baum stellte.

«Genau, was ich mir erträumt habe», sagte Fen nach einem Blick in den Blechbecher, den ich ihm reichte.

Wir beide saßen auf meinen selbstgebauten kleinen Sofas aus

Rindenbast und Kapokfaser, während Nell herumwanderte. Mein Körper fühlte sich an, als würde er noch immer übers Wasser gleiten.

«Nicht rumschnüffeln, Nellie», rief er über die Schulter. Und zu mir: «Deshalb geben die Amerikaner so gute Anthropologen ab. Weil sie gnadenlos indiskret sind.»

«Du gibst also zu, dass ich eine gute Anthropologin bin?», rief sie aus meiner Arbeitsecke herüber.

«Ein indiskretes Weibsstück bist du, das sage ich.»

Sie hatte sich über meinen Schreibtisch gebeugt. Sie fasste nichts an, aber sie besah sich alles ganz genau. Ich konnte sehen, dass in die Schreibmaschine ein Papier eingespannt war, aber ich wusste nicht mehr, woran ich geschrieben hatte.

«Diese Wunden von ihr gehören behandelt.»

Fen nickte.

«Ich habe noch nie gesehen, wie jemand anderes seine Feldstudien betreibt», sagte sie.

«Ich zähle offenbar nicht», sagte Fen.

«Heißt das da Mangoblätter? Sie haben eine Frage über Mangoblätter?»

«Und schon löst sie Ihr Problem, nachdem sie gerade mal fünf Minuten hier ist.»

Ich schützte Verwirrung vor und trat zu ihr an den Schreibtisch.

Sie stand vor meinem gewaltigen Verhau an Notizbüchern, losen Blättern und Farbbändern.

«Da vermisse ich gleich meine Arbeit.»

«Es waren aber doch nur ein paar Tage, oder?»

«Bei den Mumbanyo habe ich nie auf diese Weise Fuß gefasst.» Sie betrachtete meinen Papierwust, als besäße er einen Wert, als wäre sie sicher, dass irgendwo da drin eine echte Erkenntnis steckte.

Ich sah die Notiz, von der sie gesprochen hatte.

wieder Mgo.bl. auf Gr.??

Ich erklärte, dass ich der Beerdigung eines Jungen in einem anderen Kiona-Dorf beigewohnt hatte, bei der das Grab methodisch mit Mangoblättern abgedeckt worden war.

«Hatten Sie das Muster vorher schon mal gesehen?»

«Nein, die Muster sind jedes Mal anders. Aber ich finde das Muster hinter den Mustern nicht.»

«Alter, Geschlecht, gesellschaftlicher Status, Todesart, Mondphase, Stellung der Sterne, Geburtsrangfolge, Rolle in der Familie.» Sie schöpfte Atem. Sie sah aus, als hätte sie noch fünfundvierzig weitere Vorschläge parat.

«Nein. Sie behaupten, es gibt kein Muster.»

«Vielleicht gibt es ja wirklich keins.»

«Es ist immer dieselbe alte Frau, die Anweisungen erteilt.»

«Und wenn Sie einfach diese Frau fragen?»

«Hör auf, Nell», sagte Fen vom Sofa her. «Er ist zigmal so lang hier wie du, Himmelherrgott.»

«Lassen Sie nur. Ich könnte Hilfe gebrauchen. Sie ist die einzige Frau hier, die nicht mit mir spricht.»

«Auch nicht indirekt, durch einen Verwandten?»

«Ein Weißer hat ihren Sohn getötet.»

«Wissen Sie, unter welchen Umständen?»

«Ein Stück flussabwärts hatte es Kämpfe gegeben, und die Kiaps kamen, um für Ordnung zu sorgen. Sie haben das halbe Dorf abgeführt. Dieser junge Mann war bei seinem Vetter zu Besuch – völlig unabhängig von dem Streit –, hat sich gegen die Festnahme gewehrt und starb an einem Schlag auf den Kopf.»

«Haben Sie dafür gesühnt?»

«Wie meinen Sie das?»

«Haben Sie der Frau Sühnegaben angeboten, um den Fehler Ihrer Verwandten wiedergutzumachen?»

«Diese Rohlinge sind ja wohl nicht meine Verwandten.»

«Für diese Frau schon. Sie kann sich nicht vorstellen, dass es auf der Welt mehr als zwölf von uns gibt.»

«Ich habe ihr Salz und Streichhölzer geschenkt und sie auf jede Art zu umgarnen versucht, die mir nur einfiel.»

«Gibt es ein formelles Wiedergutmachungsritual?»

«Das weiß ich nicht.»

Sie verdrehte die Augen. «Sie können es sich nicht leisten, so jemanden als Gegner zu haben. Alle werden darüber Bescheid wissen, und das färbt auf ihre Reaktionen ab. Diese Frau verzerrt Ihre sämtlichen Ergebnisse.»

Hinter uns lachte Fen auf. «Das ging ja schnell. Könnte fast ein neuer Rekord sein. Sollen wir all seine Aufzeichnungen auf einen Scheiterhaufen packen?»

Ein blasser Pfirsichhauch, mehr Farbe brachte ihr Gesicht nicht zuwege. «Entschuldigen Sie, ich ...» Sie streckte mir halb die Hand hin.

«Sie haben wahrscheinlich völlig recht. Ich sollte herausbekommen, was für eine Wiedergutmachung nötig ist.»

Mein Tonfall und Gesichtsausdruck überzeugten sie offenbar nicht, denn sie entschuldigte sich nochmals. Aber ich nahm ihr ihre Einmischung nicht krumm. Im Gegenteil. Ich wartete begierig, verzweifelt auf mehr. Ideen, Anregungen, Kritik an meiner Vorgehensweise. Fen hatte womöglich zu viel davon abbekommen, aber ich entschieden zu wenig.

«Wollen wir vielleicht kurz Ihre Schlachtwunden verarzten?»

Ich ging nach hinten, um die Medikamente zu holen, die ich zusammengetragen hatte.

Ich hörte Fen sagen: «Na, dem hast du ja gehörig eingeschenkt.»

Nells Antwort bekam ich nicht mit. Als ich zurückkehrte, saß sie neben ihm, und ihr Gesicht hatte wieder seinen fahlen Gelbton.

Da Fen keine Anstalten machte, tätig zu werden, ließ ich mir von ihr als Erstes die Rechte geben, die mit dem Schnitt quer über die Handfläche. Ich begriff nicht, wie sie so nonchalant mit diesen Verletzungen umgehen konnten. Sepsis war eines der größten Risiken im Feld.

Fen musste in meinem Gesicht gelesen haben. «Unsere Medikamente halten höchstens eine Woche», sagte er. «Sobald wir eine neue Lieferung kriegen, braucht Nell sie sofort für die Schrammen und Wehwehchen von all ihren Kinderlein auf.»

Ich tupfte reichlich Jod in die Wunde, bestrich sie mit Borsalbe und wickelte eine Mullbinde darum. Ihre Hand schien erst keinerlei Gewicht zu haben, aber bald gab sie nach und wurde schwer.

Ich gestehe, ich ließ mir Zeit. Nach der Hand nahm ich mir die Läsionen vor, zwei am Arm, eine am Hals und – sie krempelte dafür das Hosenbein hoch – eine vierte an ihrem rechten Schienbein. Sie schienen mir kleine Tropengeschwüre zu sein, keine Frambösie. Ich vermutete fast, dass es noch mehr gab, aber ich konnte sie schlecht bitten, sich auszuziehen. Ich gab ihr Aspirin gegen das Fieber. Fen neben ihr sah sich die Sache an, bis ihm die Augen zufielen.

«Entschuldigen Sie nochmals», sagte sie. «Ich hätte das mit den Blättern nicht sagen sollen.»

«Für eine formelle Wiedergutmachung müssten Sie einen heiligen Eid ablegen, dass Sie mir nicht zu den Aborigines abhauen.»

Sie hob die verbundene Hand zum Schwur. «Ehrenwort.»

«Und jetzt erzählen Sie mir, wie es bei den Mumbanyo war. Es sei denn, Sie möchten schlafen.»

«Ich hab mich ja im Boot ausgeruht. Danke fürs Verarzten. Es fühlt sich alles schon viel besser an.» Sie trank ihren ersten Schluck Whiskey. «Was wissen Sie über die Mumbanyo?»

«Ich höre zum ersten Mal von ihnen.»

«Von Fen werden Sie eine vollkommen andere Einschätzung bekommen als von mir.» Ihre Wunden glitzerten von der Salbe, mit der ich sie bestrichen hatte.

«Geben Sie mir Ihre.»

Sie saß so stumm, als hätte ich von ihr verlangt, aus dem Stand eine Monographie über sie zu schreiben. Gerade als ich dachte, sie würde doch Müdigkeit geltend machen, legte sie los. Sie seien ein reicher Stamm, anders als die Anapa, die froh sein konnten, wenn sie halbwegs satt wurden. In ihrem Fluss wimmele es von Fischen, und sie pflanzten den gesamten Tabak der Gegend an. Sie hätten reichlich Nahrung und Muschelgeld. Aber sie seien so voller Ängste und Aggressionen, dass es ans Paranoide grenze, und zwängen die ganze Region mit ihren wahllosen Drohungen zur Unterwerfung.

«Es ist das erste Mal, dass ich gegen ein Volk Abneigung empfunden habe. Einen fast körperlichen Abscheu. Ich bin keine Anfängerin hier. Ich habe Menschen sterben sehen, ich habe Opferungen gesehen, Narbenzeremonien, die schlecht ausgingen. Ich bin nicht ...» Ihr Blick flackerte. «Sie töten ihre Erstgeborenen. Sie töten all ihre Zwillinge. Nicht in einem Ritual, nicht feierlich und mit Emotion. Sie werfen sie einfach in den Fluss. Werfen sie in den Busch. Und die Kinder, die sie behalten, bekommen so gut wie keine Zuwendung. Sie klemmen sie sich unter den Arm wie eine Zeitung oder stopfen sie in einen steifen Korb und klappen den Deckel zu, und wenn das Kind schreit, kratzen sie den Korb. Das ist ihre zärtlichste Geste, dieses Kratzen außen am Korb. Wenn die Mädchen sieben oder acht sind, haben ihre Väter den ersten Geschlechtsverkehr mit ihnen. Weshalb sie natürlich zu misstrauischen, rachsüchtigen, mordlustigen Menschen heranwachsen. Und Fen ...»

«Fen war begeistert.»

«Ja. Fasziniert. Völlig hin und weg. Ich musste ihn da loseisen.» Sie versuchte zu lachen. «Sie haben immer wieder betont, dass sie sich uns von ihrer zahmsten Seite zeigen, aber dass das nicht ewig so bleiben würde. Alles, was nicht nach Wunsch ging, misslang ihrer Ansicht nach deshalb, weil nicht genug Blut floss. Wir sind sieben Monate vor der Zeit abgefahren. Vielleicht ist es Ihnen ja aufgefallen – wir riechen ein wenig nach Scheitern.»

«Ich merke nichts.» Ich hätte ihr gern von meinem eigenen Scheitern erzählt, aber es fühlte sich zu allumfassend an, um davon zu beginnen. Stattdessen schaute ich auf ihre Schuhe, schulmädchenhafte Lederschnürschuhe, die fast so ausgetreten waren wie meine. Ob sie da drin noch alle ihre Zehen hatte? Die Zehen waren das Erste, was diesen Tropengeschwüren zum Opfer fiel.

«In Ihrer Schreibmaschine steckt ein Brief an Ihre Mutter», sagte sie.

«Da steckt oft einer drin. Liebe Mutter, lass mich in Frieden. Dein Andrew.»

«Andrew.»

«Ja.»

«So nennt Sie aber keiner.»

«Nein. Außer meiner Mutter.» Sie wartete auf mehr. «Ihr wäre es lieber, wenn ich in einem Labor in Cambridge arbeiten würde. Sie droht in jedem Brief damit, mir den Geldhahn zuzudrehen. Und ich bin für meine Arbeit auf sie angewiesen. Bei uns gibt es keine Fördergelder, wie Sie sie in Amerika bekommen. Und ich habe auch kein Buch geschrieben, um das alle sich reißen. Oder sonst ein Buch.» Als Nächstes würde sie nach dem Rest meiner Familie fragen, darum kam ich ihr zuvor. «Alle anderen sind schon gestorben, deshalb kann sie ihre ganze Energie auf mich konzentrieren.»

«Wer sind alle anderen?»

«Mein Vater und meine Brüder.»

«Und woran?»

So waren sie, diese amerikanischen Anthropologen. Kein taktvoller Themawechsel, kein *Sie haben mein tiefstes Beileid* oder *Wie schrecklich für Sie*, nein, nur ein unumwundenes, nüchternes *Woran.*

«John im Krieg, Martin durch einen Unfall sechs Jahre später. Und mein Vater an Herzversagen, höchstwahrscheinlich ausgelöst durch die bittere Wahrheit, dass er nur noch mich Knirps zum Erben hatte.»

«Knirps ja wohl kaum.»

«Ein Geistesknirps. Meine Brüder waren Genies, jeder auf seine Art.»

«Wer jung stirbt, ist immer ein Genie. Worin waren sie so gut?»

Ich erzählte ihr von John mit seinen Gummistiefeln und dem Eimer, von dem seltenen Nachtfalter, den Fossilien im Schützengraben. Und von Martin. «Mein Vater sah es als ein Zeichen maßloser Hybris, dass Martin gelegentlich ein Gedicht schrieb.»

«Ihr Vater hat das Wort Genetik geprägt, sagt Fen.»

«Nicht vorsätzlich. Er wollte eine Vorlesung über Mendel und das Keimplasma halten, wie das damals noch hieß, und er fand, es müsse ein etwas würdigeres Wort als Plasma her.»

«Und Sie sollten da weitermachen, wo er aufhören würde?»

«Er war außerstande, sich etwas anderes für uns vorzustellen. Nichts sonst zählte für ihn. Er sah es als unsere Pflicht an.»

«Wann ist er gestorben?»

«Diesen Winter werden es neun Jahre.»

«Dann hat er Ihren Sündenfall noch mitbekommen.»

«Er hat mitbekommen, dass ich bei Haddon Ethnographie belege.»

«Was für ihn keine richtige Wissenschaft war?»

«Gar keine Wissenschaft. Nicht nach seinen Maßstäben.» Ganz deutlich hörte ich seine Stimme. *Blanker Humbug.*

«Und Ihre Mutter sieht das genauso?»

«Sie spielt den Stalin zu seinem Lenin. Ich bin fast dreißig, lebe aber praktisch als ihr Gefangener. Mein Vater hat es so verfügt, dass sie den Daumen auf dem Beutel hat.»

«Na, immerhin haben Sie sich Ihre Gefängniszelle in sicherer Entfernung zu ihr eingerichtet.»

Sie brauchte wahrscheinlich dringend Schlaf, dachte ich. Sie gehören ins Bett, hätte ich sagen sollen, sagte aber stattdessen: «Es war kein Unfall. Das mit Martin. Er hat sich umgebracht.»

«Warum?»

«Er war in ein Mädchen verliebt, aber sie wollte ihn nicht. Er war mit einem Gedicht, das er für sie geschrieben hatte, zu ihr gegangen, und sie hat es nicht einmal gelesen. Also hat er sich auf dem Picadilly Circus erschossen, direkt unter der Anteros-Statue. Ich habe das Gedicht. Es ist nicht sein bestes. Aber die Blutspritzer werten es deutlich auf.»

«Wie alt waren Sie?»

«Achtzehn.»

«Ich dachte immer, das am Picadilly Circus wäre Eros.» Sie nahm sich einen Stift von meinem Schreibtisch. Eine Sekunde lang glaubte ich, sie wolle mitschreiben.

«Das denkt fast jeder. Aber es ist sein Zwillingsbruder, der Rächer der Verschmähten. Poetisch bis zum Schluss.»

Die wenigsten Frauen schaffen es, eine Wunde aus der Vergangenheit in Ruhe zu lassen, sie zupfen an der dünnen Kruste herum, bis es schmerzt, um dann Trost zu spenden. Nicht so Nell.

«Haben Sie einen Lieblingsmoment bei alledem?», fragte sie.

«Alledem was?»

«Dieser Arbeit.»

Lieblingsmoment? Es gab wenig, angesichts dessen ich mit meinen Steinen nicht schnurstracks zurück in den Fluss hätte laufen mögen. «Erst Sie.»

Sie schaute überrascht, als hätte sie nicht damit gerechnet, dass ich den Spieß umdrehen könnte. Sie kniff ihre grauen Augen zusammen. «Diesen Zeitpunkt nach ungefähr zwei Monaten, wenn man das Gefühl hat, endlich den Zugang gefunden zu haben. Plötzlich scheint alles ein Ganzes zu ergeben. Es ist purer Selbstbetrug – man ist ja erst seit acht Wochen da –, und was folgt, ist bodenlose Verzweiflung, weil sich nichts, aber auch gar nichts zusammenfügen will. Aber für diesen einen Augenblick meint man alles im Griff zu haben. Es ist ein ganz kurzer Rausch reinsten Glücks.»

«Donnerwetter!» Ich lachte.

«Kennen Sie das nicht?»

«Himmel, nein. Für mich ist es schon ein guter Tag, wenn mir kein kleiner Junge die Unterhose stibitzt, Stecken durchbohrt und sie mir, mit Ratten gefüllt, wieder zurückbringt.»

Ich fragte sie, ob sie meine, dass man eine fremde Kultur jemals restlos verstehen könne. Ich sagte, je länger ich hier sei, desto absurder erscheine mir der Versuch, und im Grunde interessiere mich inzwischen weit mehr die Frage, wie wir überhaupt darauf kamen, uns irgendeine Objektivität anzumaßen, wo wir doch jeder unsere eigene Definition der Dinge mitbrächten, unsere eigene Auffassung von Güte, Stärke, Männlichkeit, Weiblichkeit, Gott, Zivilisation, Recht und Unrecht.

Sie sagte, ich klänge genauso skeptisch wie mein Vater. Sie sagte, niemand habe mehr als eine Perspektive, auch in den sogenannten exakten Wissenschaften nicht. Wir sind immer, in allem, was wir auf dieser Welt tun, eingeengt durch unsere Subjektivität, sagte sie. Aber unsere Perspektive kann eine gewaltige Spannweite entwickeln, wenn wir zulassen, dass sie sich entfaltet. Denken Sie an Malinowski, sagte sie. Denken Sie an Boas. Beide haben ihre Kulturen so definiert, wie *sie* sie sahen, wie *sie* das Selbstverständnis der Eingeborenen verstanden. Der Schlüssel zum Erfolg, sagte sie, liegt darin, sich von sämtlichen vorgefassten Meinungen darüber zu lösen, was «natürlich» ist.

«Aber selbst wenn mir das gelingt – der Nächste, der hierherkommt, wird eine andere Geschichte über die Kiona erzählen.»

«Ganz zweifellos.»

«Aber was ist dann der *Sinn*?», fragte ich.

«Es ist nicht anders als bei der Laborarbeit. Was ist der Sinn darin, dass irgendwer nach Antworten sucht? Die Wahrheit, die ein Mensch entdeckt, wird immer von der eines anderen abgelöst werden. Eines Tages wird sogar Darwin als ein kauziger Ptolemäus dastehen, der sah, was er sehen konnte, aber mehr auch nicht.»

«Ich habe mich im Augenblick ein bisschen festgefahren.» Ich rieb mir das Gesicht mit den Händen – gesunden Händen, meinem Körper bekamen die Tropen, es war die Psyche, die ihnen nicht standhielt. «Hadern Sie denn nie mit diesen Fragen?»

«Nein. Aber ich war schon immer der Meinung, dass meine Sichtweise die richtige ist. Das ist eine kleine Schwäche von mir.»

«Eine amerikanische Schwäche.»

«Möglich. Aber Fen hat sie auch.»

«Dann eben eine koloniale Schwäche. Haben Sie deshalb diesen Beruf ergriffen? Damit Sie mit Ihrer Sichtweise zu Wort kommen und die Leute erst einmal um die Welt reisen und dann ihr eigenes Buch schreiben müssen, um Sie zu widerlegen?»

Ganz plötzlich grinste sie.

«Was ist?», fragte ich.

«Mir kommt schon zum zweiten Mal heute Abend eine Sache in den Sinn, an die ich jahrelang nicht mehr gedacht hatte.»

«Und zwar?»

«Mein erstes Schulzeugnis. Ich wurde erst mit neun in die Schule geschickt, und die Bemerkung meiner Lehrerin nach dem ersten Halbjahr lautete: ‹Die Schülerin offenbart ein Zuviel an Begeisterung für ihre eigenen Ansichten und ein beklagenswertes Zuwenig an Begeisterung für die Ansichten anderer, namentlich die ihrer Lehrerin.›»

Ich lachte. «Wann fiel es Ihnen das erste Mal ein?»

«Als wir vorhin ankamen und ich mich auf Ihrem Schreibtisch umgesehen habe. All Ihre Notizen und Papiere und Bücher – die Ideen sind nur so auf mich eingestürmt, und das hatte ich schon eine Weile nicht mehr. Ich dachte, vielleicht kommt es nie wieder. Sie schauen so ungläubig.»

«Gar nicht ungläubig. Ich frage mich nur bang, wie dann wohl ein Zuviel an Begeisterung aussieht. Wenn das, was ich jetzt erlebe, ein Zuwenig ist.»

«Wenn Sie so wie Fen sind, gefällt es Ihnen nicht sehr.»

Ich dachte bei mir, dass ich wohl eher nicht wie Fen war.

Sie blickte auf ihren Mann, der tief und fest neben ihr schlief, die Lippen vorgeschoben und die Stirn gefurcht, als versuchte ihn jemand gegen seinen Willen zu füttern.

«Wie haben Sie sich kennengelernt?»

«Auf einem Schiff. Nach meiner ersten Forschungsreise.»

«Eine Bordromanze.» Es kam fast als Frage heraus, als wollte ich nahelegen, dass der Entschluss überhastet gewesen war, und ich schob schnell ein blässliches «Das sind die besten» nach.

«Ja. Es ging furchtbar schnell. Ich war auf der Rückreise von den Salomonen. Eine Gruppe kanadischer Touristen auf dem Schiff konnte sich gar nicht beruhigen darüber, dass ich die Eingeborenen so ganz ohne Anstandsdame studiert hatte, und ich tischte ihnen alle möglichen Geschichten auf, und Fen schlich ein paar Tage lang stumm um uns herum. Ich wusste nicht, wer er war – keiner wusste das –, aber er war der einzige Mann in meinem Alter, und er forderte mich nicht zum Tanzen auf. Und dann, aus heiterem Himmel, kam er beim Frühstück zu mir und wollte wissen, was ich letzte Nacht geträumt hätte. Er habe die Träume eines Stammes auf einer Insel namens Dobu studiert, erklärte er, und sei zu einem Lehrauftrag in London unterwegs. Wirklich, es war so eine Überraschung, dass dieser kräftige schwarzhaarige Aussie Anthropologe war wie ich. Wir hatten beide unsere erste Forschungsreise hinter uns, das gab uns natürlich eine Menge Gesprächsstoff. Er war so voller Schwung und Humor. Auf Dobu sind alle Hexer, und so belegte Fen die Leute mit allen möglichen Arten von Zauber oder Bann, und wir versteckten uns, um zu sehen, ob es wirkte. Wir waren wie kleine Kinder, überglücklich, unter all diesen steifen Erwachsenen jemanden zum Spielen gefunden zu haben. Und Fen neigt zu dieser Wir-gegen-den-Rest-der-Welt-Mentalität, die anfangs sehr einnehmend ist. All die anderen Passagiere existierten nicht mehr. Wir redeten und lachten den ganzen Weg bis Marseille. Zweieinhalb Monate. Man denkt, nach so langem vertrauten Umgang kennt man einen Menschen.» Sie starrte auf einen Punkt hinter meiner linken Schulter. Sie schien gar nicht zu merken, dass sie verstummt war. Ich fragte mich schon, ob sie mit offenen Augen schlief. Dann kehrte ihr Blick zu mir zurück. «Er ging nach London und unterrichtete dort für ein Semester. Ich fuhr nach Hause, um mein Buch zu schreiben. Ein Jahr später heirateten wir dann und kamen hierher.»

Sie war erschöpft.

«Ich mache Ihnen besser ein Bett zurecht», sagte ich und stand auf.

Ich ging in den kleinen, mit Moskitonetzen abgehängten Schlafbereich. Das Bettzeug auf meiner Schlafmatte war seit Wochen nicht gewechselt worden, und überall lagen meine Kleider verstreut. Ich stopfte alles in die Lattenkiste, die ich als Nachttisch benutzte, und breitete saubere Laken über die Matte, so dass es halbwegs wie ein richtiges Bett aussah. Ein gutes Kissen hatte ich, noch von zu Hause, aber durch die Feuchtigkeit waren die Federn so verklumpt, dass sie sich mehr wie Lehm als wie Daunen anfühlten.

Hinter mir hörte ich Lachen. Sie sah mir durch das Moskitonetz zu, wie ich an dem Ding herumplusterte. «Um Gottes willen, keine solchen Umstände. Aber sagen Sie mir doch bitte, wo die Latrine ist, wenn Sie eine haben.»

Ich brachte sie hin. In den Tropen musste man seine Latrinen in gehörigem Abstand zum Haus bauen. Das hatte ich bei den Baining durch schmerzliche Erfahrung gelernt. Der Himmel wurde schon hell, deshalb brauchten wir keine Fackel. Ich war mir nicht sicher, in welchem Zustand die Latrine war – schließlich hatte ich nicht mit Damenbesuch gerechnet –, und wollte eigentlich noch schnell nach dem Rechten sehen, aber sie erreichte sie vor mir und schlüpfte hinein, ehe ich sie daran hindern konnte.

Jetzt stand ich vor einem Dilemma. Zu weit wollte ich mich nicht entfernen, falls drinnen eine Schlange oder Fledermaus war, beides Tiere, die ich in dem engen Verschlag schon angetroffen hatte, wie auch einen Flughund sowie einen betörend schönen rot-goldenen Vogel, den Teket als Hirngespinst von mir einstufte. Andererseits wollte ich um Gottes willen diskret sein. Bevor ich mir aber über den rechten Abstand schlüssig wurde, ertönte von drinnen ein erstaunlich lautes Pladdern, das gar nicht wieder aufhören wollte. Dann war sie draußen und ging mit mir den Pfad zurück, humpelnd, aber von neuer Energie erfüllt.

Bei unserer Rückkehr hatte sich Fen auf die Seite gewälzt und schnaufte in schweren, gemessenen Stößen wie ein auftauchender Wal. Es schien mir ein ungeheuer intimes Geräusch, und ich wünschte, ich hätte ihn ins Bett verfrachtet, bevor er in derart tiefen Schlaf sank. Ich hatte gedacht, Nell würde sich hinlegen, aber sie folgte mir nach hinten, wo ich bei einer Tasse Tee in Ruhe darüber hatte nachdenken wollen, wo ich einen geeigneten Stamm für sie auftreiben konnte.

Sie fragte mich, was für ein Puzzleteil das denn sei, das ich noch einpassen wolle, und ich erzählte ihr von einer Wai genannten Zeremonie, die ich nur einmal miterlebt hatte, kurz nach meiner Ankunft hier, und meinen unausgereiften Überlegungen zu dem Transvestismus, der darin eine Rolle spielte. Ob ich meine Ideen schon einmal an den Kiona ausprobiert hätte, erkundigte sie sich.

Ich lachte. «‹Ist dir bewusst, Nmebito, dass du, indem du eine Nacht lang deine feminine Seite auslebst, für eure Gemeinschaft das Gleichgewicht wiederherstellst, das die überentwickelte maskuline Aggression eurer Kultur oft bedroht?› So in etwa?»

«Vielleicht eher: Glaubt ihr, wenn Männer Frauen werden und Frauen Männer, bringt das Freude und Frieden?»

«Aber auf diese Art reflektieren sie nicht.»

«Natürlich reflektieren sie. Sie reflektieren über ihren letzten Fischzug – wie viel sie gefangen haben, wo sie morgen am besten fischen gehen. Sie reflektieren über ihre Kinder, ihre Ehepartner, ihre Geschwister, ihre Schulden, die Versprechen, die sie gegeben haben.»

«Aber ich sehe keine Anzeichen dafür, dass die Kiona ihre eigenen Rituale analysieren, um ihren Sinn zu verstehen», sagte ich.

«Manche schon, ganz bestimmt. Nur sind sie in eine Kultur hineingeboren, die dafür keinen Raum bietet, dadurch verliert der Impuls an Kraft wie ein unbenutzter Muskel. Man muss ihnen helfen, ihn zu trainieren.»

«Tun Sie das?»

«Ja. Es geht natürlich nicht von heute auf morgen. Aber die Antwort ist in den Kiona zu finden, nicht in Ihnen. Sie müssen sie nur aus ihnen herausholen.»

«Da setzen Sie analytische Fähigkeiten voraus, von denen ich mir nicht sicher bin, dass sie sie besitzen.»

«Es sind Menschen, mit einem voll funktionsfähigen menschlichen Gehirn. Wenn ich nicht der Meinung wäre, dass sie mein Menschsein in vollem Umfang teilen, wäre ich nicht hier.» Jetzt hatten ihre Wangen richtig Farbe bekommen. «An Zoologie bin ich nicht interessiert.»

Beobachten, beobachten, beobachten, war mir eingeschärft worden. Keine Silbe darüber, dass ich meine Erkenntnisse mit dem Forschungsobjekt selbst besprechen oder an seine Analysefähigkeit appellieren sollte. «Aber muss dieses Vorgehen bei ihnen nicht zu einer Bewusstheit führen, die dann wiederum die Ergebnisse verändert?»

«Wenn man beobachtet, ohne seine Beobachtungen mitzuteilen, schafft das meiner Erfahrung nach eine extrem künstliche Atmosphäre. Die Leute verstehen nicht, warum man da ist. Seien Sie ganz offen mit ihnen, dann reagieren alle entspannter und unverfälschter.»

Auch jetzt erinnerte sie mich wieder an einen Kuskus, mit diesem aufgeweckten Gesicht und dem leicht unbestimmten Blick in den großen grauen Augen. «Setzen wir uns erst einmal und trinken unseren Tee, einverstanden?»

Als wir saßen, sagte sie: «Freud vergleicht die Naturvölker ja mit abendländischen Kindern. Das glaube ich zwar keine Sekunde lang, aber die meisten Anthropologen zucken dabei nicht mit der Wimper, also will ich es mal so stehen lassen, meiner These zuliebe, die folgende ist: Jedes Kind sucht nach Sinn. Als ich vier war, habe ich meine hochschwangere Mutter gefragt: Wozu ist das alles gut? Alles was?, fragte sie. Dieses ganze *Leben*. Ich weiß noch den Blick, mit dem sie mich ansah – ich dachte, jetzt habe ich etwas Verbotenes gesagt. Sie setzte sich zu mir an den Tisch und erklärte, das sei eine sehr große Frage, die ich da gestellt hätte, und ich würde sie erst beantworten können, wenn ich eine uralte Frau wäre. Aber sie hatte unrecht. Denn meine Schwester wurde geboren, und als meine Mutter mit ihr nach Hause kam, wusste ich plötzlich, wozu das Leben gut war. Ihr Name war Katie, aber sie hieß bei allen nur Nells Baby. Sie *war* mein Baby. Ich habe alles mit ihr gemacht: sie gefüttert, sie gewickelt, sie angezogen, sie in den Schlaf gesungen. Und dann, mit neun Monaten, wurde sie krank. Mich schickten sie zu meiner Tante nach New Jersey, und als ich zurückkam, war sie weg. Ich hatte mich nicht einmal verabschieden können. Sie nicht mehr berühren, nicht im Arm halten. Sie war weg wie ein Teppich oder ein Stuhl. Letztlich, glaube ich, habe ich die entscheidenden Lektionen des Lebens gelernt, bevor ich sechs wurde. Für mich sind der Sinn hinter dem Ganzen andere Menschen, aber andere Menschen können verschwinden. Ihnen muss ich das ja wohl nicht sagen.»

«Bei den Kiona hat jeder einen heiligen Namen, einen geheimen Geisternamen für die Welt nach dieser Welt. Ich habe John und Martin neue Namen gegeben, und ein bisschen hilft das. Bringt sie irgendwie näher.» Mein Herz klopfte plötzlich sehr laut. «Hatten Sie keine Geschwister außer Katie?»

«Doch. Meine Mutter bekam zwei Jahre später einen Jungen. Michael. Aber ich mochte nicht in seine Nähe kommen. Ich sagte hässliche Dinge über ihn. Wahrscheinlich war das der Grund, warum sie mich endlich doch zur Schule schickten. Um den armen Michael von mir zu erlösen.»

«Und wie ist Ihr Verhältnis jetzt?»

«Geht so. Zur Zeit zürnt er mir, weil ich nicht Fens Namen angenommen habe und weil das gleich in mehreren Städten in der Zeitung stand.»

Auch mir war es irgendwo zu Ohren gekommen.

«Hatten Sie ein enges Verhältnis zu Ihren Brüdern?», fragte sie.

«Ja, aber das habe ich erst begriffen, als sie schon tot waren.» Die

Kehle wurde mir eng, aber ich zwängte die Worte trotzdem hervor. «Als John starb, war ich zwölf, und ich dachte, wäre es doch Martin gewesen. Ich dachte, damit wäre ich leichter zurechtgekommen, weil er mir so viel näherstand und mich so oft piesackte. John war wie ein geliebter Onkel, der heimkam und mit mir Frösche fangen ging und mir Geleebonbons kaufte. Martin hänselte mich und äffte mich nach. Und dann, sechs Jahre nach John, starb Martin wirklich, und ich hatte das Gefühl, ich ...» Die Kehle schnürte sich mir endgültig zu, und nichts ging mehr hindurch. Sie sah mich an und nickte in das Schweigen zwischen uns, als würde ich noch immer sprechen, zusammenhängend und klar.

6

Hinter einem Moskitonetz gibt es keine Privatsphäre. Als ich am nächsten Morgen mit Fen über unserer grob gezeichneten Karte des Flusses saß, drehte sich Nell auf den Rücken und setzte sich auf. Sie legte die Wange aufs Knie und rührte sich dann lange Zeit nicht mehr.

«Ihr geht's schlechter, oder?», sagte ich. Die Malaria meldete sich oft mit einem Kopfschmerz, als hiebe einem jemand eine Axt in den Schädel.

«Auf in den Kampf, Nellie», sagte er, ohne sich umzusehen. «Wir müssen los, Stämme besichtigen.» Und zu mir, leiser: «Man darf sich vom Fieber nicht einholen lassen. Man muss ihm vorausbleiben, das ist der Trick.»

«Meiner Erfahrung nach gibt es einem nicht immer die Chance dazu.» Wenn mich ein Malariaschub ereilte, füllte sich mein ganzer Körper mit Blei, und ich konnte froh sein, wenn ich es bis zum Nachttopf schaffte. Ich holte meinen Arzneikasten.

«Ich geh schon mal scheißen», sagte er zu ihr durch das Netz. «Halt uns bitte nicht auf.»

Falls sie etwas antwortete, hörte ich es nicht. Ihre Wange blieb gegen das Knie gedrückt. Fen verschwand den Pfad hinunter.

Nicht, dass sie spärlich bekleidet war – sie trug noch das Hemd und die Hose vom Abend –, dennoch scheute ich mich, sie anzusprechen. Ich wollte ihr das Gefühl geben, für sich zu sein. Ich tat geschäftig – wendete ein paar Yamswurzeln in der Glut, ging nach hinten, um das Geschirr abzuspülen, das aus genau zwei Tellern und zwei Bechern bestand und nur kurz ausgeschwenkt werden musste.

«Haben Sie überhaupt geschlafen?»

Ich fuhr herum. Sie saß am Tisch.

«Ein bisschen», sagte ich.

«Lügner.»

Auf ihren Wangen leuchteten zwei puppenhaft rote Kreise, aber die Lippen waren blutleer, und die Augen hatten einen glasigen Gelbschimmer. Ich schüttelte mir vier Aspirin in die Hand. «Zu viele?»

Sie reckte den Hals und spähte angestrengt. «Wunderbar.»

«Sie brauchen eine Brille.»

«Ich bin vor ein paar Monaten auf meine draufgetreten.»

«Bankson! Da ist jemand», rief Fen von unten. «Ich krieg nicht raus, was er will.»

«Ich komme gleich.» Ich holte Nell Wasser für ihre Tabletten, ging dann an die kleinere Truhe in meiner Arbeitsecke und tastete auf ihrem knirschenden Boden herum, bis ich in einem Winkel das schmale Futteral spürte. Ich hatte es nicht geöffnet, seit meine Mutter es mir vor der Abfahrt gegeben hatte.

«Ich weiß nicht, ob Ihnen damit gedient ist», sagte ich und reichte es ihr.

Sie ließ es aufschnappen. Das Drahtgestell war schlicht, dünner als in meiner Erinnerung. Zinnfarben. Nahezu Ton in Ton mit ihren Augen.

«Brauchen Sie die denn nicht selber?»

«Sie hat Martin gehört.» Ein Polizeibeamter hatte sie mehrere Monate nach seinem Tod bei uns abgeliefert, frisch geputzt und mit einem Bändchen am Steg, an dem ein Namensschild hing.

All dies schien sie sogleich zu verstehen und nahm die Brille ganz zart aus dem abgegriffenen Etui und setzte sie auf.

«Ah», sagte sie mit einem Schritt zum Fenster hin. «Da draußen wird gefischt.» Sie drehte sich wieder zu mir um, die Bügel immer noch mit beiden Händen an die Schläfen gedrückt, als würden sie sonst abfallen. «Und Sie könnten eine Rasur vertragen, Mr Bankson.»

«Heißt das, sie passt?»

«Ich glaube, ich bin vielleicht noch etwas kurzsichtiger als Martin, aber weit auseinander sind wir nicht.»

Martin im Präsens. Ich hörte es mit einem kleinen frohen Gefühl. «Ich schenke sie Ihnen.»

«Das kann ich nicht annehmen.»

«Ich habe viele Sachen von ihm.» Das stimmte nicht. Bei meiner Mutter im Schrank lagen ein oder zwei Pullover von ihm, aber mehr auch nicht. Seine Koffer waren kaum aus London eingetroffen, da hatte mein Vater schon alles zum Roten Kreuz bringen lassen. «Fröhliche Weihnachten», sagte ich.

Sie lächelte, als es ihr wieder einfiel. «Ich passe gut auf sie auf.»

Die Brille war etwas groß für ihr kleines Kuskusgesicht, aber irgendwie stand sie ihr. Hier draußen wurde man tagtäglich um seine Besitztümer bedrängt, da tat es gut, einmal unverlangt etwas geben zu können.

«Bankson, helfen Sie mir mal!»

Ich ging hinunter zu Fen, der sich ein Blickeduell mit einem meiner Gewährsleute lieferte, Ragwa, den ich an diesem Nachmittag zu einer Namensgebungszeremonie im Dorf seiner Schwester begleiten sollte. Ragwa hatte die Drohhaltung der Kiona eingenommen, Arme angewinkelt, Kinn über die Füße vorgereckt, und Fen bestärkte ihn noch darin, indem er ganz genauso dastand, ob unbewusst oder gezielt, war für mich nicht zu erkennen.

«Fragen Sie ihn nach dem heiligen Gegenstand», zischte Fen.

Aber Ragwa fiel mir ins Wort: Bei seiner Frau hätten die Wehen eingesetzt, er könne mich heute nicht begleiten. Damit eilte er davon.

«Sind hier alle so?»

«Er sorgt sich um seine Frau. Das Kind kommt zu früh.» Vor einigen Wochen hatte Ragwa meine Hand genommen und auf den Bauch seiner Frau gelegt, und unter der prallen Wölbung hatte das Kind sich geregt. Ich kannte so etwas nicht, ja, ich hatte nicht gewusst, dass das möglich war. Das Gefühl pochte noch lange hinterher an meiner Handfläche nach. Es war, als legte man die Hand auf den Meeresspiegel und spürte einen Fisch in der Tiefe. Ragwa amüsierte sich königlich über den Ausdruck auf meinem Gesicht.

«Kann ich bei der Geburt helfen?» Nell stand in der Tür.

«Wir wollten doch los», sagte Fen, ohne die Brille zu bemerken.

«Aber wenn es eine Frühgeburt ist ...»

«Sie kriegen ihre Kinder jetzt schon eine Weile ohne dich, Nell.»

«Ich habe Erfahrung damit», sagte sie zu mir.

«Das ist sehr freundlich von Ihnen. Aber kinderlose Frauen dürfen bei Geburten nicht dabei sein, das ist tabu.»

Sie nickte. «Das war bei den Anapa auch so», sagte sie, aber ihre Stimme hatte etwas Brüchiges, und ich hatte das Gefühl, ihr wehgetan zu haben.

«Und wir müssen wirklich zusehen, dass wir etwas finden, Nellie», sagte Fen sanfter, als ich ihn je gehört hatte.

Ich veranstaltete eine kurze Dorfführung für sie, und eine Stunde später brachen wir auf zu den Ngoni. Ich hatte wärmstens für diesen Stamm plädiert: Sie waren tüchtige Krieger, was Fen gefallen würde, und berühmte Heiler, was interessant – und praktisch – für Nell sein könnte, hoffte ich. Aber der wahre Grund, warum ich die Ngoni vorgeschlagen hatte, war, dass sie nur eine Bootsstunde von meinem Dorf entfernt lebten.

Kaum waren wir auf dem Wasser, wurden wir hungrig. Ich hatte Proviant für mehrere Tage eingepackt. Wir aßen mit den Händen, gruben die Finger in noch warme gebackene Yams und das kühle Fleisch einer Jackfrucht. Ich wachte darüber, dass auch Nell vorn im Bug ihren Teil abbekam, und sorgte dafür, dass sie zulangte. Die Stärkung ließ sie etwas aufleben. Mit wehendem Haar sah sie voraus und drehte sich zwischendurch nach mir um, um mich mit Fragen über Dechseln und Kinamuscheln und Schöpfungsmythen zu traktieren.

Die Ngoni lebten gleich hinter der Sandbank, auf der man im Dunkeln so leicht auflief. Die Häuser des Dorfs standen in Dreiergruppen etwa fünf Meter von der Uferkante entfernt, auf Pfählen wie alle Häuser der Gegend, zum Schutz vor Ungeziefer und Überflutung.

«Kein Strand?», sagte Nell.

Daran hatte ich nicht gedacht. Es stimmte. Das Land fiel schroff zum Wasser ab.

«Ein bisschen düster, oder?», sagte Fen. «Wenig Sonne.»

Das Geräusch des herantuckernden Bootes hatte mehrere Männer an die Uferkante gelockt.

«Lassen Sie uns weiterfahren, Bankson», sagte Nell. «Lassen Sie uns hier nicht anhalten.»

Als Nächstes kamen die Yarapat, aber Fen fand, dass die Häuser zu dicht überm Boden gebaut waren. Ich versuchte mit dem Anstieg des Geländes zu argumentieren – das Yarapat-Dorf lag auf einem hohen Hügel –, aber er war auf den Admiralitätsinseln einmal in ein Hochwasser geraten, und damit waren die Yarapat gestorben.

Auch das nächste Dorf entsprach nicht ihren Wünschen.

«Kein Kunstsinn», urteilte Nell.

«Was?»

«Das Gesicht da.» Sie zeigte auf die riesige Maske über dem Eingang eines Zeremonialhauses, das vom Wasser aus sichtbar war. «So krude. Da haben wir andere Sachen gesehen.»

«Wir brauchen Kunst, Bankson», näselte Fen von seinem Sitz vor mir. «Wir brauchen Museen und Theater und ein *Balletthaus*, wenn Sie so gut sein könnten.»

«Möchtest du etwa anhalten?», fragte Nell ihn.

«Nein.»

Wir waren jetzt vier Stunden von Nengai entfernt, und die Sonne sank schnell wie überall am Äquator. Wir waren noch nicht einmal aus dem Boot gestiegen. Ich kannte noch einen Stamm in dieser Richtung des Flusses, die Wokup, aber danach verließ mich meine Ortskenntnis. Die Wokup hatten einen Strand, hoch gelegene Häuser und Kunstsinn.

Als ihr Dorf in Sicht kam, steuerte ich in voller Fahrt auf den Strand zu, fest entschlossen, mich durch kein Gemäkel der beiden beirren zu lassen. Obwohl ich mich auf das Ufer hinter ihr konzentrierte, spürte ich, dass Nell meinen verbissenen Ausdruck nachmachte. Aber ich verübelte ihr ihre Ziererei bei den anderen Stämmen und konnte nichts Witziges daran finden.

Niemand kam zum Wasser herunter, um uns zu begrüßen. Ich hörte einen Ruf, keine Trommel, schnelle, huschende Bewegung irgendwo, ein Kind schrie auf, danach nichts mehr.

Ich war mit einigen Wokup in Kontakt gekommen. Sie hatten ihre Erfahrungen mit Weißen – niemand an diesem Teil des Flusses hatte die nicht. So gut wie alle Stämme wussten Geschichten von Leuten zu erzählen, die ins Gefängnis gesperrt oder von Anwerbern – Blackbirder hießen sie damals – in die Minen gelockt worden waren. Ich zog den Einbaum ans Ufer, und wir blieben darin sitzen, um sie nicht noch mehr zu beunruhigen. Ein zweiter Ruf erklang, und kurz darauf näherten sich uns drei Männer. Ihre Rücken konnte ich nicht sehen, aber die Narbenwülste an ihren Armen waren länger als die Krokodilhautmuster der Kiona, mehr wie Haarsträhnen oder Sonnenstrahlen geformt. Sie trugen nichts am Leib als ein paar Armbänder, und sie stellten sich auf dem Sand in Positur. Sie wussten, wenn auch vielleicht nicht aus eigener Anschauung, dass den Weißen Kräfte zu Gebote standen – Stahlklingen, Flinten, Pistolen, Dynamit –, die sie nicht hatten. Sie wussten, dass diese Kräfte ganz plötzlich entfesselt werden konnten, ohne Vorwarnung. Angst haben wir trotzdem keine, versicherten sie uns mit ihren gespreizten Beinen, den durchgedrückten Rücken, dem harten Blick.

Der in der Mitte erkannte mich vom Markt in Timbunke wieder und sprach in gebrochenem Kiona mit mir. Nach dem, was ich mir aus den Brocken zusammenreimen konnte, erwartete ihr Dorf einen Überfall von einem Sumpfstamm. Die Sumpfstämme, schwach und ausgelaugt, kamen in der Hackordnung des Sepik weit unten, aber sie waren unberechenbar. Ich erklärte, dass meine Freunde daran interessiert seien, bei ihnen zu wohnen und ihre Gebräuche kennenzulernen, dass sie viele Geschenke mitbrächten – aber er winkte ab, bevor ich am Ende angelangt war. Es sei keine gute Zeit, sagte er viele Male. Da sei der Überfall, und da sei noch etwas anderes, das ich nicht verstand. Keine gute Zeit. Übernachten dürften wir – er könne uns keine sichere Heimfahrt im Dunkeln garantieren, jetzt, wo ihre Feinde im Anmarsch waren –, aber am Morgen müssten wir abreisen.

«Ich weiß nicht, wie viel davon stimmt», sagte ich zu Nell und Fen, nachdem ich ihnen die Worte des Häuptlings übersetzt hatte. «Möglich, dass er auf Anreize wartet.»

«Sagen Sie ihm, wir können ihm und seinem ganzen Stamm Salz und Streichhölzer für die nächsten zehn Jahre geben», sagte Fen.

«Wir sollten nichts Unwahres sagen.»

«In Port Moresby haben wir Tonnen von dem Zeug.»

Mir das von Nell bestätigen zu lassen schien mir unhöflich. Trotzdem konnte ich nur schwer glauben, dass sie nach anderthalb Jahren noch so viel zu bieten haben sollten.

«Wir sind nicht gerade Meister des leichten Gepäcks», sagte sie.

Ich begann, dem Häuptling das auseinanderzusetzen, aber wieder hob er die Hand, gekränkt: Ihnen mangele es an nichts, und sie bräuchten nichts von uns, aber zu unserer eigenen Sicherheit und der seines Stammes würde er uns über Nacht bleiben lassen.

Wir folgten den drei Wokup ins Dorf. Ein Junge wurde die Leiter eines Hauses hinaufgeschickt, und nach einer knappen Minute kletterten eine Mutter und fünf Kinder heraus. Ohne einen Blick in unsere Richtung gingen sie zu einem Haus drei Türen weiter. Die Kinder maunzten ein bisschen, als sie drinnen waren. Die Erwachsenen brachten sie ärgerlich zum Schweigen.

Der Häuptling machte uns ein Zeichen. Fen mit unserer Tasche stieg als Erster hinauf und langte dann herunter, um mir mit dem Motor zu helfen. Es war ein kleines Haus. Die Frau musste die

Zweit- oder Drittfrau des Häuptlings sein, dessen Haus nebenan deutlich größer war. Wir sahen ihm zu, wie er seine Leiter hochstieg und verschwand.

Wir saßen nahezu im Finstern. Sämtliche Öffnungen waren mit schwarz gefärbtem Rindenbast verhängt. Im Dorf war es still. Ich glaubte fast den Schweiß aus unseren Poren sickern zu hören.

«Mann, wenigstens einen Happen zu essen hätten sie uns anbieten können», sagte Fen.

«Schscht», mahnte Nell.

Er kramte in seinem Sack herum. Ich dachte, er würde aus einem Geheimvorrat ein paar Konserven hervorholen, aber zum Vorschein kam ein Revolver.

Mir dröhnte plötzlich alles Blut in den Ohren.

«Pack ihn wieder ein, Fen», sagte Nell. «Du wirst ihn nicht brauchen.»

«Mit denen ist nicht gut Kirschen essen. Habt ihr die Speere da draußen gesehen?»

Nell sagte nichts.

«Die Speere, die an dem Haus neben dem Häuptlingshaus lehnen. Habt ihr die nicht gesehen?» Er klang ganz aufgekratzt. «Geschärft. Vielleicht vergiftet.»

«Fen. Hör auf», sagte sie streng.

Er schob die Waffe zurück in den Sack. «Die machen ernst.» Mit ein paar schnellen, geduckten Schritten war er bei der Tür und spähte durch einen Spalt in dem Rindenbast. «Wir sollten uns beim Schlafen abwechseln, Bankson.»

Viel Schlaf würde ohnehin nicht herausspringen. Die Luft im Haus stand, und alles schwirrte von Insekten. Wir aßen von unseren Vorräten, spielten im Licht einer Kerze ein paar Runden Dreier-Bridge, dann suchten wir uns jeder ein Bett. Die Wokup schliefen in geschlossenen Hängematten, nicht in Säcken wie die Kiona oder auf Bodenmatten wie die Baining. Ich entschied mich für die Hängematte hinten im Eck. Selbst wenn ich mich noch so klein machte, war sie immer noch einen halben Meter zu kurz, darum sagte ich Fen, ich würde die erste Wache übernehmen. Er zeigte in Richtung Revolver, aber ich ließ ihn, wo er war.

Ich rollte den Rindenbast ein Stück hoch und setzte mich in die Türöffnung, einen Pfosten im Kreuz. Nebel lag über dem Fluss wie eine löchrige Decke. Hinter mir betteten Nell und Fen sich in ihren Hängematten zurecht. «Als würde man in einem Teebeutel schlafen», hörte ich seine Stimme. Nell lachte und erwiderte etwas, das ich nicht verstand, das ihn aber zum Lachen brachte. Es war das erste Mal, dass ich mich in ihrer Gesellschaft einsam fühlte, und es versetzte mir einen raschen, heftigen Stich. Sie waren hier, aber sie gehörten einander, und sie würden wieder abreisen und mich allein zurücklassen.

Aus dem Dunkel ringsum erklangen die Geräusche des Dschungels. Krächzen, Kratzen, Kreischen. Jaulen, Knurren, Platschen. Summen, Schnarren und Sirren. Sämtliche Kreaturen da draußen schienen auf der Pirsch zu sein. In schlimmen Nächten in Nengai konnte ich mir einbilden, sie zögen einen immer engeren Kreis um mich.

Ich versuchte mich auf die unmittelbare Zukunft zu konzentrieren, auf den morgigen Tag statt auf die endlose Spanne Zeit, die sich bedrohlich dahinter ausdehnte. Ich würde sie an den Tamsee bringen müssen. Noch einmal drei Stunden stromaufwärts. Sieben Stunden von mir entfernt. Meine Besuche, wenn ich denn welche machte, würden geplant und mit Sicherheit seltener sein. Ich würde übernachten müssen, ich würde ihre Abläufe stören. Es beschämte mich, zu merken, wie verzweifelt ich diese Beinahefremden brauchte, und so nahm ich, während ich dort im Dunkeln saß, bei dem Gedanken an meine Arbeit Zuflucht, auch wenn mir das nach wie vor der sicherste Weg zurück an den Rand des Suizids schien. Aber Nell und ich hatten am Nachmittag noch einmal über die Wai gesprochen, und beim Reden war mir plötzlich die Idee gekommen, dass ich die Zeremonie vielleicht als Aufhänger für meine Geschichte der Kiona nehmen konnte. Meine Aufzeichnungen darüber bedeckten Hunderte von Seiten, aber was sie wirklich bedeutete, war mir immer noch unklar. Ursprünglich konzipiert als ein ausgefeiltes Ritual zur Feier des ersten Feindes, den ein Junge tötete, wurde die Wai-Zeremonie inzwischen nur noch sporadisch abgehalten und nicht mehr anlässlich einer Feindestötung, sondern aller möglicher Leistungen, die ein junger Mann vollbrachte: erster selbstgeangelter Fisch, erster selbsterlegter Eber, erstes selbstgebautes Kanu. Viele solcher Taten der letzten zwei Jahre waren jedoch unbegangen geblieben, und sooft mir auch versichert worden war, die nächste Wai komme bald, ließ dieses Bald immer noch auf sich warten.

Ich schloss die Augen und vergegenwärtigte mir die Zeremonie, wie ich sie miterlebt hatte. Es war in meinem ersten Monat gewesen, und ich hatte bei den Frauen gesessen – bei großen Zusammenkünften steckte man mich oft zu den Frauen, gemeinsam mit den Kindern und Geisteskranken. Links von mir saß Tupani-Kwo, eine der ältesten Frauen des Dorfes. Ich schaffte es, ihr einige Fragen zu stellen, verstand jedoch kaum eine ihrer Antworten. Alles schien ein einziges Durcheinander. Als Erstes traten der Vater und die Onkel des Jungen auf, für den die Feier abgehalten wurde, in schmutzigen zerschlissenen Röcken, um den Bauch Stricke gespannt, wie die Schwangeren sie trugen. Sie humpelten daher, als wären sie krank oder dem Tode nah. Als Nächstes kamen die Frauen, im Kopfschmuck der Männer und mit Kriegstrophäen behängt, große orangerote Peniskocher um die Hüften. Sie hielten die Kalkbehälter der Männer in der Hand und zogen die gekerbten Kalkstößel darüber, dass es laut klapperte und all die Quasten schwangen, die am Ende der Stößel hingen und deren jede für einen getöteten Feind stand. Die Frauen gingen hoch aufgerichtet und stolz und genossen ihren Part sichtlich. Der Junge und mehrere seiner Freunde kamen mit langen Gehstöcken zu ihnen gelaufen, und die Frauen legten die Kalkbehälter weg, packten die Stöcke und droschen damit auf die Männer ein, bis diese davonrannten.

Ich schlich mich in meine Ecke, um meine Kladde und die Zitronenölkerze zu holen. Fen und Nell hingen als dunkle Klumpen in ihren Hängematten. Wieder an meinem Platz an der Tür, begann ich mein letztes Gespräch mit Tupani-Kwo über jenen Tag zu beschreiben. Ich staunte, wie viel Energie ich plötzlich dafür aufbrachte. Die Gedanken strömten, und ich bekam sie zu fassen und hielt nur kurz einmal inne, um meinen Bleistift mit dem Federmesser zu spitzen. Nells Glücksrausch fiel mir ein, und ich hätte beinahe laut aufgelacht. Dieser kleine Wortschwall jetzt war das Glücksähnlichste, was mir je im Feld widerfahren war.

Hinter mir knarzte das steife Geflecht einer Hängematte, und Nell erschien und setzte sich neben mich, ihre nackten Füße auf der obersten Leitersprosse. Doch, sie hatte noch all ihre Zehen.

«Wenn jemand arbeitet, macht mich das immer wach», sagte sie.

«Schon fertig.» Ich klappte das Notizbuch zu.

«Nein, bitte, schreiben Sie weiter. Das hat so was Friedliches.»

«Mir waren sowieso gerade die Worte ausgegangen. Ich glaube, der nächste Schub braucht noch.»

Sie kicherte.

«Was ist so lustig?»

«Jetzt haben Sie mich schon wieder an etwas erinnert.»

«Nämlich an was?»

«Es ist nur diese Geschichte, die mein Vater immer erzählt. Ich habe keine eigene Erinnerung daran. Er sagt, mit drei oder vier hätte ich einen furchtbaren Tobsuchtsanfall gehabt und mich in der Ankleide meiner Mutter eingesperrt. Ich riss ihre Kleider von den Bügeln und schmiss ihre Schuhe durch die Gegend und veranstaltete einen mordsmäßigen Spektakel, und dann wurde es totenstill. ‹Elinor?›, fragte meine Mutter schließlich. ‹Ist alles in Ordnung?› Und darauf muss ich wohl gesagt haben: ‹Ich habe deine Kleider vollgespuckt und deine Hüte vollgespuckt, und jetzt warte ich auf neue Spucke.›»

Ich lachte. Ich sah sie vor mir, mit pausbäckigem roten Gesicht und dicken Wuschelhaaren.

«Das ist die letzte Nell-Stone-Kindheitsvignette, mit der ich Sie langweile, versprochen.»

«Amüsieren Sie Ihre Eltern immer noch?» Bei mir war das etwas, das ich mir beim besten Willen nicht mehr vorstellen konnte.

Sie lachte. «Sie finden mich gar nicht mehr komisch.»

«Wieso nicht?»

«Ich habe ein Buch geschrieben, das vom Geschlechtsleben kleiner Wilder handelt.»

«Das ist nicht so salonfähig wie Hüte vollspucken, schließe ich daraus?»

«Längst nicht so salonfähig», sagte sie und ahmte meinen Akzent nach. Sie setzte Martins Brille auf. Sie hatte sie in der Hand gehalten. «Die Reaktionen auf dieses Buch waren völlig überzogen. Ich war froh, außer Landes zu kommen.»

«Ich habe es leider nicht gelesen.»

«Sie haben eine ziemlich gute Entschuldigung.»

«Ich hätte es mir schicken lassen können.»

«Es kam in England nicht sonderlich gut an», sagte sie. «Jetzt schauen Sie, dass Sie etwas schlafen. Ich übernehme diese Wache. Oh, sehen Sie den Mond.»

Er war nur ein dünnes Spänchen, hinter dem sich der Rest der unbeleuchteten Kugel als schwache Aura abzeichnete.

«Der neue Mond hielt den alten/ im Arme die letzte Nacht», stimmte sie in gutturalem Schottisch an.

«Da hört' ich in meiner Koje ...», nahm ich den Faden auf.

«Die Windsbraut, wie sie gelacht.»

«Im Winde flaggten die Wimpel ...», fuhr ich fort und verstärkte meinerseits meinen Akzent.

«Hoch tanzten Schiff und Flut ...»

«Drei Tage, da schwamm auf dem Meere ...»

Und sie fiel ein: «... nur noch ein bebänderter Hut.» Ich hielt den

Blick auf den Mond gerichtet, aber ich hörte das Lächeln in ihrer Stimme.

Die Amerikaner konnten einen manchmal verblüffen mit ihrer Bildung.

Ich weiß nicht mehr, was wir danach noch redeten, ob es eine lange oder eine kurze Zeit war, die verging, bevor hinter uns ein Schnappgeräusch und ein Poltern ertönten. Wir sprangen auf. Fen lag mitsamt seiner Hängematte auf dem Boden. Ich hielt die Kerze über ihn, während Nell sich zu ihm hinabkauerte. Seine Augen waren zu, und als sie ihn stupste und fragte, ob er sich etwas getan habe, sagte er: «Das ist immer der Teil, wo's haarig wird.» Und dann: «Hau mit dem Schuh dagegen, Blödmann», und er wälzte sich auf die Seite.

«Ich glaube, er versucht eine Bierflasche zu öffnen.»

Wir brachen in Lachen aus und überließen ihn seinen Bemühungen. Ich machte mir aus meinen Ersatzkleidern ein kleines Lager unter meiner Hängematte in der Ecke zurecht. Ich hatte nicht damit gerechnet, allen Ernstes einzuschlafen, aber ich schlief, fest sogar, und als ich wach wurde, hatten sie schon gepackt und warteten auf mich.

Fast alle Wokup waren am Strand versammelt, um uns zu verabschieden. Sie quiekten und johlten, und die Kinder stürzten sich ins Wasser.

«Mit dem Rauskomplimentieren haben sie's deutlich mehr als mit dem Begrüßen», bemerkte Fen.

«So viel also zu dem Überfall aus den Sümpfen», sagte ich.

«Möglich», gab Nell zu.

Fen wollte gern ans Steuer, also bremste ich ab, und wir tauschten schwankend Plätze. Er drehte den Benzinhahn voll auf, und wir schossen los.

«Fen!», schrie Nell, aber mit einem Lachen in der Stimme. Sie setzte sich um, mit dem Rücken in Fahrtrichtung, und ihre Knie streiften meine Schienbeine. «Ich kann gar nicht hinschauen. Sagt mir rechtzeitig vor dem Zusammenstoß Bescheid.» Ihre Haare, nicht mehr zum Zopf zusammengefasst, flatterten zu mir herüber. Das Fieber und das offene Haar, dunkelbraun mit kupferfarbenen und goldenen Strähnen, verliehen ihrem Gesicht einen Anschein blühender Gesundheit.

Wenn die Tam kein Treffer waren, würden sie nach Australien weiterfahren. Das hier war meine letzte Chance, es hinzubiegen. Und ich sah ihr an, dass sie skeptisch war. Aber Teket war viele Male bei den Tam gewesen, um seine Kusine zu besuchen, und wenn auch nur die Hälfte von dem, was er berichtete, der Wahrheit entsprach, so dachte ich, müsste es selbst dieses wählerische Anthropologenpaar zufriedenstellen. «Wir hätten gleich hierherkommen sollen.» Eigentlich hatte ich es gar nicht laut sagen wollen. «Es war selbstsüchtig von mir.»

Sie lächelte und wies Fen an, uns nicht umzubringen, bevor wir angekommen seien.

Nach mehreren Stunden sah ich den Nebenfluss, in den wir einbiegen mussten. Fen drehte eine scharfe Kurve und nahm backbords etwas Wasser auf. Es war ein schmales Flüsschen, gelblich braun. Die Sonne verschwand, und die Luft strich uns kühl übers Gesicht.

«Verdammt flach», sagte Fen.

«Nur keine Sorge», sagte ich und spähte ins Wasser, ob ich irgendwo den Grund sah.

Die Regenzeit ließ auf sich warten. Die Ufer rechts und links ragten hoch auf, Mauern aus Lehm und weißem Wurzelgeknäuel. Ich hielt angespannt nach der Abzweigung Ausschau, von der Teket mir erzählt hatte. Nicht lang nach der Mündung, hatte er gesagt. Mit einem Motorboot würde sie schnell erreicht sein.

«Hier.» Ich zeigte nach rechts.

«Hier? Wo?»

«Gleich da.» Wir waren schon fast daran vorbei.

Der Einbaum schlingerte und glitt dann in eine enge schwarze Öffnung zwischen dichten Büschen, die laut Teket Kopi hießen und die aussahen wie Süßwassermangroven.

«Das ist nicht Ihr Ernst, Bankson», sagte Fen.

«Das ist ein Fenn, oder?», fragte Nell. «Fen im Fenn.»

«So was ist ein Fenn? Gott schütze uns», sagte er. Der Durchlass war gerade breit genug für ein einzelnes Boot. Äste zerkratzten uns die Arme, und weil wir so langsam fuhren, fielen die Insekten in Schwärmen über uns her. «Das ist ja der reinste Irrgarten.»

Von Teket wusste ich, dass es nur den einen Durchfluss gab. «Einfach dem Wasser folgen.»

«Da könnt ihr Gift drauf nehmen. Ah, verdammtes Mückengeschmeiß!»

Wir tuckerten eine lange Zeit durch diesen engen Korridor, und ihr Vertrauen in mich schwand zusehends. Am liebsten hätte ich ihnen alles erzählt, was ich über die Tam gehört hatte, aber besser, sie schraubten ihre Erwartungen herunter.

«Sind Sie sich sicher, dass wir genug Benzin für diesen Spaß haben?», fragte Fen.

Just in dem Moment weitete sich der Blick.

Der See war riesig, mindestens zwölf Meilen im Durchmesser, das Wasser kohlschwarz und gesäumt von hellgrünen Hügeln. Fen schaltete in den Leerlauf, und ein kleines Weilchen schaukelten wir nur leise. Vor uns am Ufer war ein breiter Strand, und zwanzig Meter davor, wie ein Spiegelbild, eine leuchtend weiße Sandbank. Jedenfalls hielt ich es für eine Sandbank, bis sie sich plötzlich hob, ausfranste und in die Luft zerstob.

«Pelikane», sagte ich. «Weiße Pelikane.»

«O mein Gott», sagte Nell. «Ist das schön, Bankson.»

7

Mit Helen Benjamin traf ich erstmals 1938 zusammen, beim Internationalen Kongress für Anthropologie und Ethnologie in Kopenhagen. Ich ging zu ihrer Podiumsdiskussion über Eugenik, bei der sie als Einzige dagegen argumentierte und als Einzige bei Verstand zu sein schien. In ihrer Sprechweise wie auch der Gestik erinnerte sie mich an Nell. Ich schlüpfte gleich nach Beendigung der Diskussion aus dem Saal. Aber irgendwie stahl sie sich vom Podium herunter und holte mich in der Eingangshalle ein, bevor ich mich davonmachen konnte. Sie schien meine Gefühle genau zu verstehen, dankte mir nur, dass ich zu ihrer Veranstaltung gekommen war, und drückte mir einen dicken Umschlag in die Hand. Das war etwas, was ich mittlerweile gewöhnt war – Leute, die hofften, ich könnte etwas für sie und ihre Manuskripte tun –, aber bei Helen verwunderte es mich. Ihr *Kreisbogen der Kultur* war ein großer Erfolg gewesen, und jedwedes Renommee, zu dem ich es seither gebracht hatte, durch das Achsenkreuz und mein Buch über die Kiona, verdankte ihrer Arbeit sehr viel.

Ich öffnete das Päckchen erst, als ich im Zug zurück nach Calais saß. Eine so anmaßende Geste, mein lässiger Griff in diesen braunen Umschlag. Es war kein Manuskript. Es war ein in Rindenbast eingeschlagenes Büchlein aus weißem Schreibmaschinenpapier, in der Mitte gefaltet und am Falz mit groben Stichen zusammengenäht. Mit einer Büroklammer waren ein paar Zeilen von Helen darangeheftet: *Sie hat an jedem neuen Ort eins dieser Hefte begonnen und es im Futter ihrer Truhe vor fremden Blicken versteckt. Die übrigen habe ich behalten, aber dieses hier sollten Sie haben.* Es mochten wohl vierzig Seiten sein, etliche dem Ende zu leer. Die Einträge reichten über knapp vier Monate, angefangen bei ihren ersten Tagen am Tamsee.

3.1.

4.1. Mir gestern dieses neue Heft genäht & mich dann von all den frischen leeren Seiten einschüchtern lassen. Hatte über Bankson schreiben wollen, mich aber nicht so recht getraut. Stattdessen Brief an Helen ohne eine Silbe über ihn. Körperlich viel besser dran. Schon erbärmlich, wie viel Schmerz sang- & klanglos verschwindet, sobald sich jemand ein bisschen kümmert.

Das Haus, in dem wir fürs Erste untergebracht sind, heißt Haus des Zambun. Oder vielleicht besser mit X, Xambun, das wirkt griechischer. So wie sie den Namen sagen, Xambun, erwartungsvoll, raunend, wie zur Beschwörung von etwas sehr Machtvollem, muss es fast ein Geist oder Ahne sein. Auch wenn ich hier keine Schwingungen spüre wie sonst in den Häusern, die den Toten vorbehalten sind. Und wenn er ein Geist ist, warum sollten sie uns dann erlauben, sein Haus zu entweihen?

Möchte noch mehr schreiben, aber zu viele Gefühle auf einmal wollen heraus und verkeilen sich.

6.1. Aber warum das Theater um ihn? Wenn er je kalt oder arrogant oder ein Platzhirsch war, haben ihn seine 25 Monate bei den Kiona gründlich kuriert. Kaum zu glauben, diese Scharen gebrochener Herzen, die er in England hinterlassen haben soll. Und Fen sagt, dass er pervers ist. Was ich gesehen habe, war ein staksiger, verstrubbelter, unglaublich verletzlicher langer Lulatsch. Ein Wolkenkratzer im Vergleich zu mir. Ich wüsste nicht, wann ich je bei irgendwem solche Körpergröße kombiniert mit solcher Sensibilität erlebt habe. Sehr große Männer sind so oft von Haus aus distanziert & unnahbar (William, Paul G. usw.). Ich trage die Brille seines toten Bruders.

Wir standen gestern im seichten Wasser & winkten ihm nach, und mir fiel plötzlich ein Herbsttag mit 8 oder 9 ein, als mein Bruder & ich zum ersten Mal mit irgendwelchen neuen Nachbarskindern gespielt hatten & hinterher mit ihnen im Garten standen, noch warm vom Laufen, aber fröstelnd in der plötzlichen Abendkühle, und mich eine schreckliche Angst packte, dass wir nie wieder so spielen würden, dass es nie mehr so sein würde wie heute. Ich weiß nicht, ob sich die Vorahnung bestätigte. Ich weiß nur noch dieses Bleigewicht in meiner Brust, als ich die Hintertreppe hinaufstieg.

Ich bin müde heute Abend. Wieder eine neue Sprache lernen – die 3. in 18 Monaten –, wieder einem Haufen Fremder auf den Leib rücken, die unsere Zündhölzer & Rasierklingen nehmen, aber ansonsten nichts von uns wissen wollen – die Aufgabe ist mir noch nie beängstigender erschienen. Was hat B. gesagt? Wir studieren keine echten Eingeborenen, wir studieren Hofschranzen. Einblicke in das Leben, wie es vor der Ankunft der Weißen war, sind selten, wenn nicht ausgeschlossen. Ihm schwindet der Glaube, dass unsere Arbeit überhaupt einen Sinn hat. Hat sie wirklich keinen? Habe ich mir etwas vorgemacht? Sind all dies verlorene Jahre?

10.1. Ich glaube, ich habe eine erste Freundin. Eine Frau namens Malun. Sie kam heute mit entzückenden kleinen Kokosschälchen für uns, Kochtöpfen & einem Bilum voll mit Yams & Räucherfisch. Sie spricht mehrere hiesige Sprachen, aber fast gar kein Pidgin, darum wedelten wir hauptsächlich mit den Armen und lachten. Sie ist älter, nicht mehr im Gebäralter, mit rasiertem Kopf wie alle verheirateten Frauen, muskulös & streng, bis sie – gegen ihren eisernen Vorsatz, so scheint es – in Gekicher ausbricht. Am Schluss des Besuchs hatte ich sie so weit, dass sie meine Schuhe anprobierte.

Nachmittags bei der Baustelle. Unser künftiges Haus nimmt Formen an. Wir haben einen guten Platz ausgesucht, gleich an der Kreuzung von Frauen- & Männerweg (die Männer natürlich mit der schöneren Sicht auf den See), wo wir alles im Blick haben. Momentan sind ca. 30 Leute eingespannt, und Fen scheucht sie alle herum, mit nur ein paar Brocken Tam, aber umso lauterer Donnerstimme, wenn nötig. Wie angenehm, dass er einmal nicht mich anschreit.

Langsam kriege ich ein paar von den Kindern herum. Ich gehe zu der Wiese hinter den Schlafhäusern der Frauen, wo sie spielen, oder hinunter zum See, wo sie schwimmen, und hocke mich hin und warte. Heute hatte ich eine feuerrote Spielzeuglokomotive dabei & schob sie durch den Sand & ließ sie rattern. Ihre Neugier war stärker als ihre Angst, und sie kamen näher, bis ich «Tut-tut» sagte und sie davonstoben und ich lachte, und zuletzt lockte die Lokomotive sie doch wieder an. Konnte mein kleines Lexikon um mindestens 50 Wörter erweitern bei dieser Sitzung. Sämtliche Körperteile + Landschaftsbegriffe. Sie bekommen das Erklären nicht so schnell satt wie die Erwachsenen. Sie fühlen sich gern als Experten. Alles kleine Kinder zwischen 3 & 8. Sehr selbstständig, ganz anders als die Kirakira mit ihren gluckenhaften Babysitterinnen. Hier helfen die heranwachsenden Mädchen offenbar schon ab 9, 10 beim Fischen & Weben mit, und die Jungen werden im Töpfern & Malen angelernt. Also stromern die Kleinen frei durch die Gegend. So niedlich – Piya & Amini mit ihren runden Bäuchlein und Gürteln aus Tulpenbaumrinde. Am liebsten würde ich sie auf den Arm nehmen & herumtragen, aber noch halten sie mehrere Meter Abstand zu mir, immer auf der Hut, immer den Strand entlanglinsend, ob auch ja ein Erwachsener in Sicht ist.

11.1. Heute Nachmittag hat Fen einen Haus-, einen Jagd- & einen Küchenboy mitgebracht. Er hat die volle Auswahl bei sciner Baustelle, wobei der Jagdboy mir zu schmächtig vorkommt, um viel mehr anschleppen zu können als eine Ente oder Spitzmaus, und der Hausboy, Wanji, band sich ein Geschirrtuch um den Kopf, flitzte davon, um es seinen Freunden vorzuführen, und ward nicht mehr gesehen. Aber der Küchenboy sah die Yams & den Fisch und machte sich ohne ein Wort an die Arbeit. Er heißt Bani und ist ernst & still und, glaube ich, ein bisschen allein unter den lauten, redseligen Männern. Wenn er etwas älter wäre, könnte er eine gute Informationsquelle abgeben, aber ich fürchte, er ist höchstens 14. Die Schlacht um die Informanten steht Fen & mir noch bevor. Ich habe ihm heute beim Mittagessen gesagt, dass ich ihm die erste Wahl lassen würde. Er meinte, völlig egal, wen er sich aussuche, am Ende würde er mir doch wieder nur meinen abluchsen wollen. Also sagte ich, er solle seine Wahl treffen, dann träfe ich meine, und dann dürfe er noch mal wählen. Darüber mussten wir beide lachen. Ich sagte ihm, mein nächstes Buch soll *Hundert Tipps für die Ehe im Busch* heißen.

Ich habe einen Sprachlehrer gefunden. Karu. Er kann etwas Pidgin aus seiner Kindheit in Ambunti, in der Nähe der Polizeistation dort. Dank ihm umfasst mein Lexikon jetzt 1000 Wörter & ich frage mich morgens & abends ab, obwohl ich mir insgeheim fast noch mehr Zeit ohne die Sprache wünschte. Ohne Sprache richtet man ein so viel sorgsameres Augenmerk aufeinander. Meine neue Freundin Malun hat mich heute in ein Frauenhaus mitgenommen, wo die Frauen webten & Netze flickten und wir mit ihrer schwangeren Tochter Sali & Salis Tante väterlicherseits & den vier erwachsenen Töchtern der Tante zusammensaßen. Ich nehme ihren abgehackten Sprechrhythmus in mir auf, den Klang ihres Lachens, ihre Kopfhaltung. Ich erfasse die Beziehungen unter den Frauen, die Sympathien & Antipathien im Raum auf eine Weise, wie ich es über die Sprache nie könnte. Im Grunde behindert die Sprache die Kommunikation, merke ich immer wieder, sie steht im Weg wie ein zu dominanter Sinn. Man achtet viel stärker auf alles Übrige, wenn man keine Worte versteht. Sobald das Verstehen einsetzt, fällt so viel anderes weg. Man beginnt sich ganz auf die Worte zu verlassen, aber Worte sind eben nur bedingt verlässlich.

13.1. Habe gerade 4 Stunden Notizen aus 2 Tagen getippt. Zensus jetzt komplett, 17 Häuser, 228 Menschen. Musste Fen regelrecht von der Baustelle losreißen, um an die Zahlen für die Männerhäuser zu kommen, die ich ja nicht betreten darf.

Ab & zu, wenn ich nicht aufpasse, denke ich daran, wie B. mich an diesem ersten Abend verpflastert hat, und für ein paar Sekunden kommt alles in mir ganz leicht ins Taumeln. Wahrscheinlich ist es gut, dass er nicht so bald wiedergekommen ist, wie er eigentlich wollte.

17.1. Heute kam Malun mit einem riesigen Korb und sehr ernstem Gesicht zu mir. Xambun, so erklärte sie, ist ihr Sohn. Sie öffnete den Korb und zeigte mir Ellen über Ellen geknoteter Palmwedel, ein Knoten für jeden Tag, den er schon fort ist. Ich hatte das Gefühl, mir würden vier neue Ohren wachsen, so angestrengt versuchte ich zusammenzustückeln, was sie mir erzählte. Es dauerte, aber ich weiß jetzt, dass Xambun nicht tot ist. Er hat sich von den Blackbirdern weglocken lassen, um in einer Mine zu arbeiten, Edie Creek, vermute ich. Er ist ein starker Mann, ein hochgewachsener Mann, ein kluger Mann, ein schneller Läufer, ein guter Schwimmer, ein herausragender Jäger, erfuhr ich. (Sowohl Bani als auch Wanji haben all das & mehr bestätigt. Xambun scheint ihr Paul Bunyan, George Washington & John Henry in Personalunion zu sein.)

Malun wollte von mir wissen, ob wir die Männer kennen, mit denen er fortgegangen ist. Langsam glaube ich, das ist der Grund, warum sie uns so bereitwillig aufgenommen haben: Sie hofften, wir hätten Nachricht von Xambun. Ich wollte, es wäre so. Welche Fundgrube ein solcher Mann sein müsste, welchen Blick auf seine Kultur er mitbringen würde. Malun glaubt, dass er sehr bald heimkehren wird. Ich hatte weder die Worte noch das Herz, ihr zu sagen, was ich über diese Goldminen weiß. Ich sagte ihr nicht, dass es ihm im Zweifel nicht freisteht zu gehen. Ach, diese Liebe & Furcht in ihren Augen, als sie ihren Korb voller Blätterknoten streichelte.

8

Bei meinen wöchentlichen Briefen an meine Mutter kam es auf dreierlei an:

1) ihr zu zeigen, dass ich noch lebte,
2) zu beweisen, dass meine Arbeit wichtig war und zügig in die richtige Richtung voranschritt,
3) durchblicken zu lassen, ohne deshalb zu lügen, dass ich lieber bei ihr in Grantchester wäre als irgendwo sonst auf der Welt.

Punkt 1 bot erwartungsgemäß keine Schwierigkeiten. Es reichte, dass ich «Liebe Mutter» tippte. Punkt 2 und 3 erforderten Verstellung, und für Unaufrichtigkeit hatte meine Mutter bei mir einen Riecher wie ein Höllenhund für den Tod.

Aber nun gab es eine vierte Herausforderung: Nell Stone unerwähnt zu lassen. Nichts leichter als das, sollte man meinen. Und doch fand ich es unsäglich schwer. Drei Briefe hatte ich bereits aus der Maschine gerissen. Ich zerknüllte sie und warf sie aus dem Fenster, und der kleine Kanshi und zwei Freunde von ihm trieben sie mit Rohrstöcken vor sich her. Ich warf einen vierten hinaus, und die Jungen johlten vor Freude, und Kanshis Großmutter schrie aus ihrem Moskitosack, sie halte ein Nickerchen, ob sie nicht so nett sein und sich im Fluss ertränken wollten.

Ich spannte ein neues Blatt ein.

Liebe Mutter,

heute ist schon der 1. Februar, kann das sein? Noch drei Monate. Vielleicht treffen dieser Brief und ich ja gleichzeitig bei Dir ein. Der Garten wird bis dahin in voller Blüte stehen, und wir werden unseren Tee unter dem Flieder und der Felsenbirne einnehmen, und die Welt wird wieder in Ordnung sein.

Ich hoffe, dass dieser Brief Dich bei guter Gesundheit antrifft und keine Wintergrippe Dich ereilt hat. War es denn ein milder Winter?

Ich hatte das ungute Gefühl, genau das in den letzten beiden Briefen auch schon gefragt zu haben, aber ich kämpfte mich weiter.

Wenn Du diesen Brief in Händen hältst, wird der Winter jedenfalls nur noch eine ferne Erinnerung sein, und wir werden Komplotte schmieden, wie wir die Blattläuse am besten von den Felicia-Rosen fernhalten und den Knöterich daran hindern können, die Südwand völlig zu überranken. Sommersorgen.

Wie bereits erwähnt, habe ich mich in den letzten Wochen eingehend mit den Todesritualen der Kiona beschäftigt. Gestern habe ich einer Zeremonie beigewohnt, bei der der Schädel eines lang Verstorbenen ausgegraben und mit Ton übermodelliert wurde, bis wieder ein echtes, fleischiges Gesicht mit Nase, Mund und Kinn entstand. Der arme Künstler musste sich herbe Kritik an seiner Nachbildung der Züge gefallen lassen, doch zuletzt einigte man sich auf eine Version, und der Mintshanggu stand nichts mehr im Wege. Der Kopf kam auf ein Podest, und die Männer krochen darunter und spielten ihre Flöten für die Frauen, die stoisch lauschten, fast wie in Trance. Und dann erhoben sich die Frauen und hängten Speisen für den Geist des Mannes auf und sangen die Namenslieder seines Klans mütterlicherseits. Als ich fragte, wie lange er schon tot sei, wusste niemand eine Antwort. Die Leute weinten, nicht das laute, thea-

tralische Schluchzen der Männer bei Beerdigungen, sondern ein natürlicheres Weinen. Natürlich. *Ich merke, dass ich das Wort unbedacht benutze. Was mir als Engländer natürlich scheint, könnte alles andere als natürlich für, sagen wir,*

Ich hielt inne. Ich kam mir wie ein Schuljunge vor in meinem Drang, das Wort zu schreiben.

jemanden aus Amerika sein, geschweige denn für einen Stamm in Neuguinea.

Ihre Fühler würden sich aufrichten. Sie würde Verdacht schöpfen.

Ich stelle fest, dass mich diese Frage nach der Subjektivität, nach dem beschränkten Blickwinkel des Anthropologen, zunehmend mehr interessiert als die Traditionen und Gebräuche der Kiona. Vielleicht ist alle Wissenschaft letztlich nur Selbsterforschung.

Warum die beiden nicht einfach erwähnen?

Ich hatte kürzlich Besuch von Anthropologen-Kollegen, die, ohne dass ich es wusste, schon fast so lange in der Region sind wie ich, ein Ehepaar – er aus Queensland, ein großer, bärenstarker Bursche, mit dem ich damals in Sydney zu tun hatte, und sie Amerikanerin, ziemlich bekannt, aber ein kränkliches, mickeriges Geschöpf mit einem Gesicht wie ein weiblicher Darwin.

Da. Das würde sie nicht allzu hellhörig machen, oder? O doch. Und ob es das würde. Ich packte den oberen Seitenrand und zog so vehement, dass das Blatt entzweiriss. Zur Hölle mit ihr. Ich rupfte auch die andere Hälfte heraus, knüllte beide zu einem Ball zusammen und warf ihn hinaus zu den Jungen, die bei dem Anblick in ein neues Glücksgeheul ausbrachen. Klare Verfehlung von Punkt 2 und 4. Nach einer gewissen Anzahl von Sätzen wurden meine Briefe an meine Mutter unweigerlich zu Briefen an Nell. Meine Gedanken waren in einem fortwährenden Gespräch mit ihr gefangen, das Gefühl, mit ihr zu reden, hallte in mir nach, störte mich auf, weckte mich, so wie einen eine plötzliche Krankheit mitten in der Nacht aus dem Schlaf holt.

Bevor ich von ihnen weggefahren war, hatte ich ein Exemplar ihres Buchs mitgehen lassen. Ich las es in einem Zug, sobald ich daheim angekommen war. Und am Tag darauf gleich ein zweites Mal. Es war das unakademischste ethnographische Werk, das mir je untergekommen war, so voller Beschreibungen und generalisierender Schlussfolgerungen, dass für methodische Analyse kaum Platz blieb. Haddon hatte sich in einem seiner letzten Briefe über den Erfolg der *Kinder von Kirakira* bei den Amerikanern lustig gemacht – in Zukunft sollten wir alle eine Romanautorin auf unsere Forschungsreisen mitnehmen, spottete er. Und doch schrieb sie mit einer Dringlichkeit, die zwar fast jeder von uns schon empfunden hatte, die aber keiner offen zu zeigen wagte, weil wir alle noch immer den Gepflogenheiten der alten Wissenschaften verhaftet waren. Jahrelang hatte ich meine Schriften brav mit der Nase am Boden verfasst, wie man es mir an der Universität beigebracht hatte, und hier war Nell Stone, die beim Schreiben den Kopf hochreckte und ihn nach allen Seiten drehte. Es war inspirierend und provozierend, und ich musste sie unbedingt wiedersehen.

Ich war schon mehrmals zum Tamsee aufgebrochen, aber jedes Mal nach spätestens einer Stunde umgekehrt, überzeugt, dass es noch zu früh war, dass sie mich noch nicht erwarteten, es sich noch nicht leisten konnten, durch einen Besucher aus ihrer Routine gerissen zu werden. Ich würde hinter ihnen hertrotten, ein nutzloser Störenfried, während sie die Arbeit von zwölf Monaten in sieben zu erledigen versuchten. Wäre die Strecke weniger weit gewesen, hätte ich unter einem Vorwand vorbeischauen können. Fen hatte von einem Jagdausflug innerhalb der nächsten zwei Wochen gesprochen, bei dem er mich dabeihaben wollte, aber nachdem er keine Nachricht geschickt hatte, war ihm wohl doch nicht ernst gewesen damit.

Bei mir dachte ich, dass Fen sicherlich nicht Nells Disziplin mitbrachte, aber dafür einen scharfen Verstand, große Sprachbegabung und ein ungewöhnliches, fast künstlerisches Auge für seine Umgebung. So war ihm am Strand aufgefallen, dass die Kiona ihre Einbäume auf die Seite und alle Netze in einem großen Haufen davor legten. Wie Bankreihen vor dem Altar einer Dorfkirche, hatte er gesagt, und seitdem konnte ich es auf keine andere Weise mehr sehen.

Ich liebte sie, alle beide, mit einer ganz kindlichen Liebe, schien mir. Ich sehnte mich nach ihnen, viel mehr, als sie sich je nach mir sehnen konnten. Sie hatten einander. Sie machten sich keinen Begriff davon, was fünfundzwanzig Monate Einsamkeit in einer kleinen Hütte bedeuteten. Nell hatte anderthalb Jahre auf den Salomonen verbracht, aber sie hatte beim Gouverneur und seiner Frau gewohnt und deren sämtliche Freunde und Besucher zur Gesellschaft gehabt. Fen war auf Dobu allein gewesen, aber hatte er nicht erwähnt, dass er zwischendurch zur Hochzeit seines Bruders nach Cairns gefahren war? Die Heimat war für ihn nur tausend Meilen weit weg gewesen.

Die Jungen draußen hatten jetzt Pfeil und Bogen geholt und schossen nach einer über den Boden kugelnden Papaya. Einem von ihnen riss die Sehne, und er rannte in den Busch, drehte ein Bambusrohr aus dem Boden und zerrte mit Händen und Zähnen die Faser heraus, band sie an seinem Bogen fest und lief zurück zu seinem Spiel.

Nell und Fen hatten meine Selbstmordgedanken vertrieben. Aber was hatten sie mir stattdessen gelassen? Brennende Wünsche, eine Flut des Verlangens, die ich in keine Bahn lenken konnte, ein Sichverzehren, ohne zu wissen, wonach. Ich verzehrte mich. Punkt. Es war das Gegenteil von Sterbenwollen. Aber kaum weniger unerträglich.

9

20.1. Sehe den Frauen draußen beim Fischen zu. Noch fast kein Licht am Himmel. Die Kanus gleiten über das glatte schwarze Wasser, silberblaue Rauchsäulen aus den Feuerschalen am Heck steigen breit empor & zerfasern. Ein paar Frauen waten im kühlen brusthohen Wasser herum & kontrollieren ihre Reusen. Andere sind schon ins Boot zurückgeklettert & wärmen sich an den kleinen Feuern.

Gestern wurden uns unsere Schlitztrommelrufe zugeteilt. Sie haben uns mit einer kleinen Zeremonie überrascht. Fens Ruf sind 3 lange, wuchtige Schläge, gefolgt von 2 kurzen. Meiner sind 6 ganz rasch aufeinanderfolgende Schläge, wie Schritte, sagten sie, meines flinken Gangs wegen. Männer aus Maluns & Salis Klan führten die Tänze auf & die alte Frau neben mir klagte darüber, dass die jüngere Generation die Schrittfolgen nicht mehr richtig lernt.

24.1. Haus noch nicht fertig, aber an den Vormittagen kommen jetzt die Kinder & wer immer sonst Lust hat & zeichnen oder spielen Murmeln & lassen dabei meine radebrechenden Befragungen über sich ergehen. Sie lachen mich aus und äffen mich nach, aber immerhin antworten sie. Zum Glück sind die Tam-Wörter kurz – 2 & 3 Silben, kein Vergleich mit den 6-silbigen Mumb.-Wörtern –, aber auf 16 (bis jetzt!) Geschlechter war ich nicht eingestellt. Fen schreibt nichts mit, saugt Worte in sich auf wie den Sonnenschein und scheint die Syntax intuitiv zu begreifen. Er kann sich mühelos verständigen, und die Leute lachen viel weniger über ihn, weil er ein Mann ist und größer als sie alle und mit vollen Händen Salz & Zündhölzer & Zigaretten verteilt.

30.1. Heute kamen unsere Sachen aus Port Moresby, zusammen mit unserer Post. 1 kümmerlicher Brief von Helen. Von mir hat sie in der Zeit bestimmt 30 bekommen. Zwei Seiten. Kaum das Porto wert. Das meiste über ihr Buch, das so gut wie fertig ist. Am Ende flicht sie ein: «Ich treffe mich jetzt öfter mit einem Mädchen namens Karen, falls Louise das schon erwähnt hat.» Was Louise sich natürlich nicht hat nehmen lassen. Ein sehr kühler Brief. Und meine an sie immer noch so voller Entschuldigungen & Bedauern & Verwirrung. Manchmal wache ich nachts auf und denke: Meinetwegen hat sie Stanley verlassen! Und mein Herz rast – und erst dann fällt mir ein, dass es ja alles längst ausgestanden ist, und ich sehe sie wieder mit ihrem blauen Hut in Marseille am Kai stehen und mich mit Fen von Bord gehen. In dieser Nacht bei Gertie fragte sie mich, ob ich in einer Beziehung lieber der wäre, der eine Spur mehr, oder der, der eine Spur weniger liebt. Mehr, sagte ich. Diesmal nicht, flüsterte sie mir ins Ohr. Ich werde immer die sein, die mehr liebt. Ich sagte nicht: Aber *ich* liebe, ohne besitzen zu müssen. Weil ich damals den Unterschied noch nicht kannte.

Das Gepäck kam auf 3 langen Pinassen; sie müssen ziemlich zerschrammt worden sein in dem engen Durchfluss. Die Tam hielten es für einen Überfall, und wir hatten unsere liebe Not, sie zu beruhigen. Der Anblick so viel modernen Geräts hat ihre Sicht auf uns verändert (wenn auch noch ohne Anzeichen von Vailala-Wahn), und ein Teil von mir wünscht, wir hätten nur Papiernachschub & die versprochenen Belohnungen für sie bestellt. Trotzdem bin ich froh um die Matratze & meinen Schreibtisch & meine ganzen Arbeitswerkzeuge, die Malfarben & Babypuppen & Stifteschachteln, so dass niemand mehr um das Lila streiten muss, & Knetmasse & Karten.

Jetzt sind es 5 Wochen, seit Bankson uns hergebracht hat. Er ist nicht wieder hier gewesen. Er hat uns so viel Gutes getan, dass ich ihm nicht recht zürnen kann. Fen dagegen ist ganz offen verschnupft – B. hätte versprochen, nach 2 Wochen zurückzukommen & mit ihm auf eine Expedition zu gehen, bei der Fen ihm die Mumbanyo zeigen wollte, sagt er. Wahrscheinlich hatte B. einfach genug von unserem Gezänke & Gemaule & meinen 100 verschiedenen Zipperlein. Aber wir haben uns gebessert. Er hat uns an unserem Tiefpunkt kennengelernt, und in gewisser Weise, denke ich, haben seine Gegenwart, seine Begeisterung für uns beide uns dabei geholfen, uns auf das zu besinnen, was wir aneinander schätzen. Diese Etappe unserer Reise verläuft glatter als alle bisherigen. Vielleicht gehen wir ja doch unbeschadet daraus hervor, womöglich sogar mit einem Kind. Meine Periode ist jetzt schon vier Tage überfällig.

1.2. Heute habe ich meinen ersten Witz verstanden. Ich beobachtete die Frauen im 2. Frauenhaus beim Weben von Moskitosäcken. Ich saß neben einer Frau namens Tadi & fragte sie, was sie mit den Muscheln vorhabe, die sie verdienen würde, & sie sagte, ihr Mann wolle sich davon eine neue Frau kaufen. «Ich kann diesen Sack nicht schnell genug machen», sagte sie. Wir bogen uns alle vor Lachen.

Meine Gedanken kreisen wie so oft um dieses Gespräch mit Helen auf der Treppe des Schermerhorn, über den ganz eigenen Geschmack jeder Kultur. Was sie an dem Abend damals sagte, kommt mir mindestens einmal am Tag ins Gedächtnis. Habe ich jemals etwas geäußert, das einem anderen über 8 Jahre täglich ins Gedächtnis kommt? Sie war frisch von den Zuñi zurückgekehrt, und ich war noch nie irgendwo gewesen, und sie versuchte mir zu erklären, dass all unser akademisches Rüstzeug uns nicht dabei helfen kann, diesen charakteristischen Geschmack zu identifizieren oder zu beschreiben, den es vor allem anderen in sich aufzunehmen & im Buch einzufangen gilt. Sie kam mir so alt vor damals – sie muss 36 gewesen sein –, und ich dachte, ich würde zwanzig Jahre brauchen, um zu verstehen, was sie meinte, aber sobald ich auf die Salomonen kam, wusste ich es. Und jetzt umgibt mich von allen Seiten dieser neue Geschmack, so anders als der dezente, aber humorlose Geschmack der Anapa oder der zähe Hautgout der Mumbanyo – dieser satte, dunkle, volle, vielschichtige Geschmack, den ich mit zaghaftem Nippen koste, aber wie mache ich diese Unterschiede dem normalen amerikanischen Leser begreiflich, der sich durch die Photos blättert, darauf schwarze Männer & Frauen mit Knochen in der Nase sieht und sie allesamt unter «Wilde» abheftet? Warum machen Sie sich um den normalen Leser Gedanken?, fragte Bankson mich am zweiten Abend. Was hat der Durchschnitt zu tun mit dem Nexus von Denken & Wandel? Auf die Demokratie blickt er ein bisschen herab. Als ich ihm zu erklären versuchte, dass ich mir bei den Kindern von KK meine Großmutter als Leserin vorgestellt habe, war ihm das regelrecht peinlich, glaube ich. Diese Gespräche mit B. fallen mir immer wieder ein. Vielleicht weil Fen nicht mehr gern mit mir über seine Arbeit spricht. Ich merke, wie er mit seinen Ideen hinterm Berg hält, als hätte er Angst, ich könnte sie für mein nächstes Buch stehlen, wenn er sie laut ausspricht. Wie deprimierend jetzt, an unsere Monate damals auf dem Schiff zu denken – die Freimütigkeit, mit der wir uns austauschten, ohne Rückhalt oder Befangenheit. Auch da läuft es wieder auf dieses Besitzdenken hinaus. Als mein Buch einmal veröffentlicht und meine Worte zu Handelsware geworden waren, ist etwas zwischen uns zerbrochen.

Und so spiele ich das, was B. & ich zueinander gesagt haben, in meinem Kopf ab wie eine Schallplatte. Er hat so lange festgesteckt in seinem spröden englischen Strukturalismus mit Köpfevermessen & Analogien über Ameisenkolonien, ohne auch nur eine brauchbare Strategie dafür, wie man im Feld an sein Ziel kommt. Ich fürchte, er hat sich mit den Kiona all diese Monate über das Wetter unterhalten. Zumindest schien er bestens über die Regenzeit informiert. Die noch nicht richtig eingesetzt hat, nur ein paar Spritzer bis jetzt. Ich mag es nicht, wenn sie so auf sich warten lässt. Alles lädt sich mit einer solchen Anspannung auf. Oma muni. Ein schlechtes Vorzeichen. Das hat mir Malun heute beigebracht. Allerdings redete sie von einer besonders krummen Yamswurzel.

4.2. Mit der Post durch. Wunderbar ausführliche Briefe von Mary G. & Charlotte. Nichtssagende von Edward, Claudia & Peter. Boas war witzig, er schrieb, dass die Missionare jetzt in Scharen nach den Salomonen pilgern, um die sündigen Seelen dort zu bekehren. Mir schwirrt der Kopf von all dem Neuen. Die Lindbergh-Ermittlungen & das Dienstmädchen, das Silberputzmittel geschluckt hat, Hoovers Armeeeinsatz gegen die Veteranen, Gandhis neuer Hungerstreik. Und dann mein Buch. Wenn mein Mann Bankier wäre, würde ich diesen Erfolg dann mehr genießen? Könnte ich ihm den Brief zeigen, den mir der Direktor der American Anthropological Association geschrieben hat, oder die Einladung nach Berkeley? Dieses ständige Herunterspielen, zu dem ich gezwungen bin, sitzt bei mir schon so tief, dass ich mir nicht einmal mehr ein paar heimliche Minuten der Genugtuung gönne, sondern alles im Keim ersticke. Und dann überrascht er mich plötzlich, indem er den Brief von Sir James Frazer herauspickt und sagt: «Gut gemacht, Nellie-Bellie. Den müssen wir rahmen lassen.»

53 Leserbriefe. Fen hat ein paar mit verstellter Stimme vor-

gelesen. «Werte Mrs Stone, ich finde es mehr als ironisch, dass Sie die ‹Befreiung› unserer Kinder durch eine plastische Schilderung von Akten bewerkstelligen wollen, deren bloße Lektüre sie zu ewigem Höllenfeuer verdammen muss.» Fens Mundstellung bei dem Wort Höllenfeuer war zum Schreien komisch – exakt die von Mrs Merne auf dem Schiff, die den ganzen Weg über den Indischen Ozean pikiert unser loses Benehmen beobachtete, bis sie endlich in Aden von Bord ging. Das Schiff ist immer ein gutes Thema für uns. Ist das bei allen Männern so – bleibt das Verbindende immer der Taumel der ersten Anziehung? Müssen wir immer den Bogen zurück zu diesen frühen Wochen schlagen, als er ein Zimmer nur zu betreten brauchte & ich mir augenblicklich die Kleider vom Leib reißen wollte? Mit Helen war das nicht so. Da hatte das Verlangen einen anderen Ursprung, bei mir jedenfalls. Einen tieferen? Ich weiß es nicht. Ich weiß nur, dass ich ganze Nächte hindurch wachliegen und mir einbilden kann, mir würde der Magen herausoperiert, so weh tut es, sie verloren zu haben. Und es macht mich wütend, dass ich zwischen ihnen wählen musste, dass Fen & Helen mich beide als ihr Ein & Alles forderten, wo ich doch selbst kein Ein & Alles wollte. Wie habe ich dieses Amy-Lowell-Gedicht geliebt, als ich es kennenlernte, von der Geliebten, die ihr erst roter Wein ist und dann zu Brot wird. Aber bei mir ist es anders gekommen. Mir bleibt meine Liebe Wein, aber ihnen werde ich zu schnell zu Brot. Es war nicht fair, dieses Entweder-oder, vor das sie mich in Marseille stellten. Vielleicht habe ich die konventionelle Wahl getroffen, mich für den leichteren Weg entschieden – leichter für meine Arbeit, meinen Ruf und natürlich ein Kind. Ein Kind, das nicht kommen will. Wieder Fehlalarm.

8.2.   Im eigenen Haus jetzt. Mit all unseren Sachen & Abläufen & dem Duft von frischem Holz. Ich lebe wie eine viktorianische Dame – empfange morgens meine Besucher & gehe am Nachmittag in die Häuser der Frauen, um meinerseits Besuche zu machen. Meine Gedanken schweifen zu leicht und zu oft von den Kindern, die doch mein eigentliches Thema sind, zu den Frauen ab, die einen solchen Gegensatz zu den apathischen Anapa-Frauen & den groben, aber machtlosen Mumb.-Frauen bilden. Diese Tam-Frauen haben Ehrgeiz und verdienen ihr eigenes Geld. Gut, einen Teil davon geben sie ihren Männern für neue Frauen oder ihren Söhnen als Brautgeld, aber den Rest behalten sie. Sie betreiben den Handel, auch den mit der Keramik der Männer. Und sie bestimmen selbst, wen sie heiraten; die jungen Männer schwänzeln um sie herum wie Collegemädels. Alles steht und fällt mit den Entscheidungen der Frauen. Ich beobachte hier eine faszinierende Umkehr der Geschlechterrollen. Fen, wen wundert's, sieht das anders.

Aber er arbeitet mehr, seit das Haus fertig ist. Ich habe ihm alles Spannende überlassen: Verwandtschaftsbeziehungen, Gesellschaftssystem, politische Organisation, Technik, Religion. Wobei er zu sehr auf die Verwandtschaftsbeziehungen fixiert ist, so wie er bei den Mumb. zu sehr auf Religion & Totems fixiert war. Er meint, er wäre hinter irgendein Muster gekommen, das er aber für sich behält. Immerhin gibt es ihm Richtung & Schwung, ich sollte mich also nicht zu sehr beklagen.

9.2. Jetzt hatten Fen & ich doch den Streit, den ich so gern vermeiden wollte. Nichts, was eskaliert wäre, er hat sich sehr gebessert in dieser Hinsicht. Wahrscheinlich hatten die Mumbanyo einfach auf ihn abgefärbt. Aber er hat vor lauter Konzentration auf seine verdammte Verwandtschaftstheorie alles andere schleifen lassen, so dass wir jetzt <u>nichts</u> über politische Organisation, Religion, Technik usw. haben. Er vermutete ein kreuzgeschlechtliches Strangsystem, bei dem Söhne von ihren Müttern erben und Töchter von ihren Vätern, und fing immer mehr Feuer und befragte ganze Tage hindurch die Männer in den Männerhäusern und blieb teils ganze Nächte lang auf, um es alles zusammenzutragen. Und jetzt erweist sich der gesamte Ansatz als irrig, und er verweigert jeden weiteren Handschlag und will nicht herausfinden, welches Muster dann dahintersteckt, oder irgendetwas anderes in Angriff nehmen. Ich habe ihm angeboten, Essen & Ernährung (wozu ich schon einiges an Material habe) gegen Verwandtschaft & Machtstrukturen zu tauschen, aber er will nicht. Das heißt, ich muss alles heimlich abdecken.

10.2. Dumpfe Träume von Helen in Marseille. Über drei Jahre ist das jetzt her, aber ich komme immer noch nicht los davon, hetze zwischen den beiden Hotels hin & her, versuche mich zu zerreißen. H am Kai, mit ihrem blauen Hut & den zitternden Lippen: Ich habe Stanley verlassen, ihre ersten Worte zu mir, und dann Fen, der uns nicht die versprochene Zeit ließ, sondern sich gleich hinter mir aufbaute, so dass kein Zweifel blieb, kein Platz für eine Erklärung. Was für grauenhafte Tage. Ganz und gar grauenhaft. Und trotzdem giere ich danach wie eine Opiumsüchtige.

Ich will zu viel. Seit jeher mein Fehler.

Und gleichzeitig fühle ich mich als Teil einer größeren Verzweiflung, als wären Helen & ich Gefäße für die Verzweiflung aller Frauen und ziemlich vieler Männer. Wer sind wir, und wohin geht es mit uns? Warum sind wir mit all unserem «Fortschritt» so beschränkt in unserem Begreifen & Mitfühlen & der Fähigkeit, einander wahren Freiraum zu lassen? Warum folgen wir bei allem Wert, den wir auf Individualität legen, immer noch so blind dem Drang zur Konformität? Charlotte schrieb, dass die Gerüchteküche um Howard & Paul brodele und dass Howard seine Stelle in Yale verlieren könnte. Und ihr Neffe, der in Wisconsin promoviert, wurde für verrückt erklärt und in die staatliche Irrenanstalt eingewiesen, als herauskam, dass er der Führer der dortigen kommunistischen Partei ist. Ich glaube, mehr als alles andere ist es die Freiheit, nach der ich in meiner Arbeit suche, in all diesen entlegenen Gegenden der Welt – nach einer Gruppe von Menschen, die einander den Raum geben, so zu sein, wie es den Bedürfnissen eines jeden entspricht. Und vielleicht werde ich niemals in einer einzigen Kultur fündig werden, sondern finde Teile davon in verschiedenen Kulturen, die ich dann wie ein Mosaik zusammensetzen und der Welt vorführen kann. Aber die Welt ist taub. Die Welt – und damit meine ich letztlich den Westen – hat kein Interesse an Veränderung oder Weiterentwicklung, und meine Rolle scheint mir an düsteren Tagen wie heute einzig darin zu bestehen, diese exotischen Kulturen noch rasch zu dokumentieren, bevor die westliche Bergbau- & Landwirtschaftsmaschinerie sie auslöscht. Und dann packt mich die Angst, dass dieses Wissen um ihren bevorstehenden Untergang meinen Blick trübt, es alles mit einer säuerlichen Nostalgie durchsetzt.

Diese Stimmung ist wie ein Gletscher, sie verleibt sich sämtlichen Unrat am Rand mit ein: meine Ehe, meine Arbeit, das Schicksal der Welt, Helen, die Sehnsucht nach einem Kind, sogar Bankson, einen Mann, den ich nur 4 Tage kannte & mit einiger Wahrscheinlichkeit nie wiedersehen werde. All diese widerstreitenden Impulse, die sich gegenseitig aufheben wie bei einer Gleichung, die ich nicht lösen kann.

12.2. Heute Morgen ein Aufruhr auf dem Wasser. Die Kanus der Frauen, die zuvor friedlich hinausgefahren waren, kehrten hastig zurück, unter Geschrei & Geplatsche, und als ich den Strand erreichte, sah ich, dass all die Schreie von ein & derselben Frau kamen, Sali, ein tiefes Stöhnen im Wechsel mit schrillem Winseln, dann ein raues Aufkreischen wie von einem Puma mit einem Pfeil in der Flanke. Sie taumelte aus dem Einbaum ans Ufer und kauerte sich in den Sand, um ihr Kind zu gebären. Ein paar ältere Frauen breiteten Rindenbast unter ihr aus. Alle zusammen begannen sie Lieder zu singen, um das Kind hervorzulocken. Ich wartete darauf, dass die Tabus in Kraft träten und die Leute fortgeschickt würden, aber niemand scheuchte mich oder sonst jemanden weg, nicht einmal die wenigen Männer, die sich hinter uns unter den Bäumen einfanden. Ich entdeckte Wanji bei ihnen und schickte ihn zum Haus, damit er kochendes Wasser und Handtücher holte. Dann zwängte ich mich in den Kreis, neben Malun.

Bei dieser Geburt half ich mit. Ich sah den Kopf des Kindes hervorspitzen und verschwinden, hervorspitzen und verschwinden wie ein rasch ab- und zunehmender Mond, und dann drängte er sich plötzlich zur Gänze zwischen den leuchtend roten Schamlippen hervor, während Sali brüllte und dann so still war, dass ich schon glaubte, sie sei tot, aber gleich darauf brüllte sie von Neuem, und eine Schulter erschien, ein winziger Knubbel, verglichen mit dem riesigen Kopf, und auf dem Kamm der nächsten Wehe fasste ich diese kleine Schulter, und die zweite kam, gefolgt von dem Bauch und den dicken Beinchen, und da war er, ein kleiner Junge, wie auf einer Flutwelle angespült. Malun & ihre Schwester lachten über meine Tränen, aber ich war zu überwältigt von diesem Eintritt ins Leben und der Erinnerung an Katies runde Beinchen, zu erfüllt von einer wilden, selbstsüchtigen Hoffnung, dass mein Körper nun, da er gesehen hat, wie leicht es geht, sich ein Beispiel daran nimmt. Malun biss die Nabelschnur durch und band den Stummel mit einem Schilfhalm ab. Viele Hände streckten sich aus, um dem Kind die weiße Schmiere abzuwischen, und ich fragte mich, ob sich so der Mumbanyo-Mythos vom König Australiens erklärt, aus dessen weißer Haut der erste Mensch steigt. Dann kam auch Wanji mit dem abgekochten Wasser und den Handtüchern, aber sie waren nicht mehr nötig. Als wir die Böschung hinaufkamen, trat uns Kolun entgegen, Salis Mann, und nahm seinen Sohn, ohne zu zögern, und der Kleine rollte sich an seiner Halsbeuge zusammen wie ein Kätzchen. Einige Männer hatten Flöten dabei und spielten eine formlose Melodie. Sali ging ohne Hilfe und schwatzte mit ihren beiden Schwestern und ihrer Kusine. Ich wünschte, ich hätte alles verstehen können, was sie sagte, aber es war zu schnell, zu intim.

16.2. Salis Kind ist gestorben. Es wollte nicht trinken.

17.2. Fen unausstehlich. Er hat Wanji geohrfeigt, weil der sich ein paar Gummibänder genommen hat, ohne zu fragen, und jetzt heult Wanji, und Fen tobt, und Salis Sohn ist und bleibt tot.

10

In ihrem Rindenbastheft schrieb sie von Träumen von toten Kindern. Brennenden Kindern. In Baumflechten verfangenen Kindern. Kindern, auf denen Ameisen durcheinanderwimmelten. Sie lag im Bett und zählte sich die Kinderleichen auf, die sie im Lauf der vergangenen zwei Jahre gesehen hatte. Die erste war der Anapa-Junge gewesen: seiner toten Mutter aus dem Leib geschnitten, damit das Dorf nicht von seinem Geist heimgesucht würde. Dann die knapp einjährige Minalana: von einer Rotrückenspinne gebissen. Bei den Mumbanyo gab es für Säuglinge meist nicht einmal eine Totenzeremonie. Man stolperte über sie, halb begraben oder angeschwemmt im Röhricht am Flussufer. Kinder, bei denen die Vaterschaft zweifelhaft war, Kinder, die sonst wie im Weg waren. Und die Männer konnten so das Tabu umgehen, das für die sechs Monate nach der Geburt jeden Geschlechtsverkehr verbot. Bei den Anapa hatte es fünf gegeben, bei den Mumbanyo siebzehn und jetzt Salis Sohn. Dreiundzwanzig tote Kinder. Vierundzwanzig, wenn sie ihr eigenes mitrechnete, ein dunkler Klumpen, in ein Bananenblatt gewickelt und unter einem Baum beerdigt, den sie nie wiedersehen würde.

Sie warteten unterm Haus, sie konnte sie hören. Semas hicksendes Neunjährigenkichern und das Quengeln ihres kleinen Bruders, vermutlich weil er mehr von dem Zuckerrohr wollte, das seine Mutter über seinem Kopf baumeln ließ. Sie konnte die Wörter für essen und süß ausmachen und ihren Namen für sie, Nell-Nell.

Es wunderte sie, dass sie noch kamen. Offenbar schrieben sie den Tod von Salis Kind nicht ihrer Anwesenheit bei der Geburt zu.

Noch nicht. Als sie gestern Abend Sali besucht hatte, hatte diese den Kopf lange auf Nells Schulter liegen lassen. Ihr Sohn war zwei Tage zuvor auf einer Lichtung beerdigt worden, einen halbstündigen Fußmarsch entfernt. Sali hatte ihn getragen. Der kleine Körper war mit rotem Lehm und das Gesicht mit weißem Lehm bemalt gewesen, die Brust mit Muscheln geschmückt. In die eine Hand hatten sie ihm ein Sagoküchlein gegeben, in die andere eine winzige Kinderflöte. Sein Vater hatte ein flaches Grab ausgehoben. Bevor sie ihn hineinlegte, drückte Sali ihm noch ein paar Tropfen Milch aus ihrer prallen, steinharten Brust auf die bemalten Lippen, und alles in Nell flehte, diese Lippen möchten sich bewegen, doch sie regten sich nicht, und dann deckte die braune, sandige Erde ihn zu.

Fen kam mit einer Tasse Tee für sie durch die Moskitotür. Er setzte sich auf die Bettkante, und sie stützte sich auf, um ihm die Tasse abzunehmen.

«Danke.»

Er wandte ihr das Profil zu, zertrat mit dem Schuh einen bläulichen Rüsselkäfer, starrte auf das Tuch, das vors Fenster gespannt war. An Fens Länge und Breite gemessen, war sein Kopf klein. Dadurch wirkten Augen und Schultern größer, als sie tatsächlich waren. Sein Bart wuchs rasch und dunkel. Er hatte sich erst gestern Abend rasiert, aber die Stoppeln sprossen schon wieder, nicht dieses Gewitterblau, das nach wenigen Stunden erschien, sondern richtige Haare, zwei bis drei pro Pore. Frauen in aller Welt fanden ihn gut aussehend. Sie hatte ihn wunderschön gefunden, auf diesem Schiff im Indischen Ozean.

Er sah, dass sie geweint hatte, und mied ihren Blick.

«Warum kann nicht *ein*mal ein Kind am Leben bleiben!»

«Ich weiß», sagte er, berührte sie aber nicht.

Unten droschen sie jetzt mit Stecken gegen die Pfähle.

«Wohin gehst du heute?», fragte sie.

«Mit dem Einbaum helfen.»

Mit dem Einbaum helfen, schon den sechsten Tag jetzt, das

bedeutete, einen gewaltigen Brotfruchtbaum aushöhlen, in dem acht Mann Platz finden sollten. Es bedeutete auch einen weiteren Tag ohne Aufzeichnungen, einen weiteren Tag, an dem ihnen wertvolle Informationen entgingen.

«Luro will heute nach Parambai, um bei diesem Streit um den Brautpreis für Mwroni zu schlichten.»

«Für wen?»

«Mwroni. Salis Kusine.»

«Ich gehe mit dem Einbaum helfen, Nell.»

«Wir wissen rein gar nichts über ihre Art zu verhandeln ...»

«An mir liegt's nicht, dass du nicht schwanger bist.»

Die Lüge hing zwischen ihnen.

«*Ich* leiste meinen Beitrag», sagte er.

Sieben Monate wären es jetzt, dachte sie. Er wusste es so gut wie sie.

Hinter dem Stoffvorhang hörte sie Bani, der Fens Frühstück herrichtete und dazu sang. Sie verstand die Worte nicht. Die Lieder waren immer das Schwierigste. Oft waren es einfach Namen, eine Ahnenreihe ohne Zäsuren zwischen den Wörtern. *Madatulopanararatelambanokanitwogo-mrainountwuatniwran*, sang er, in einem hohen, gefühlvollen Alt. Er konnte so ernst klingen, dass man ganz vergaß, dass er noch ein Junge war.

Bani hatte ihr erzählt, dass er von Geburt gar kein Tam war. Er war ein Yesan, und die Tam hatten ihn verschleppt, weil zuvor ein Yesan ein Tam-Mädchen entführt hatte, in das er verliebt war. Er schätzte sein Alter damals auf unter zwei. Sie hatte gefragt, wer ihn aufgezogen habe, und er sagte, viele Leute. Sie fragte, wer dann seine Familie sei, und er sagte, sie und Fen.

«Siehst du jemals deine Mutter?», wollte sie wissen.

«Manchmal. Wenn mich die Frauen mit zum Markt nehmen. Sie ist ganz dürr.»

Nell hatte das Wort *tinu*, dürr, nicht verstanden, bis er fest den Bauch einzog und die Arme an den Körper presste. Seine Initiationsnarben reichten von der Schulter bis zum Handgelenk, beulige Stränge, die dadurch erzeugt wurden, dass man die Wunden vorsätzlich infizierte.

«Was empfindest du, wenn du sie siehst?», fragte sie.

«Ich bin glücklich, dass ich nicht so dürr und hässlich wie sie bin.»

«Und sie? Was empfindet sie?»

«Sie findet, dass die Tam-Frauen zu viel für ihren Fisch haben wollen. Das sagt sie jedes Mal.»

Fens Trommelruf erklang.

«Verdammter Mist», sagte er und sprang auf. «Was trödelt er denn so?»

«Sei nicht zu streng mit ihm.»

Sie hörte, wie er Bani befahl, ihm sein Essen in einen Korb zu packen. «Wird's bald.»

Der Lärm unten schwoll an, als er die Leiter hinabstieg. Sie hörte ihre Begrüßungsrufe und Fens mehrfach wiederholtes *Baya ban*. Guten Tag, guten Tag. Die Kinder umdrängten ihn jetzt sicher, reckten sich hoch, um seine Arme zu berühren, ihm in die Taschen zu fassen. Wieder erklang die Trommel, und in einem lupenreinen Akzent, wie sie ihn niemals hinbekommen würde, rief er: *Fen di lam*. Fen kommt gleich.

Sie stand auf und zog das Kleid über, das sie schon die ganze Woche trug, ein ehemals weißes Strandkleid, das sie für einen Nickel auf der 8th Street gekauft hatte.

«Meni ma», rief sie, als sie den Vorhang aufrollte.

«Damo di lam», riefen einige zurück. Wir kommen.

«Meni ma», sagte sie wieder, denn es genügte fast nie, etwas einmal zu sagen. Die Tam verständigten sich in opernhaften Wiederholungen.

«Damo di lam.»

Das Haus erzitterte unter den vielen Füßen auf der Leiter.

«Damo di lam.»

Als Erster kam Luquo herein. «Baya ban», nuschelte er, einmal nur, so eilig hatte er es, sich mit Malkreiden und Papier in seine Ecke fallen zu lassen. Spätestens in einer Stunde würde sein Onkel ihn abführen, schimpfend, weil er hier saß, statt für die Männer Pigmente zu mischen. Aber Luquo ödeten die langen Lehrjahre an, die einem Jungen abverlangt wurden. Er ging lieber zum Haus der weißen Frau. Er malte nicht in der Hocke wie die anderen, sondern kroch auf allen vieren über das Papier, seine Muskeln straff gespannt, der nackte Körper mitschwingend, so heftig drückte er auf. Er mochte seine Farben dick und satt und malte seine Kreiden in Grund und Boden wie seinerzeit van Gogh seine Pinsel. Sie wünschte, sie hätte ihm einen van Gogh zeigen können, die Selbstbildnisse, denn Luquo porträtierte immer denselben grimmig aussehenden Mann mit Federn und Knochen und wilder Bemalung: keine Maske, kein Gesicht, sondern einen Mann von Kopf bis Fuß. Mein Bruder, sagte er jedes Mal, wenn sie ihn fragte. Xambun, trompetete er.

Andere redeten mehr. Amini, ein Mädchen von sieben oder acht, fragte Nell genauso unermüdlich aus wie Nell sie. Amini wollte von ihr wissen, weshalb sie diese ganzen Stoffe am Leib trage, warum sie mit der Gabel esse, wozu sie Schuhe brauche. Und sie wollte wissen, wie Nell all die Dinge herstelle, die sie besaß. Als Nell ihr heute ihre Lieblingspuppe gab, fragte Amini etwas, das sie nicht verstand. Amini wiederholte es, zeigte dann auf Nells Finger. Sie wollte wissen, warum sie noch vollzählig waren. Wenige erwachsene Tam hatten noch all ihre Finger. Sich einen Finger abzuhacken war das Ritual, mit dem man einen nahen Verwandten betrauerte.

«Wir schneiden keine Finger ab.» Nell verwendete das andere Wort für wir – *nai* –, das sie neu gelernt hatte und das das Gegenüber nicht miteinschloss.

Trotz dieser grammatischen Finesse lächelte Amini, wie sie alle lächelten, wenn Nell sprach. «Um wen trauerst du?», erkundigte sie sich fröhlich, als fragte sie nach Nells Lieblingsfarbe.

«Meine Schwester», antwortete sie. «Katie.»

«Katie», sprach Amini nach.

«Katie», sagte Nell.

«Katie.»

«Katie», wiederholten mehrere der kauend oder malend oder webend am Boden Hockenden. Der alte Sanjo hatte eine von Fens Zigaretten gefunden und zerkaute sie bedächtig. Katie, murmelte der Raum. Es war, als würde etwas lange Zeit Unbelebtem Leben eingehaucht. Bei ihr daheim war Katies Name danach nie wieder ausgesprochen worden.

Unter den Besuchern war heute nicht eine einzige Frau. Viele waren es nie, denn am Vormittag fischten sie, aber jetzt war gar keine da. Und die Männer, die gekommen waren, wirkten unruhig, schauten finster, murrten.

Der alte Sanjo zeigte auf die Schreibmaschine in dem mit Netzen abgeteilten Arbeitsraum. Die Haut unter seinen Achselhöhlen spannte sich wie bei einer Fledermaus, so dünn, dass sie fast durchsichtig schien.

Sie hatte versprochen, ihm vorzuführen, wie sie funktionierte.

«Obe», sagte sie. Ja.

Fast alle standen auf.

«Nur Sanjo», sagte sie.

Sie nahm ihn mit hinter das Moskitonetz. Er bohrte den Finger in den straff auf seinen Holzrahmen aufgezogenen Stoff. Holte dann aus, um fester zu bohren.

Nein, befahl sie.

Er sah umher, folgte mit dem Blick den Linien dieses durchsichtigen Drei-mal-drei-Meter-Würfels. Er wirkte, als hätte er am liebsten Reißaus genommen. Die draußen drückten sich die Nasen an den Maschen platt.

Sie riss ein Blatt aus ihrem Notizbuch und spannte es ein.

Sanjo, tippte sie rasch. Das Klappern ließ ihn zurückfahren. Mehrere Kinder kreischten erschreckt auf. Sie zog das Blatt heraus und reichte es ihm. «Du. Sanjo. Auf Englisch. Meiner Sprache.»

Er berührte die Buchstaben, die sie geschrieben hatte. «Das habe ich schon gesehen», sagte er. Er deutete auf ihre Bücher. «Ich wusste nicht, dass es mein Name sein kann.»

«Es kann alles sein.»

«Dann ist es mächtig?»

«Manchmal.»

«Ich will es nicht.»

Ihr wurde klar, dass er die Buchstaben als Teil seines «Drecks» begriff, ein Stück von ihm wie Haare oder Haut oder Kot, das Feinde stehlen und mit einem Zauber belegen konnten.

«Das ist nicht dein Dreck.»

Er gab ihr das Blatt zurück.

«Ich bewahre es hier auf», sagte sie. «Da ist es sicher.»

Fen kam nicht zum Mittagessen, dadurch konnte sie früher als sonst zu ihrer Besuchsrunde bei den Frauen aufbrechen. Sie besuchte diese zwölf Häuser nun schon seit sechs Wochen. In jedem wohnten mehrere Familien, abzüglich der Männer und der initiierten Jungen, die in den Zeremonialhäusern näher am Seeufer schliefen. Trotz ihrer täglichen Fortschritte in der Sprache hatte sie bei den Frauen seit Kurzem das Gefühl, auf der Stelle zu treten. Von den Männern sah sie zwar weniger, weil sie nicht in ihre Häuser durfte, aber sie redeten ungehemmt, bezogen sie ein in ihre Gespräche darüber, wer wen heiraten sollte und welche Summen an wen zu bezahlen waren. Die Frauen waren längst nicht so zum Schwatzen aufgelegt. Sie hatte noch nie zuvor einen Stamm erlebt, bei dem die Frauen zugeknöpfter waren als die Männer.

Weil der Regen noch immer ausblieb, war der Weg ausgedörrt, hart wie Marmor unter den Sohlen. Reife Früchte explodierten, wenn sie auf der Erde aufschlugen. Heißer Wind wehte aus den Palmwipfeln, die trockenen Wedel schlugen knisternd gegeneinander. Insekten schwirrten ihr in Augen und Mundwinkel, gierig nach ein paar Tröpfchen Feuchte.

An der Wegbiegung war Fen zusammen mit ein paar Männern dabei, mit flachen Steinen die letzten weichen Späne aus dem ausgehöhlten Baumstamm zu schaben. Wie immer trugen die Tam-Männer ihre zahlreichen Halsketten aus runden gelben Muschelschalen, die sie auch bei harter körperlicher Arbeit nicht ablegten, dazu Armbänder aus Bambusfasern und Lendenschurze aus Kuskusfell. Ihre Haaren waren gelockt und mit Papageienfedern geschmückt. Die Muschelketten klackten im Rhythmus ihrer Bewegungen. Drei Ahnenschädel, ledrig braun vor Alter, waren in die Astgabel eines nahe stehenden Baums geklemmt, damit sie die Arbeit ihrer Klannachfahren überwachten und segneten. Bei einem Schädel fehlte die Kinnlade. Nell blickte sich danach um und entdeckte sie wie erwartet am Hals von Toabun, dem Klanältesten.

«Guten Tag, Fenwick.»

«Schönen guten Tag auch, Ma'am», sagte er und richtete sich auf. Die anderen Männer hielten in ihrer Arbeit inne, um zuzusehen.

Er spähte in ihren Korb. Er hatte das Hemd ausgezogen, und seine schweißglänzende Brust war getüpfelt mit kleinen Fliegen und Holzspänen. «Ah, die üblichen Bestechungsgeschenke, äh, Anreize, wie ich sehe.»

«Um diese Zeit mögen sie gern ein paar schöne süße Dosenpfirsiche.»

Er war athletisch gebaut, ganz anders als die Männer ihrer Familie. In der Schule hatte er Rugby gespielt. Fen hätte für die Wallabies spielen können, wenn er gewollt hätte, hatte sein Vater ihr stolz erklärt, dieses eine Mal, dass sie mit ihm zusammengetroffen war.

«Pfirsiche, mögen wir die nicht alle», sagte er und beugte sich vor, um ihr in den Ausschnitt zu schauen. «So ein schöner runder weißer Pfirsich...» Er griff hinein, aber sie wehrte seine Hand ab. Die Männer hinter ihm kicherten unterdrückt.

Das machte er in letzter Zeit öfter – bot ihnen kleine Vorführungen dieser Art.

«Was ist heute los?»

«Was soll los sein?»

«Irgendetwas passiert heute. Haben sie etwas gesagt?»

Er wusste von nichts, und es kratzte ihn kein bisschen. Er küsste sie, und die Männer schlugen mit der Hand auf den Baumstamm und lachten gackernd.

«Schau zu, dass du etwas geschafft kriegst, Mr Angeber.»

Sie bog in den Frauenweg ein, und als sie sich umdrehte, beugte er sich schon wieder über den Einbaum. Keine Spur von einem Notizbuch. Er hatte es nicht einmal dabei.

Fen wollte die Eingeborenen nicht erforschen, er wollte selber einer sein. Sein Interesse war kein ontologisches. Der Reiz der Anthropologie lag für ihn nicht darin, die Geschichte der Menschheit zu ergründen, er lag darin, barfuß zu laufen, mit den Fingern zu essen und für alle hörbar zu furzen. Er besaß eine rasche Auffassungsgabe, ein photographisches Gedächtnis, Sinn für Poesie wie auch für Theorie – mit alldem hatte er sie schließlich auf dem Schiff von Singapur nach Marseille zehn Wochen lang Tag und Nacht umworben –, aber er schien daraus keine große Befriedigung zu ziehen. Die zog er aus der Praxis, aus dem Erleben. Die Denkarbeit war sekundär. Dröge. Wohingegen sie die Schwüle und das Sagomehl und die Latrinen einzig und allein um der Denkarbeit willen ertrug. Als kleines Mädchen nachts im Bett hatte sie nicht wie andere Kinder von einem Pony oder Rollschuhen geträumt, nein, sie hatte von einer Zigeunerbande geträumt, die zum Fenster hereingeklettert kam und sie entführte und sie ihre Sprache und ihre Gebräuche lehrte. Nach ein paar Monaten, so hatte sie sich ausgemalt, würden sie sie dann wieder zu Hause abliefern, und nach den Umarmungen und den Tränen würde sie ihrer Familie alles über diese Menschen erzählen. Die Geschichten würden ihr viele Tage nicht ausgehen. Das war der wichtigste Teil der Phantasie: dieses Heimkommen und Berichten. Schon damals glaubte sie fest daran, dass es irgendwo auf der Erde eine bessere Art zu leben gab und dass sie sie finden würde.

In *Die Kinder von Kirakira* hatte sie einer westlichen Leserschaft beschrieben, wie ein Stamm auf der Salomon-Insel Makira seine Kinder aufzog. Das letzte Kapitel enthielt ein paar kurze Vergleiche zwischen der amerikanischen Kindererziehung und der der Kirakira. Sie sandte ihr Manuskript bei keinem Universitätsverlag ein, sondern bei William Morrow, wo es sofort angenommen wurde. Mr Morrow ermutigte sie, ihre Vergleiche zu mehreren Kapiteln am Ende auszubauen, ein Rat, den sie gern befolgte, denn dieser Aspekt reizte sie am meisten, doch das Resultat war eine Art Meinungsprosa, wie man sie bei ethnographischen Veröffentlichungen bis dato nicht kannte. Die Amerikaner, so entdeckte sie nach Erscheinen des Buchs, hatten nie in Betracht gezogen, dass es auch andere Wege der Kindererziehung geben könnte. Sie waren entsetzt, dass die Kinder der Kirakira mit drei schon allein Boot fuhren, mit fünf noch bei ihren Müttern tranken und, ja, sich mit dreizehn mit einem Sexualpartner gleich welchen Geschlechts in den Wald oder an ein abgelegeneres Stück Strand verziehen konnten. Die Darstellungsweise war dem Gros der Leser zu drastisch, und ihre Theorie, dass das Heranwachsen nicht die rebellische Elendszeit sein musste, die es in Amerika zu sein pflegte, ging in dem Skandal völlig unter. Fen hatte nichts gegen das Geld, das das Buch einbrachte, aber er war davon ausgegangen, dass *sein* Name in aller Munde sein würde, nicht ihrer. Allerdings hatte er über seine Dobuer gerade mal eine kurze Monographie zustande gebracht.

In ihrem Stipendienantrag hatte sie angegeben, ihre Recherchen zur Kindererziehung bei den Naturvölkern fortsetzen zu wollen, doch nun zeichnete sich bei den Tam ein noch verlockenderes Thema ab. Anfangs konnte sie ihr Glück kaum fassen, aber die Hinweise mehrten sich stetig: Umkehrung von Tabus, Schwägerinnen, die freundschaftliche Beziehungen pflegten, Betonung auf der sexuellen Befriedigung der Frauen. Erst gestern hatte Chanta ihr erklärt, keinen Krankenbesuch bei seinem Neffen im Nachbardorf machen zu können, weil sonst die Vulva seiner Frau auf Wanderschaft ginge.

Mit dem Wort *Vulva* warfen sie nur so um sich. Als Nell einmal gefragt hatte, ob sich eine ältere Witwe in der Regel wieder verheirate, hatte ein ganzer Chor von Stimmen zurückgefragt: «Hat sie denn keine Vulva?» Die Mädchen bestimmten selbst, wen sie heiraten wollten und wann. Fen widersprach ihr bei jedem Schluss, den sie in dieser Sache zog. Ihr Wunschdenken mache sie blind, behauptete er, und wenn sie ihm ihre Beweise vorlegte, erklärte er ihr, die Macht der Frauen sei allenfalls vorläufig, situationsbedingt. Die Kiona hätten die Tam von ihrem See vertrieben; dass sie seit Kürzerem wieder hier wären, verdankten sie einzig dem Eingreifen der australischen Regierung. Viele ihrer Männer seien getötet, ins Gefängnis gesteckt oder von Blackbirdern weggelockt worden, sagte er. Was immer sie zu entdecken meinte, sei eine vorübergehende Abweichung.

Sie beschloss, heute einmal mit dem letzten Haus zu beginnen. Sie war oft erschöpft, wenn sie schließlich dort ankam, und ihre Notizen über die Familien dort fielen immer spärlicher aus als bei den anderen.

«Baya ban», rief ein kleines Mädchen aus dem ersten Haus.

«Baya ban, Sema.»

«Baya ban, Nell-Nell.»

«Ich komme ...» Nell konnte den Satz nicht vollenden. Sie wusste das Wort für *noch* nicht. «Fumo», sagte sie endlich. Später.

«Baya ban, Nell-Nell.»

Die anderen Häusern, an denen sie vorbeikam, schienen leer zu sein. Kein Rauch stieg von den Dächern auf, niemand lehnte sich aus der Tür, um ihr einen Gruß zuzurufen. Ein paar Kinder spielten hinter den Häusern. Sie hörte sie durchs Gebüsch preschen, hörte ihr Aufkreischen, wenn eines von ihnen erwischt wurde. Anfangs hatte ihr Auftauchen diese Spiele zum Erliegen gebracht. Dieselben Kinder, die vormittags bei ihr spielten, waren schreiend auseinandergestoben, um sich unter den Häusern zu verstecken und ihr von dort kichernd nachzuspähen. Aber inzwischen nahmen sie keine Notiz mehr von ihr, kamen nicht einmal angelaufen, um in ihren Korb zu linsen. Sie hatten gelernt, dass sie reihum in ihre Häuser kommen würde und dass sie um ihre Mitbringel nicht fürchten mussten.

Über dem letzten Haus am Frauenweg hing der Rauch. Alle fünf Feuerstellen waren in Benutzung, und Füße stampften, eher rennend als tanzend, dachte sie. Sie hörte Gemurmel, konnte aber keine Worte unterscheiden. Statt wie sonst von unten heraufzurufen, kletterte sie schweigend die Leiter hinauf. Das Getrappel nahm zu, das ganze Haus wackelte. Lautes Flüstern drang zu ihr heraus, gezischelte Befehle.

Nell-Nell di lam, sagte sie, schob den Rindenbast beiseite und trat ein.

Es war dämmrig drinnen, alle Vorhänge heruntergelassen, sie sah fast nichts. Aus der hinteren Hälfte des langen Baus ertönte helles Klappern, Muscheln oder Steine, die herumgeschoben wurden, Frauen wisperten, ihre bloßen Füße tappten eilig über die Dielen. Malun begrüßte sie und bot ihr einen Guavensaft an wie sonst auch. Ihre Augen gewöhnten sich an das Dunkel, und sie erkannte Moskitosäcke, einen neben dem anderen, aber nur die langen, keine für die Kinder. An die dreißig Frauen, mehr als jemals sonst, hockten über den Boden verteilt. Manche hatten zerrissene Netze oder halbfertige Körbe auf dem Schoß, aber viele saßen einfach nur untätig da, was Nell schon oft bei den Männern erlebt hatte, aber noch nie bei den Frauen. Die Frauen hier waren nie müßig. Manche hoben den Kopf und grüßten sie leise.

Malun kam mit dem Saft zurück. Ihr Gesicht war schweißgebadet. Im Haus herrschte eine Schwüle, die weit über die normale Tropenfeuchtigkeit hinausging. Nell beobachtete Malun scharf, während sie ihr die Sachen aus ihrem Korb aushändigte. Ihre Pupillen waren geweitet, Schweißperlen rannen ihr über den Bauch. Auf ihren Zügen lag ein seltsamer, schwer deutbarer Ausdruck, und sie musste sich sichtlich konzentrieren. Nell sah sich nach Spuren von Betelnuss, zerstoßenem Kalk und Senfkörnern um – ein hochwirksames Gemisch, mit dem die Mumbanyo starke Rauschzustände erzielten –, entdeckte aber nichts. Vielleicht hatten sie ja eine andere Droge. Irgendetwas war mit ihnen, das stand fest. Nicht alle schafften es, das Lächeln zu unterdrücken, das ihnen die Mundwinkel nach oben bog, ein bisschen wie ihr Bruder damals am Abendbrottisch, nachdem er ihrem Vater eine Flasche Gin stibitzt hatte. Auch ihr kribbelte plötzlich auf Gesicht und Schenkeln der Schweiß. Sie hatte sich von Krankheit nicht irremachen lassen, sie hatte sich von Schmerzen nicht irremachen lassen, sie hatte sich nicht irremachen lassen, wenn sie nur Lügen zur Antwort bekam, wenn die Leute, statt ihr zu antworten, lachten und schwatzten, wenn sie sie ignorierten, verspotteten, nachäfften. All das gehörte dazu, es war Teil des Berufs, aber diese merkwürdige Verschwörung schwitzender Frauen rührte an eine wunde Stelle irgendwo tief in ihr. Sie nahm ihren Korb und ging. Es blieb still, während sie die Leiter hinunterstieg, doch kaum hatte sie fünf Schritte vom Haus weg gemacht, brach drinnen eine Lachsalve los.

11

Sieben Wochen. Ich wartete volle sieben Wochen, dann hielt ich es nicht mehr aus. Noch vor Sonnenaufgang bestieg ich mein Boot und begann den Slalom zwischen schwarzen Moskitoschwärmen und vereinzelten Krokodilen hindurch, die so reglos dahintrieben wie Äste. Am Himmel schimmerte ein wässriges Grün – Gurkenkerngrün. Von einem Moment auf den anderen war die Sonne da, zu hell. Es wurde schnell heiß. Ich war die Hitze gewohnt, aber an diesem Morgen, so flott mein Einbaum auch dahinfuhr, setzte sie mir zu. Auf halbem Weg flimmerte es plötzlich vor meinen Augen, mein Gesichtsfeld verengte sich, und ich musste kurz rasten.

Dass die Tam ein Erfolg waren, zeigte sich schon bei der Begrüßung. Die Frauen in ihren Kanus mitten auf dem See riefen so laut, dass ich es über das Motorbrummen hinweg hörte, und etliche Männer und Kinder kamen zum Strand herab und schwenkten die Arme in ihrem typischen schlenkernden Winken. Welch ein Unterschied zu dem kargen Willkommen im Dezember! Ich drosselte den Motor, und einige Männer eilten herbei und zogen das Boot ans Ufer, und ehe ich noch ein Wort sagen konnte, wurde ich schon von zwei jungen Burschen mit Hohlkreuz und einem Schmuck aus irgendwelchen roten Beeren in ihrem gelockten Haar einen Pfad hinaufgeführt, vorbei an einem Haus mit einem riesigen holzgeschnitzten Gesicht überm Eingang, ein verhungerter, böser Geselle, dem drei dicke Knochen durch die Nase gebohrt waren, mit einer Unmenge scharfer Zähne im aufgerissenen Mund und einem Schlangenkopf als Zunge. Es war ungleich besser gearbeitet als die kruden Abbildungen der Kiona, die Linien klarer, die Farben – Rot,

Schwarz, Grün und Weiß – viel lebhafter und so glänzend, als wären sie noch feucht. Wir kamen an mehreren dieser Zeremonialhäuser vorüber, und aus allen Eingängen riefen Männer zu meinen Führern heraus, und sie riefen zurück. Sie marschierten mit mir in eine Richtung und machten dann, als würde ich das nicht merken, kehrt, um denselben Weg mit denselben Häusern wieder zurückzugehen, so dass der See erneut vor uns lag. Ich dachte schon, sie würden den ganzen Tag mit mir herumparadieren, da bogen wir um eine Ecke, und vor mir stand ein großes neues Haus mit einer Art Säulenvorbau und blau-weißen Stoffvorhängen an Fenstern und Tür. Ich musste laut lachen: ein englischer Tearoom tief in den Territories, umwuchert von Pampasgras! Am Fuß der Leiter schnoberten ein paar Schweine.

Schon von unten hörte ich Schritte über den neuen Boden knarzen. Der dünne Stoff in den Fenster- und Türöffnungen blähte sich von der Bewegung im Hausinnern.

«Hallo, die Herrschaften!», rief ich probeweise.

Ich wartete ein wenig, aber niemand kam, also stieg ich hinauf und blieb auf der schmalen Veranda stehen und klopfte an einen der Pfosten. Das Geräusch ging unter in dem Stimmengemurmel drinnen, das leise war, fast ein Flüstern, aber beharrlich wie das Brummen eines kreisenden Flugzeugs. Ich trat näher und zog den Türvorhang ein Stückchen zur Seite. Als Erstes schlug mir die Hitze entgegen, dann der Geruch. In dem Raum vor mir waren mindestens dreißig Tam, teils am Boden kauernd, teils ungelenk auf Stühlen sitzend, in Grüppchen, aber auch allein, jeder mit einer Arbeit vor sich. Der Großteil waren Kinder und Heranwachsende, doch ich sah auch Männer darunter und dazu ein paar stillende Mütter und ältere Frauen. Ab und zu durchquerte jemand das Zimmer, so zielstrebig wie in einer Bank oder Nachrichtenredaktion, aber dabei im unverkennbaren Tam-Stil, die Schultern durchgedrückt, die nackten Füße in einer Art weichem Gleiten voreinandergesetzt. Ich musste den Kopf zwischendurch zur Seite drehen wie ein Krauler, um die kühlere, ausdünstungsärmere Luft draußen zu atmen. Der Geruch menschlicher Körper – ohne Seifen, ohne Waschen, ohne Ärzte, die Fauliges sogleich entfernen – kann selbst bei einer Zeremonie im Freien stechend sein; im Haus, mit heruntergelassenen Vorhängen und einem schönen Feuer gegen die Insekten, bringt er einen schier um. Erst nach und nach registrierte ich über meinem abwechselnden Hineinspähen und Luftschnappen, wie vollgestellt das Haus war. Ich hatte das mit den zweihundert Trägern beim Aufstieg auf den Anapa für einen Witz gehalten, aber jetzt wurde mir klar, dass es stimmte.

Sie hatten Regalwände. Sie hatten einen Vitrinenschrank und ein kleines Sofa, und mindestens tausend Bücher standen in den Regalen oder wuchsen in hohen Stapeln vom Boden empor. Sie hatten Beistelltischchen mit Öllampen darauf. Zwei Schreibtische in dem großen, mit Netzen abgeteilten Arbeitsraum. Schachteln über Schachteln mit Papier und Farbbändern. Puppen, Malblöcke, Spielzeugeisenbahnen samt Schienen, einen Holzbauernhof mit Tieren, Knetmasse, Zeichenmaterial. Dazu riesige Kisten voll unausgepackter Schätze. In dem kleineren Schlafraum konnte ich eine Matratze ausmachen, eine richtige Matratze, auch wenn sie ohne Bettgestell oder Rost auskommen musste und auf dem Boden lag, wo sie aufgequollen und deplatziert aussah. Ich begriff nicht, wie es zuging, dass die Tam nicht alles betatschten, auf der Schreibmaschine herumhämmerten oder Buchseiten herausrissen, so wie die wenigen Kiona-Kinder, die ich zwischendurch in mein Haus gelassen hatte. Nell und Fen hatten eine Atmosphäre der Ordnung – und des Vertrauens – geschaffen, von der ich bestenfalls hätte träumen können.

Gerade als ich dachte, ich sollte meinen Beobachterposten aufgeben und im Dorf nach ihnen fragen, drehte sich ein aufgestützt liegender kleiner Junge hinten im Eck von einer Hüfte auf die andere, und ich sah sie. Sie saß im Schneidersitz, ein kleines Mädchen auf dem Schoß, während ein zweites ihr die Haare bürstete. Sie streckte einer Frau, die neben ihr hockte, ein Kärtchen hin. Die

Frau, deren Sohn ungestüm an einer mehr als leer gesogen wirkenden Brust saugte, sagte etwas, und sie lachten beide. Nell machte sich eine Notiz, zeigte ihr dann die nächste Karte. Die Tam hatten eine Art, das Kinn vorzurecken, als hielte ihnen jemand eine Butterblume darunter, und Nell reckte ihr Kinn ganz genauso. Nachdem sie mit dem kleinen Stoß Karten durch war, kam ein Mann und nahm den Platz der Frau ein. Als Nell aufstand, um etwas von ihrem Schreibtisch zu holen, entdeckte ich, dass sie auch deren weichen Gleitgang übernommen hatte.

Der Junge, der herumgerutscht war, sah mich als Erster. Er stieß einen Ruf aus, und sie blickte auf.

Sie brachte ihre Gäste zur Ruhe und kam zur Tür. «Sie sind da», sagte sie, als hätte sie nicht damit gerechnet, mich wiederzusehen. Ich hatte auf etwas Herzlicheres gehofft. Auf ihrer Nase saß Martins Brille.

«Sie sind beim Arbeiten.»

«Das bin ich immer.»

«Ihre ganzen Sachen sind gekommen. Und Ihr eigenes Haus haben Sie auch schon», sagte ich etwas einfältig.

Sie war so klein, Tam-Größe, ich ragte über ihr auf wie ein Laternenpfahl. Ihr Haar war von dem kleinen Mädchen zu einer wilden, knistrigen Mähne gebürstet worden. Ihre Handgelenke waren zu dünn, aber sie sah erholt aus, und ihr Gesicht hatte Farbe bekommen. Ich war überwältigt von ihrer Ausstrahlung, die noch stärker war, als ich sie in Erinnerung hatte; normalerweise verhielt es sich bei mir, was Frauen anging, eher umgekehrt. Jetzt erst merkte ich, wie viel Mühe ich beim letzten Mal darauf verwandt hatte, sie nicht anziehend zu finden. Ich hatte ihre Lippen aus meinem Gedächtnis verbannt, diese herzzerreißende kleine Kerbe in der Mitte der Unterlippe. Sie trug eine Bluse, die ich nicht kannte, hellblau mit weißen Tupfen. Ihre grauen Augen bekamen dadurch noch mehr Glanz. Ich spürte ein vages Besitzergefühl: sie sah durch die Brille meines Bruders. Aber sie hatte auch etwas Einschüchterndes, wieder gesundet und mitten in der Arbeit. Und sie wusste offenbar nicht recht, was sie mit mir anfangen sollte.

«Ich wollte den Glücksrausch nicht verpassen. Ich komme doch nicht zu spät, oder? Sie hatten gesagt, es passiert nach etwa zwei Monaten.»

Sie schien ein Lächeln zu unterdrücken. «Nein, Sie haben noch nichts verpasst.» Sie sah kurz zu dem Mann, dem sie die Karten gezeigt hatte. «Wir hatten Sie aufgegeben.»

«Ich...» Alle Blicke waren auf uns zwei gerichtet, aus deren Mündern solch seltsame Laute kamen. Es klinge wie Nüsseknacken, wenn ich sprach, hatte Teket einmal gesagt. «Ich wollte nicht im Weg sein.» Sie sah mich immer noch durch Martins Brille an, hinter der ihre Augen übertrieben rund erschienen. «Helfen Sie mir auf die Sprünge, was man hier zur Begrüßung sagt.»

«Dasselbe wie zum Abschied. Baya ban», sagte sie. «So oft, wie Sie es schaffen, ohne irre zu werden.» Dann wandte sie sich dem Rest des Raums zu. Sie zeigte auf mich und sprach ein paar kurze, abgehackte Sätze, schnell, aber ohne jedes Gefühl für den Rhythmus, worauf ich nicht vorbereitet war. Sie ging mit mir von einem zum anderen und sagte mir, wie alle hießen, und ich sagte *baya ban*, und mein Gegenüber sagte auch *baya ban*, und ich sagte *baya ban*, und Nell unterbrach das Hin und Her mit dem nächsten Namen. Als alle vorgestellt waren, rief sie durch den Wandschirm, hinter dem wohl die Küche sein musste, und zwei Jungen kamen zum Vorschein, der eine gedrungen und nackt, mit großspurigem Lächeln, der andere groß, scheu wirkend, in langen Shorts – zweifellos Fens –, die von einer dicken Kordel um den Bauch zusammengehalten wurden und aus der seine Schienbeine heraustaken wie Rasierklingen. Ich begrüßte auch sie. Einige der Kinder kicherten über die Aufmachung des Größeren, und er wollte sich rasch hinter den Wandschirm verdrücken, aber Nell rief ihn wieder heraus.

«Was haben Sie da eben gemacht, mit diesen Karten?», fragte ich sie.

«Tintenkleckstest.»

«Tintenkleckstest?»

Meine Unbedarftheit amüsierte sie.

Durch den Wust aus Beinen und Spielzeug schlängelte sie sich zu dem großen Arbeitsraum durch, ich immer hinter ihr her. Auf dem vorderen Schreibtisch türmten sich Papiere und Farbbänder, Hefte und Aktendeckel. Neben der Schreibmaschine lagen mehrere aufgeschlagene Bücher mit Unterstreichungen und Kommentaren am Rand, eins davon mit einem Bleistift im Mittelfalz. Der zweite Schreibtisch war leer bis auf eine zugeklappte Schreibmaschine; nicht einmal ein Stuhl stand davor. Am liebsten hätte ich an dem unordentlichen Schreibtisch Platz genommen und die Kommentare und unterstrichenen Sätze gelesen, in den Heften geblättert, die getippten Seiten in den Ordnern studiert. Es war fast ein kleiner Schock, das alles zu sehen: ein anderer Mensch, der meine Arbeit tat, der bei dieser Arbeit in genau dem gleichen Stadium wie ich war. Hier, ihren Schreibtisch vor Augen, schien es mir ein hochbedeutsames Unterfangen, während es mir an meinem eigenen Schreibtisch doch immer so sinnlos vorkam. Ich dachte daran, wie sie in Nengai direkt auf meinen Tisch zugesteuert war, an ihre respektvolle, beinahe andächtige Art dabei, ihren Eifer, mir bei dem Rätsel der Mangoblätter zu helfen.

Sie merkte plötzlich, wie sehr ihr Haar in dieser dicken Luft flog, und flocht es eilig zu einem Zopf, den sie als Teil derselben flinken Bewegung mit einem Gummi zusammenband. Jetzt hatte ich ihren langen, zarten Nacken im Blick. Sie reichte mir die oberste von einem kleinen Stoß Karten. Es war genau, was sie gesagt hatte, ein Tintenklecks, ein verästelter Fleck und sein spiegelverkehrter Abdruck, nicht selbstgemacht allerdings und auch ohne Knick in der Mitte.

«Wozu ist das gut?»

«Die sind von Fen, aus seinem Psychologiestudium.» Sie lächelte jetzt über meine Verwirrung. «Setzen Sie sich.»

Ich setzte mich auf den Boden, und sie nahm neben mir Platz und deutete auf den unregelmäßigen schwarzen Klecks mit seinen symmetrischen Hälften. «Was könnte das sein?»

Mit einem «gar nichts» fürchtete ich wenig Ehre einzuheimsen, also sagte ich: «Zwei Füchse, die um eine Urne kämpfen?»

Kommentarlos schlug sie die nächste auf.

«Elefanten in großen Stiefeln?»

Und gleich die nächste.

«Ist es nicht unprofessionell, über den Patienten zu grinsen?», fragte ich.

Sie presste die Lippen zusammen. «Wer grinst hier.» Sie schwenkte die Karte vor meiner Nase.

«Kolibris?»

Sie legte die Karten weg. «Heiliger Bimbam. Man kann den Mann aus der Tierwelt herausholen, aber die Tierwelt offenbar nicht aus dem Mann.»

«Das ist Ihre ganze Diagnose, Herr Stone?»

«Das ist meine Beobachtung. Die Auswertung ist ungleich beunruhigender. In höchstem, verstörendem Maße abnorm. Elefanten in großen Stiefeln?» Sie lachte, laut. Ich lachte auch, und eine Leichtigkeit kam über mich. Ich hatte das Gefühl, zur Decke emporschweben zu können.

«Aber wie können Ihnen diese Karten hier von irgendeinem Nutzen sein?», fragte ich.

«Nach meiner Erfahrung ist nahezu alles geeignet, die Psyche einer Kultur zu beleuchten.»

Die Psyche einer Kultur. Ich nickte, hätte aber gern gewusst, was das ihrer Meinung nach sein sollte. Ich sehnte mich danach, es in Ruhe bei einer Tasse Tee zu klären, nur wir beide, aber hinter dem Moskitonetz wartete ihre Arbeit, und ich wollte ihren Vormittag nicht noch mehr aus den Fugen bringen. «Darf ich Ihnen dabei zusehen?»

«Bani macht uns etwas zu essen. Sie haben doch sicher Hunger.

Ich führe noch zwei Befragungen durch, dann können wir Fen holen gehen. Er wird froh um ein ordentliches Mittagessen sein.»

Sie kehrte zu ihrem Notizbuch in der Ecke zurück und rief eine Frau namens Tadi zu sich. Ich lehnte mich ein Stückchen entfernt an einen Pfosten. Die Karten sahen aus wie alles, das länger der hiesigen Witterung ausgesetzt war: ausgeblichen, verschlissen, feucht und stockfleckig. Jede hatte die gleiche dunkle Stelle unten am Rand, wo Nell sie mit Daumen und zwei Fingern hielt, während sie auf Antwort wartete. Und sie musste lange warten. Tadi starrte angestrengt auf die Karte mit den Füchsen und der Urne. Sie kannte weder Füchse noch griechische Urnen, deshalb war sie verratzt. Sie studierte das Blatt mit übertriebener Konzentration. Sie war eine stattliche Frau, Gebärerin vieler Kinder, nach ihren langen Brustwarzen und der ausgeleierten Haut ihres Bauches zu schließen, die in so sauberen Falten lag wie ein Stapel Bettlaken im Wäscheschrank meiner Mutter. An der linken Hand hatte sie drei Finger, an der rechten vier. Sie trug keinen Schmuck, nur um ein Handgelenk ein schmales Armband aus Tulpenbaumrinde, auf das eine einzelne Kaurischnecke gefädelt war. Wie die anderen Frauen hatte auch sie den Kopf geschoren. In einer Ader oben am Scheitel konnte ich ein winziges Zucken erkennen. Und als sie meinen Blick bemerkte, erwiderte sie ihn mehrere Sekunden lang, bevor sie wegsah. Die einzigen Kiona-Frauen, die mir je in die Augen geblickt hatten, waren die ganz jungen und die ganz alten. Für den Rest war es tabu. Nell senkte die Karte, und Tadi platzte mit einem Wort heraus, *koni* oder *kone*. Nell schrieb es auf und hielt die nächste Karte hoch.

Nach Tadi kam Amun, ein breit grinsender Acht- oder Neunjähriger. Amun sah sich um, ob auch genügend Zuschauer da wären, und sagte dann ein Wort, auf das seine Freunde mit Kichern und die Erwachsenen mit Schelten reagierten. Nell schrieb das Wort auf, wirkte aber ungehalten. Ehe sie noch nach einer neuen Karte greifen konnte, krähte er das nächste unanständige Wort, und kurzentschlossen rief sie an seiner statt eine Frau herbei, die Fens Dublin-Pfeife rauchte. Amun lief auf die andere Seite des Zimmers und schmiss sich quer über den Schoß eines netzeflickenden Mädchens, das sich unter seinem Gewicht zurechtsetzte, ohne die Arbeit zu unterbrechen. Nell ließ die Frau neben sich Platz nehmen wie alle vor ihr auch und zeigte ihr die Karten, als würden sie zusammen eine Zeitschrift anschauen.

Ihr Küchenboy, Bani, brachte mir eine Tasse Tee und einen Berg Kekse – viel zu viele, dachte ich, aber schon sprangen fast sämtliche Kinder im Raum auf und umdrängten mich, alle mit exakt den gleichen Winsellauten. Ich brach die Kekse in möglichst viele Stücke und ließ sie herumgehen.

Als sie fertig war, erhob sich Nell und scheuchte sie alle ohne viel Federlesens mit schaufelnden Handbewegungen Richtung Tür. Auf dem Weg hinaus räumten sie alles zurück in seine Schachteln und die Schachteln zurück ins Regal, und binnen Minuten herrschte Ordnung im Haus, und der Boden schwankte von all den Füßen auf der Leiter.

«Sie haben sie gut im Griff.»

Obwohl sie mich ansah, hatte sie mich nicht gehört. Ihre Gedanken waren noch bei ihrer Arbeit. Auch sie trug ein Band aus Tulpenbaumrinde, bei ihr saß es überm Ellbogen. Ich fragte mich, was die Tam von dieser Frau hielten, die sie herumkommandierte und ihre Reaktionen aufschrieb. Seltsam, wie abgeschmackt es alles gleich wirkte, wenn man es bei jemand anderem sah. Ich kam mir wie meine Mutter vor in meinem jähen Widerwillen dagegen. Und doch war sie gut darin. Viel besser als ich. Methodisch, straff organisiert, ehrgeizig. Sie hatte etwas von einem Chamäleon, mit dieser Art, sie weniger nachzuahmen als zu spiegeln. Ich konnte nichts Vorsätzliches oder Kalkuliertes daran entdecken. Es war einfach ihr Arbeitsstil. Ich würde im Zweifel immer der Engländer bei den Wilden bleiben, trotz der echten Wertschätzung, die ich den Kiona mittlerweile entgegenbrachte. Sie dagegen gehörte nach nur sieben

Wochen mehr zu den Tam, als ich jemals zu irgendeinem Stamm gehören würde, egal, wie lange ich blieb. Kein Wunder, dass Fen die Lust verloren hatte.

«Ich räume das hier nur schnell weg», sagte sie und hielt die Karten und das Notizbuch hoch. Ich folgte ihr, begierig danach, noch einmal in die Nähe ihres Schreibtischs zu kommen, keinen ihrer Arbeitsschritte verpassen.

Sie legte die Karten in ein Regal und das Notizbuch daneben. «Entschuldigung. Ganz kurz nur», sagte sie und schlug es noch einmal auf, um rasch noch ein paar Gedanken hinzuzufügen.

Hinter ihr im untersten Fach lagen über hundert dieser Kladden. Keine neuen, sondern zerfledderte. Eine Chronik sämtlicher ihrer Tage seit Juli 1931, stellte ich mir vor. Ganz plötzlich wurde mir wieder unwohl, der Schweiß brach mir aus, Lichtpünktchen tanzten am Rand meines Blickfelds. Ich wollte mich nicht auf ihre Notizen übergeben. Ich wich etwas zurück und hörte mich eine Frage stellen.

«Immer vormittags», sagte sie, aber ich wusste nicht mehr, was ich gefragt hatte. Sie erzählte von ihren nachmittäglichen Runden durch die Häuser der Frauen. Zwei andere Tam-Dörfer etwas weiter entfernt besuche sie auch, sagte sie. Ob sie allein gehe, wollte ich wissen.

«Da ist nichts dabei.»

«Von Henrietta Schmerler haben Sie gehört, oder?»

Das hatte sie.

«Sie ist umgebracht worden.» Ich wollte es nicht zu unzart ausdrücken.

«Nicht nur das, höre ich.»

Inzwischen waren wir im Freien, auf dem Weg, der vom See wegführte. Die Übelkeit war verflogen, aber völlig wiederhergestellt fühlte ich mich nicht. Der Schweiß, der vor ein paar Minuten meinen ganzen Körper bedeckt hatte, war jetzt eiskalt. «Eine weiße Frau ist etwas, das sie verwirrt», sagte ich.

«Genau das ist der Punkt. Ich glaube nicht, dass sie mich als richtige Frau sehen. Deshalb kommt ihnen auch der Gedanke an Vergewaltigung oder Mord nicht.»

«Das können Sie nicht wissen.» Sie nicht als richtige Frau sehen? Ich wünschte, ich wäre dazu imstande gewesen. «Und der Tötungsimpuls ist einer unserer ersten natürlichen Impulse bei der Konfrontation mit dem Unbekannten.»

«Meinen Sie? Mein erster Impuls ist es nicht.»

Sie hatte sich einen Stock für ihren Knöchel zugelegt, dessen Spitze jetzt mit Wucht auf das Erdreich neben meinem linken Zeh niederfuhr.

«Sie scheinen an den Frauen hier genauso interessiert zu sein wie an den Kindern, vielleicht sogar mehr.» Ich dachte daran, wie rasch sie Amun weggeschickt hatte.

Sie und ihr Stock erstarrten in der Bewegung. «Ist Ihnen etwas aufgefallen an ihnen? Hat Teket etwas gesagt?»

«Nein, nichts. Mir fiel nur auf, dass diese Tadi mir in die Augen schauen durfte, und der Junge...»

«Hat nicht die übliche Selbstbeherrschung gezeigt, die man von Jungen dieses Alters gewohnt ist?»

Ich lachte über die Promptheit, mit der sie meinen Satz beendete. Bohrend sah sie mich an. Was hatte ich über den Jungen sagen wollen? Ich wusste es nicht mehr. Die Sonne fiel sengend auf den Weg nieder, kein Schatten, kein Luftzug. Die Rundung ihrer Brust unter dem dünnen Stoff. «Ja, mehr oder weniger.»

Sie stieß ihren Stock mehrmals scharf auf den harten, trockenen Boden. «Das haben Sie bemerkt. In nicht einmal einer Stunde haben Sie das bemerkt.»

Inzwischen waren es schon zweieinhalb, aber ich wollte nicht spitzfindig sein.

Ein Stück vor uns rief jemand ihren Namen.

«Oh», sagte sie und fing fast zu rennen an. «Sie müssen Yorba kennenlernen. Sie ist einer meiner Lieblinge.»

Yorba, die ebenfalls eilte, zog eine Begleiterin hinter sich her. Als wir uns erreicht hatten, redeten Nell und Yorba so laut, als läge noch immer der ganze Weg zwischen uns. Yorba war schmucklos nach Art der Tam, mit geschorenem Schädel und einem einzelnen Armband, aber ihre Freundin trug Muschel- und Federschmuck und ein Haarband mit eingelegten hellgrünen Käfern. Yorba stellte sie Nell vor, und Nell stellte mich Yorba vor, und dann wurde die Freundin, deren Name Iri war, mir vorgestellt, und wir alle sagten circa siebenundachtzigmal *baya ban*. Die Freundin sah mir nicht ins Gesicht. Nell erklärte mir, dies sei Yorbas Tochter, die einen Motu geheiratet habe und gerade für einige Tage zu Besuch sei. Wir standen in der prallen Sonne, und ich wartete darauf, dass wir unseren Weg zu Fen fortsetzen würden, aber Nell bestürmte die beiden mit Fragen. Die Tochter, die nicht Yorbas richtige Tochter sein konnte, weil sie mehrere Jahre älter aussah als Yorba, ergötzte sich ganz offen an Nells holpriger Sprache, an den langen Pausen, während deren sie nach Worten suchte, und den dann folgenden Redeschwällen in ihrem monotonen Stakkato. Nell wollte unbedingt wissen, wie Iri, nachdem sie nun schon viele Jahre in einer anderen Kultur lebte, die Tam sah. Aber beide Frauen trugen Netztaschen voll sperriger Keramiktöpfe auf dem Rücken, und aus Freude wurde bald Ungeduld. Yorba zog an Iris Armreifen. Nell kümmerte sich nicht um ihren wachsenden Überdruss, bis Yorba beide Hände hob, wie um Nell zu Boden zu stoßen, und in schimpfendem Ton auf sie einschrie. Als sie fertig geschimpft hatte, nahm sie Iris Arm, und die beiden Frauen glitten auf ihren nackten Fersen davon.

Nell zog ein Notizbuch aus einer großen, auf ihren Rock aufgenähten Tasche und bedeckte vier Seiten mit ihren winzigen Hieroglyphen, ohne dafür wenigstens einen schattigeren Platz zu suchen. «Die Motu würde ich mir auch gern mal ansehen», sagte sie, als das Büchlein wieder verstaut war, gänzlich unbeeindruckt vom Ausgang der Begegnung. «Ich wusste gar nicht, dass Yorba eine Tochter hat.»

«Das kann doch unmöglich ihr Kind gewesen sein.»

«Erstaunlich, nicht? Genau das dachte ich auch.»

«Sie verwenden das Wort anscheinend unterschiedslos, wie die Kiona. Bei ihnen kann Tochter alles heißen – Nichte, Enkelin, Freundin.»

«Das war ihre echte Tochter. Ich habe gefragt.»

«Sie haben gefragt, ob es ihre leibliche Tochter ist?» Selbst Wörter wie *echt* oder *leiblich* hatten bei ihnen nicht zwangsläufig die gleiche Bedeutung wie bei uns.

«Ich habe Yorba gefragt, ob Iri aus ihrer Scheide gekommen ist.»

«Das glaube ich Ihnen nicht», sagte ich zuletzt. Ich hatte das Wort *Scheide* noch nie laut ausgesprochen gehört, schon gar nicht von einer Frau.

«Doch, doch. Die Wörter, die ich mir überall gleich am ersten Tag beibringen lasse, sind Mutter, Vater, Sohn, Tochter und Scheide. Sehr nützlich. Anders ist man sich einfach nie sicher.»

Sie setzte sich wieder in Bewegung. Wir bogen auf einen schmalen Pfad, und sie peitschte mit ihrem Stock im Gestrüpp herum, was mir mehr dazu angetan schien, die Schlangen zu reizen, als sie zu vertreiben. Wenn ich durch Gestrüpp ging, verhielt ich mich immer so unauffällig wie möglich.

Wir erreichten eine kleine Lichtung, das letzte flache Stück, bevor der Dschungel begann. Fen saß an einen Baumstumpf gelehnt und sah ein paar Männern zu, die einen frisch ausgehöhlten Einbaum mit Seetangsaft weißten. Kein Schreibzeug, die Knie angewinkelt, in den Händen einen Stängel Elefantengras, den er bald so und bald so zwirbelte. Die Männer bemerkten uns zuerst und sagten etwas zu Fen, der mit einem Satz auf den Füßen war und auf uns zurannte.

«Bankson.» Ihm war ein dichter schwarzer Bart gewachsen. Er umarmte mich wie schon in Angoram. «Endlich, Mann! Was war los mit Ihnen?»

«Entschuldigen Sie, dass ich so unangekündigt auftauche.»

«Der Butler hat heute sowieso frei. Sind Sie gerade erst angekommen?»

«Ja», sagte Nell. «Bani macht uns ein schönes Mittagessen. Wir wollten dich holen.»

«Das ist ja was ganz Neues.» Er wandte sich wieder mir zu. «Wo haben Sie so lange gesteckt? Sie hatten versprochen, Sie sind in einer Woche wieder da.»

Hatte ich das? «Ich dachte, ich sollte Ihnen erst Zeit zum Eingewöhnen geben. Ich wollte nicht...»

«Hören Sie mal, wir sind auf Ihrem Grund und Boden, Bankson, nicht umgekehrt», sagte er.

Dieser Humbug, dass der Sepik mir gehören sollte, erboste mich. «Können wir Schluss machen mit diesem Unsinn? Können wir ein für alle Mal Schluss damit machen?» Ich merkte selbst, wie viel Schärfe in meinen Worten mitklang, aber es gelang mir nicht, sie zu dosieren. «Ich habe kein größeres Anrecht auf die Kiona oder die Tam oder den Sepik als irgendein anderer Anthropologe oder der Mann im Mond. Ich halte es nicht mit dieser Manier, die primitive Welt aufzuteilen wie einen Kuchen und die Stücke an Leute auszugeben, die sie dann unter Ausschluss aller anderen besitzen sollen. Kein Biologe würde je eine Art oder einen Wald für sich beanspruchen. Falls Sie's noch nicht mitgekriegt haben: Ich gehe hier seit siebenundzwanzig Monaten fast ein vor Einsamkeit. Ich wollte mich nicht rar machen. Ich dachte nur einfach, dass ich meinen Nutzen für Sie erfüllt habe und Ihnen von jetzt an eher ein Klotz am Bein wäre. Meine Größe macht manchen Stämmen Angst. Und ich bin nutzlos im Feld, völlig unbrauchbar. Ich habe sogar meinen Selbstmord verstümpert. Ich habe mich so lange von Ihnen ferngehalten, wie ich nur konnte, und nun sehe ich, dass es unhöflich war, nicht früher zu kommen. Verzeihen Sie mir.»

In diesem Augenblick setzte das Geflimmer erneut ein, von allen Seiten jetzt, und ein stechender Schmerz zuckte mir durch die Augäpfel.

Die Welt wurde dunkel, aber noch stand ich aufrecht. «Mir fehlt nicht das Geringste», sagte ich. Damit, so erzählten sie mir später, stürzte ich um wie ein Kapokbaum.

12

21.2. Bankson kam, brach auf dem Frauenweg zusammen & liegt jetzt fieberglühend in unserem Bett. Wir begießen ihn mit Wasser & schwenken dann Palmwedel über ihm, bis uns die Arme lahm werden. Er zittert & schlottert und lässt zwischendrin den Fächer quer durchs Zimmer segeln. Finde das Thermometer nicht, aber das Fieber muss sehr hoch sein – oder es ist nur diese englische Hellhäutigkeit. Ohne Hemd hat er so etwas Gerupftes, gerötet & fröstlig & nackt. Brustwarzen wie bei einem kleinen Jungen nach dem Schwimmen im kalten Fluss, zwei harte, winzige Perlen in seinem langen Oberkörper. Er schläft & schläft, und wenn er die Augen aufschlägt, denke ich, er ist bei vollem Bewusstsein, aber das täuscht. Er spricht auf Kiona, manchmal mit kleinen französischen Einsprengseln in tadellosem Akzent. Fen beschwert sich, dass Bankson uns diese ganzen Wochen hat warten lassen, nur um dann todkrank hier anzukommen, dass er uns nicht im Weg sein wollte & jetzt delirierend bei uns im Bett liegt. Aber er murrt aus Sorge. Seine scharfen Worte, die grimmigen Blicke – alles Besorgnis, nicht Zorn. Krankheit ängstigt ihn. Sie hat ihm schließlich die Mutter genommen. Von meiner jetzigen Warte aus sehe ich auch, dass all die Male, wenn er an meinem Bett gestanden & mich gescholten & zum Aufstehen gedrängt hat, der Grund Angst war & nicht Wut. Nicht dass er mich für so schwach hält. Er hat nur Todesangst, dass ich ihm sterben könnte. Ich sage ihm, B.s Fieber wird in ein, zwei Tagen heruntergehen, er zählt mir all die Menschen auf, Weiße wie Eingeborene, die wir kennen oder von denen wir gehört haben, die an einem Malariaschub gestorben sind. Für den Augenblick habe ich ihn mit Bani zum Wasserholen schicken können. Es ist schwer, B. zum Trinken zu bringen. Er fürchtet sich vor der Tasse. Er schlägt danach wie nach dem Fächer. Ich weiß, dass er einen Heidenrespekt vor seiner Mutter hat, deshalb habe ich vorhin seinen Kopf angehoben und mit meiner xanthippigsten britischen Stimme gesagt: «Andrew, hier spricht deine Mutter. Du trinkst jetzt dieses Wasser» und ihm die Tasse zwischen die Lippen gezwängt, und da trank er.

23.2. B.s Fieber sinkt & sinkt nicht. Wir versuchen alles. Malun kommt mit Suppen & Heiltränken. Sie zeigt mir die Pflanzen, aus denen sie gebraut sind, aber ich kenne keine davon. Bankson könnte sie wahrscheinlich bestimmen. Egal, ich vertraue Malun. Ich werde ruhiger, sobald sie das Haus betritt. Sie hält meine Hand und füttert mich mit den gedünsteten Lilienstängeln, die ich so mag. Bis jetzt hatte ich auf keiner meiner Reisen jemanden, der mich bemuttert. Fast immer bin ich die Mutter, im Grunde in allen meinen Beziehungen. Selbst bei Helen war es ja so. Heute kam Malun mit dem Medizinmann, Gunat, der Talismane – kleine krümelige Blätter und Ästchen – in allen Zimmerecken verteilte und näselnd dazu sang. Den Großen Quälenden Nasengesang, taufte Fen ihn. Wenn ihn das nicht umbringt, überlebt er alles, meinte er. Gunat sorgte sich, dass die Moskitonetze die bösen Geister am Ausfahren hindern, aber Fen hat ihn an die Luft gesetzt, bevor er sie herunterreißen konnte.

Ich habe es nicht geschafft, B. mehr als 2 Löffel von Maluns Trank einzuflößen, und Fen auch nicht. Aber er harrt aus. Hat sich auf keine Expedition geflüchtet. Er ist die ganze Zeit hier & besteht darauf, dass ich mit meinen Nachmittagsrunden weitermache, bezieht B.s Bett frisch, legt ihm feuchte Lappen auf die Stirn, hilft ihm auf den Nachttopf (eine große Kalebasse). Seine Fürsorglichkeit hat mir viele meiner Zweifel genommen und gibt mir Hoffnung, dass er ein guter Vater sein wird – wenn es je dazu kommt.

24.2. Fen hat in B.s Boot eine Stabkarte der Kiona gefunden. Ein verblüffendes Instrument: zarte Bambusstäbchen, die ein Gitterwerk bilden, an dem kleine Schneckengehäuse festgebunden sind. Man hält es gegen den Nachthimmel, bringt die Schneckenhäuser in Deckung mit den Sternen und bestimmt so seine Position. So exquisit & filigran, ich habe dergleichen noch nie gesehen. Ich wünschte, wir drei könnten heute Nacht hinausrudern und uns verfahren, um dann mit Hilfe dieses Geräts wieder zurückzufinden.

26.2. B. heute Morgen recht klar, entschuldigte sich wortreich und versuchte aufzustehen, damit wir ihn endlich los wären. Aber wir packten ihn wieder ins Bett, und seitdem schläft oder deliriert er ohne Pause.

27.2. Bankson hatte eine Art Krampfanfall, während ich weg war. Fen verstört & erschöpft, will sich aber nicht von mir ablösen lassen, weicht nicht von seinem Bett, redet & redet, eine Art umgekehrter Scheherazade, als könnten seine Worte B am Leben erhalten.

13

Die Zeit dehnte sich wie ein Haar, das jemand an beiden Enden nimmt und dann spannt. Straffer. Noch straffer. Alles war orange. Meine Finger spielten mit dem Spitzenbesatz am Kissen auf Großmutters Bett. Orangefarbenes Kissen. England. Ich war ein kleiner Junge. Ein kleiner Junge mit einem kleinen steifen Schniedel. Er beulte unterm Laken, wenn ich ihn nicht flach drückte. Eine Nacktschnecke so groß wie ein Spielzeugauto kroch über mich und hinterließ nasse Reifenspuren. Erst heiß, dann kalt, dann heiß. Riesige orangegelbe Gesichter beugten sich über mich, flackerten vor mir davon. Ich bekam sie nicht immer zu fassen. Tränen rollten aus meinen Augen. Mein Penis schmerzte und schmerzte. Ich drehte mich um, und er glitt in eine gefrorene Yamswurzel, eng und kalt, und ich schlief ein oder schlief weiter. Ich träumte von meinem Eimer hinter Dotties Haus: Holz mit grünlichen Schimmelstreifen, Drahthenkel, der in die Finger einschnitt, wenn der Eimer sich füllte. Ich träumte, an meinen Händen fehlten Finger. Um mich herum standen Menschen, die ich hätte kennen müssen, aber nicht kannte. Meine Augäpfel wogen jeder hundert Pfund. Wenn ich die Augen schloss, blickte ich in die Windungen eines Ohrs, eines gigantischen Ohrs, und ich musste die Lider wieder aufstemmen, um ihm zu entkommen.

In meinem Pimmel steckt ein Wurm, dachte ich.

«Tatsächlich?», sagte eine Dame. Sie klang, als würde sie lächeln. Ich glaubte nicht, dass ich laut gedacht hatte. Aber so weit meine Augen auch offen standen, des gigantischen Ohrs wegen, konnte ich doch nicht sehen, ob die Frau Nanny war, die irgendeinen komischen Akzent nachmachte.

John war in Frankreich, nicht Belgien, nackt stolperte er eine Landstraße entlang. Aus dem Gebüsch kam Martin und legte die Leinenjacke meines Vaters um ihn. Ich rief, aber sie drehten sich nicht um. Ich schrie und schrie nach ihnen. Ich wollte ihnen nachlaufen, aber ein bärtiger Mann drückte mich zu Boden, zog ein Messer und schabte behutsam die Fliegenlarven aus den offenen Stellen an meinem Bauch.

Was immer du tust, Andrew, hatte meine Mutter einmal gesagt, behellige die Leute bloß nicht mit deinen *Träumen*.

Ich weiß nicht, ob Stunden vergingen oder Tage, bevor ich verstand, wo ich war. Es war Nacht, und ich roch Zigarettenrauch und hörte eine Schreibmaschine klappern. Um mich war es dunkel, aber ich konnte quer durchs Haus in den Arbeitsraum sehen, wo eine Frau mit Zopf, einem dunklen Zopf über einem weißen Hemd, beim Tippen saß. Neben ihr stand ein Mann und rauchte. Dann beugte er sich vor, die Hand mit der Zigarette auf ihre Rückenlehne gelegt, um zu lesen, was sie schrieb. Nell. Fen. Ich erkannte sie mit einer Erleichterung, als wäre ich ein Kind, das Mutter und Vater erkennt.

«Herrgott noch mal, Bankson, Sie febriler Wichser.» Er wuchtete mich auf eine Seite, dann auf die andere, warf das besudelte Zeug irgendjemandem zu und holte neue Bettwäsche. «Können Sie sich aufsetzen?»

«Ja», sagte ich, aber es ging nicht.

«Macht nichts.» Wieder wuchtete er mich herum, und schon hatte ich saubere Laken unter und über mir. Sein Gesicht glänzte vor Schweiß. Neben dem Bett stand ein Stuhl, auf den setzte er sich. Er hielt mir einen Becher mit Wasser hin. Ich versuchte mit den Lippen daranzukommen, schaffte es aber nicht. Er schob mir die Hand in den Nacken, hob meinen Kopf an und stützte ihn, während ich trank. «Gut. Gut», sagte er und bettete mich zurück auf mein Kissen.

«Weiterschlafen?»
Hatte ich geschlafen? «Nein.»
«Hunger?»
«Nein.»
Der Stoffvorhang war aufgerollt, und ein heißer Wind trug Stimmen zum Fenster herein, vorwiegend Kinderstimmen. Ein junger Mann ging mit einem zusammengeknüllten weißen Bündel zum Wasser hinunter. Wanji.

«Unterhalten wir uns», sagte ich. Ich stopfte mir das Kissen fester in den Nacken.

«Worüber möchten Sie sich unterhalten?» Er klang belustigt.

«Erzählen Sie mir von Ihrer Mutter», sagte ich. Ich hatte an meine eigene Mutter gedacht, die Mutter aus meiner Kindheit mit ihrem pudrigen Orangenduft unter den Achseln, die eine Küchenschürze trug und mir mit ihrer breiten, kühlen Hand die Stirn fühlte.

«Nein. Von der mag ich nicht reden.»

Mein Kopf schmerzte, und ein anderes Thema fiel mir nicht ein. Erzählen Sie mir irgendetwas. Aber ehe ich es sagen konnte, sog der Schlaf mich wieder in seine Tiefen. Vielleicht hatte ich die Augen offen gelassen, vielleicht scherte er sich nicht darum, ob sie offen waren oder zu. Als ich aufwachte, redete er von den Mumbanyo.

«Einmal habe ich sie noch gesehen, nachdem sie sie weggeholt hatten. Am Tag vor unserer Abfahrt. Abapenamo war mit dem Füttern an der Reihe, und er hat mich mitgehen lassen.» Er hatte den Stuhl noch dichter ans Bett gerückt. Er sprach sehr leise. Nach zwei Jahren in den Territories hatten wir alle wenig auf den Rippen, aber Fens Schlüsselbein sprang viel zu weit vor, als Sichel krümmte es sich über der dunklen Höhlung der Halsgrube, und sein Gesicht schien nichts weiter als ein Zacken. Sein Atem traf mich bis in den Magen, ich musste den Kopf wegdrehen.

«Ich hatte mir eine Hütte vielleicht eine halbe Meile entfernt vorgestellt, aber wir waren bestimmt eine Stunde unterwegs, die meiste

Zeit im Laufschritt.» Seine Stimme war jetzt ein kaum hörbares Schrappen. «Ich habe mir den Weg eingeprägt. Ich bin mir ganz sicher, dass ich ihn wiederfinden würde. Ich gehe ihn jeden Tag im Geist ab, um ihn nicht zu vergessen.» Er stand auf und trat ans Fenster, spähte nach rechts und links, bevor er sich wieder setzte. «Dieses Ding ist absolut einzigartig in der Region. Hunderte von Jahren alt. Groß, mindestens eins achtzig. Und es ist mit Symbolen bedeckt, Bankson, in die ganze untere Hälfte sind Logogramme geschnitzt, die ihre Stammesgeschichten erzählen. Aber nur eine Handvoll Männer in jeder Generation lernen es, sie zu lesen.»

Selbst mit meinem dumpfen, pochenden Schädel begriff ich, was für eine unfassliche Sensation das darstellte. Bei keinem einzigen Stamm in Neuguinea war jemals ein Schriftsystem entdeckt worden.

«Das glauben Sie mir nicht. Aber ich weiß, was ich gesehen habe. Es war heller Tag. Ich habe sie gehalten. Ich habe sie berührt. Ich habe Zeichnungen davon gemacht.» Sein Stuhl knarzte, und dann kehrte er mit einem Stoß Blätter zurück. Er hatte Nells Malkreiden verwendet. «Genauso sah es aus, ich schwöre es. Sehen Sie das hier?» Er deutete auf eine Folge von Kreisen, Punkten und Sparren. Es tat mir weh, die Augen zu bewegen. «Schauen Sie sich das an. Ein Kreis mit zwei Punkten darin. Das heißt Frau. Ein einzelner Punkt, Mann. Dieses V hier, mit den zwei Punkten, Krokodil. Abapenamo hat sie mir alle erklärt. Großvater, Krieg, Zeit. Alles Logogramme. Das hier heißt rennen. Sie haben *Verben*, Bankson.» Er war ein guter Zeichner. Die Flöte hatte die Gestalt eines Mannes. Sein bemaltes Gesicht war groß und zornig, und auf seiner Schulter saß ein schwarzer Vogel, dessen langer Schnabel im Bogen um den Kopf des Mannes herumreichte und sich mit der Spitze in seine Brust bohrte. Ein Stück unterhalb bleckte ein aufgerichteter Penis. Und darunter, laut Fen, Reihe um Reihe senkrechter Schrift.

«Sehen Sie hier.» Die Seiten raschelten. «Die Karte habe ich noch am selben Tag gezeichnet. Die führt uns direkt hin. Sie haben sich so verdammt viel Zeit gelassen mit dem Zurückkommen, dass uns fast kein Spielraum mehr bleibt. Wir müssen hin und sie uns holen.»

«Sie holen?»

Von der Treppe war ein Knarzen zu hören, und er sprang auf und stopfte die Zeichnungen hastig zurück in die schwarze Truhe auf der anderen Bettseite. Das Knarzen verstummte, und er sah aus dem Fenster zur Leiter hinunter. Eine Frau wollte wissen, wo Nell-Nell war, und Fen sagte es ihr und wies mit der Hand in die Richtung.

«Wir dürfen nicht ohne sie fahren. Wenn wir das nächste Mal herkommen, wird sie an einem anderen Platz sein. Jetzt weiß ich, wo sie ist. Wir könnten sie für ein Mordsgeld ans Museum verkaufen. Und dann Bücher darüber schreiben. Bücher, dass nach den *Kindern von Kirakira* kein Hahn mehr krähen würde. Wir hätten ausgesorgt, Bankson. Wir wären wie Carter und Carnarvon am Grab von Tutanchamun. Tun wir uns zusammen dafür. Wir sind das perfekte Gespann.»

«Ich weiß nichts über die Mumbanyo.»

«Sie kennen die Kiona. Sie kennen den Sepik.»

Mein Körper fühlte sich an, als hätten sich zweihundert zusätzliche Pfund auf ihn herabgesenkt. In meinen Schädel schienen sich Giftpfeile zu bohren.

«Ja, ich weiß, Sie sind krank. Wir müssen es jetzt nicht zu Ende besprechen. Erholen Sie sich erst, dann planen wir weiter.»

Ich träumte von der Flöte, ihrem klaffenden Mund, dem unheimlichen Vogel. Ich träumte von abgeschnittenen Ohren und Fens Zacken von einem Gesicht.

Nell gab mir von den Tabletten, die ich ihr dagelassen hatte. Sie nötigte mich zum Trinken. Sie brachte auch Essen, aber ich mochte nichts. Schon von dem bloßen Anblick drehte sich mir der Magen um. Mit mir zu reden versuchte sie über das Verabreichen von Flüssigkeit und Medikamenten hinaus nicht. Aber sie saß auf dem Stuhl, nicht so nah am Bett wie Fen, sondern ein Stück von meinem linken

Fuß entfernt, und manchmal stand sie auf, um mir eine feuchte Kompresse auf die Stirn zu legen, manchmal las sie, manchmal fächelte sie mir mit einem großen Fächer Luft zu, manchmal blickte sie auf einen Punkt irgendwo über meinem Kopf. Wenn ich sie anlächelte, lächelte sie zurück, und es gab Zeiten, da spielte ich halb, halb glaubte ich wirklich, sie sei meine Frau.

Ich schloss die Augen, und Nell verschwand, abgelöst durch Fen, der so dicht bei mir saß, dass der Fächer mich fast streifte, und von dessen triefnassen Kompressen mir das Wasser in die Ohren lief.

Ich glaube, er erzählte gerade von seiner Zeit in London, und da auf einmal passierte es. Ich weiß nur noch, dass alles, was groß war, plötzlich klein wurde und alles Kleine groß. Eine jähe, beängstigende Umkehrung. Und dass es mir nicht gelingen wollte, den Mund zu schließen. Sonst erinnere ich mich an nichts mehr, nur dass ich irgendwann am Boden lag, mehr oder weniger in Fens Armen. Er brüllte irgendetwas, Speichel rann ihm in dicken Fäden aus dem Mund. Alle möglichen Leute kamen gelaufen, Nell und Bani und noch andere, die ich nicht kannte, und ich wurde wieder ins Bett bugsiert, und als ich die Augen öffnete, waren nur noch Fen und Nell da, und beide sahen so entsetzlich erschrocken aus, dass ich die Augen ganz schnell wieder schloss. Als das nächste Mal etwas zu mir durchdrang, war Fen dabei, mich zu rasieren.

«Sie haben sich ständig im Gesicht rumgekratzt», sagte er. «Ich dachte schon, Sie würden uns krepieren.» Er bog mir den Kopf zurück, um an die Kinnunterseite zu kommen.

Durch die Moskitonetze sah ich, wie sie seinen bebenden Körper im Arm hielt, ihn wiegte.
Ich hörte:
«Du machst das alles so gut mit ihm.»
«Besser als mit dir, was?»
«Ich seh dich fast schon als Papa vor mir.»
«Aber nur fast.»

«Sie hatten einen Krampfanfall», sagte Fen. «Lagen plötzlich brettsteif da und im nächsten Moment zuckend wie eine Peitschennatter und dann wieder brettsteif, und aus Ihrem Mund kam dieser gelbe Brei, und Ihre Augen waren weg. Nackte weiße Augäpfel, so.» Er zog eine schauerliche Fratze und würgte unmenschliche Laute hervor, und Nell befahl ihm, damit aufzuhören.

Alles an mir tat weh. Mein Körper fühlte sich an, als hätte ich einen Sturz von einem New Yorker Wolkenkratzer hinter mir.

Mein Fieber sank. Behaupteten sie. Sie brachten mir Teller voller Essen und schienen zu erwarten, dass ich aus dem Bett sprang.

Ich wachte auf, und meine Augen standen schon offen, und Fen redete. Wir schienen mitten in einem Gespräch zu sein. Ich war zum Auffangbecken für seine schwirrenden Gedanken geworden, und es kümmerte ihn wenig, ob ich schlief oder wach war, klar im Kopf oder benebelt. «Meine Brüder machten nur Ärger, alle drei. Aber das ungeliebte Kind war ich. Ich war klein und helle. Ich benutzte Wörter auf eine Weise, die meinen Eltern nicht geheuer war. Ich mochte Bücher. Ich forderte Bücher. Von den Lehrern wurde ich gelobt. Von meinen Eltern geprügelt. Ich habe die Farmarbeit gehasst. Ich wollte von zu Hause ausreißen, bevor ich noch richtig laufen konnte. Im Nachhinein hätte ich das vielleicht machen sollen, mit drei schon – einfach eine kleine Tasche packen und rauswackeln auf die Hauptstraße. Viel schlechter hätte es mir damit kaum gehen können. Wir sind zum Nichtwissen erzogen worden. Zum Nichtdenken. Wiederkäuen wie die Kühe, das sollten wir. Bloß nicht aufmucken. Da war meine Mutter groß drin. Im Nichtaufmucken. Ich hab mich so tollpatschig wie nur möglich angestellt, damit ich nicht von der Schule muss. Und ich durfte bleiben, als Einziger. Mein Glück war, dass drei Brüder vor mir kamen, sonst hätte mein Vater das nie geduldet.»

«Und eine Schwester», erinnerte ich mich.

«Die war jünger. In der Schule habe ich fast so etwas wie Freundlichkeit erfahren. Zu Hause gab's nur Spott und Verachtung, selbst dann, wenn ich es schaffte, meine Brüder bei etwas zu übertrumpfen. Dann starb meine Mutter, und es wurde noch schlimmer.»

«Woran ist sie gestorben?»

Er stockte. Zwischenfragen von mir war er nicht gewohnt. «Grippe. Tot in grade mal fünf Tagen. Bekam keine Luft. Ein fürchterliches Geräusch. Das Einzige, was ich durch den Türspalt sehen konnte, bevor meine Tante mich wegzog, war dieser nackte Fuß, der über die Bettkante ragte. Er war hellblau.»

Während jener Stunden oder Tage, schien mir, schlief ich zum Klang seiner Stimme ein und wachte von ihrem Klang wieder auf.

«Ich stand ziemlich neben mir, als ich auf dieses Schiff kam. Dreiundzwanzig Monate bei den Hexern von Dobu und dann ein paar Tage in Sydney, um einem Mädchen einen Antrag zu machen, das ich für meine Freundin gehalten hatte, aber sie wies mich ab. Eine Dobu-Hexe hatte mich vor meiner Abreise dort mit einem Liebeszauber belegt, so viel dazu. Ich hatte die Nase von Frauen und von Anthropologie gestrichen voll. Am ersten Abend an Bord hörte ich Nell an ihrem Tisch große Reden schwingen, offenbar hatte sie diese großartige Forschungsreise hinter sich, mit grandiosen Erkenntnissen über die menschliche Natur und das Universum, und das war das Letzte, worauf ich Lust hatte. Aber ich war buchstäblich der einzige junge Mann auf dem Schiff, und ein paar von diesen alten Schreckschrauben ließen nicht locker, bis ich mit ihr tanzte. Das Erste, was sie zu mir sagte, war: ‹Ich kann hier nicht atmen.› Mir ging es genauso. Wir hielten es beide nicht aus in diesen geschlossenen Räumen. Sobald wir uns davonstehlen konnten, machten wir einen Spaziergang an Deck, den ersten von vielen. Wir müssen Hunderte von Meilen gegangen sein auf dieser Fahrt. Es gab da einen Burschen, der in Marseille auf sie gewartet hat. Ich wollte, dass sie mit mir weiterfährt nach Southampton. Sie wusste nicht, was sie tun sollte. Sie ging als Letzte von Bord, und der Kerl sah mich und wusste, er hatte verloren. Ich konnte es ihm am Gesicht ablesen.»

«Sie hatte einen Nuttenkörper. Das glatte Gegenteil von meiner Mutter. Vollbusig, schmale Taille, die Hüften wie gemacht für Männerhände. Mich quälte immer wieder der Verdacht, dass meine Brüder und ich diesen Körper erst geschaffen hatten – dass sie sich ohne meine Brüder und mich niemals so entwickelt hätte.» Er sprach so leise, dass ich ihn kaum verstand. «Verdammt, diese Farm war am gottverfluchten Arsch der Welt. Niemand hat irgendwas mitgekriegt. Außer meiner Mutter. Sie wusste Bescheid. Ich weiß, dass sie es wusste.» Seine Stimme schwankte, und er starrte hinauf zu den Dachbalken und zwinkerte die Tränen weg. Das Gesicht verzogen, als bohrte ihm dieser schwarze Vogel den Schnabel in die Brust. Dann bückte er sich, steckte sich eine Zigarette an und sagte, ganz ruhig wieder: «Nichts in der primitiven Welt schockiert mich, Bankson. Oder besser gesagt, wenn mich in der primitiven Welt etwas schockiert, dann Ansätze von Ordnung und Moral. Alles Übrige – Kannibalismus, Kindestötungen, Kriegszüge, Verstümmelungen –, all das kommt mir begreifbar, ja verständlich vor. Ich hatte schon immer einen Blick für die Barbarei unter dem Firnis der Zivilisiertheit. Sie liegt gar nicht tief unter der Oberfläche, egal, wo du hinkommst. Sogar bei euch Pommys, da wette ich.»

Ich hörte sie auf den Matten, die sie im Arbeitsraum neben ihren Schreibtischen ausgelegt hatten. Die Matten ächzten. Gewisper. Keuchen. Der Rhythmus unverkennbar jetzt. Ein Aufschrei, rasch unterdrückt. Lachen.

Heller Tag, und er schimpfte und schrie. Ich drehte mich um und sah, dass er sich vor Bani aufgebaut hatte, der sich neben den Esstisch duckte. Fen versetzte ihm eine Ohrfeige, und Bani fiel zu Boden und rollte sich wimmernd zusammen.

«Wo ist Nell?» Es schien mir Tage her, dass sie zuletzt auf dem Stuhl gesessen hatte.

«Unterwegs, Babys zählen. Sie ist so begeistert von meinen Pflegekünsten, dass sie mich zur Oberschwester befördert hat.»

Er rasierte mich schon wieder.

«Behaart wie ein Bär», sagte er, dabei war er viel pelziger als ich.

Er roch nach Zigaretten und Whiskey, der Duft von Cambridge und meiner Jugend. Ich brauchte keine Rasur, wollte auch nicht unbedingt eine, aber ich sog diesen Geruch seiner Hände und seines Atems tief ein. Er tupfte mir das Gesicht mit einem Handtuch trocken.

«Du hast drei Sommersprossen, da, gleich unter der Lippe.» Er war betrunken, ziemlich sogar, und ich dankte Gott, dass ihm das Messer nicht ausgerutscht war. Er beugte sich vor, um die Sommersprossen zu berühren, kippte immer weiter nach vorn, bis sein Mund auf meinem lag. Schon ein ganz leichter Druck gegen seine Brust allerdings, und er zuckte zurück und wischte sich über den Mund, als wäre es alles von mir ausgegangen.

Nell las aus *Licht im August* vor, das eine Freundin ihr vor einigen Monaten geschickt hatte. Fen lag neben mir auf dem Bett, und Nell saß im Sessel, kerzengerade und mit diesem hochtrabenden Ton in der Stimme wie amerikanische Schauspielerinnen, wenn sie ihren Text deklamierten. Das Vorlesen machte sie befangen, auf eine Weise, die ihr im gewöhnlichen Leben, wenn sie ihre Worte selbst wählen durfte, ganz fremd war.

Nach dem ersten Satz fing Fen meinen Blick ein. Er grimassierte, und sie ertappte mich beim Grinsen.

«Was ist?», fragte sie.

«Nichts», sagte ich. «Es ist ein gutes Buch.»

«Ja, nicht wahr?»

«Naives, tendenziöses amerikanisches Gewäsch, das ist es», sagte Fen, «aber lies weiter.»

Er begegnete mir so ungezwungen, dass ich mich zu fragen begann, ob ich mir den Kuss nur eingebildet hatte. Als Nell nicht mehr lesen mochte, streckte sie sich auch auf dem Bett aus, und zu dritt lagen wir da und schauten den Insekten zu, die sich durch das Netz zu krallen versuchten, und unterhielten uns über das Buch und über abendländische Geschichten im Kontrast zu den hiesigen. Nell sagte, auf den Salomonen habe sie die ewigen Schweinemannschöpfungsmythen und Riesenpenismythen so sattbekommen, dass sie ihnen die ganze Geschichte von Romeo und Julia erzählt habe.

«Ich hab's schön ausgewalzt. Habe für sie die Balkonszene nachgespielt, das Duell. Natürlich habe ich es bei einem Stamm spielen lassen, der ihrem ganz ähnlich war, mit zwei rivalisierenden Dörfern und einem Heiler anstelle eines Mönchs und so weiter. Letztlich ist es ja eine Klangeschichte, insofern war sie ihnen nicht schwer nahezubringen.» Sie lag auf der Seite, und ich lag auch auf der Seite, ihr zugewandt, und Fen lag zwischen uns auf dem Rücken, so dass ich ihr Gesicht nur halb sehen konnte. «Und dann endlich – es hat mich über eine Stunde gekostet in dieser Sprache mit ihren elenden Sechs-Silben-Wörtern – komme ich zum Schluss. Sie ist tot. Und wisst ihr, was die Kirakira gemacht haben? Gelacht haben sie! Sich schiefgelacht. Für sie war es der beste Witz aller Zeiten.»

«Ist es ja auch», sagte Fen. «Lieber zig Schweinemanngeschichten als diesen Mist.»

«Ich glaube, es ist die Ironie, auf die sie ansprechen», sagte ich.

«Die Ironie! Unbedingt!»

Nell beachtete ihn nicht. «Seltsam, nicht, dass sie Ironie nie tragisch finden, nur komisch.»

«Weil sie den Tod nicht als tragisch sehen und wir schon», sagte ich.

«Sie trauern.»

«Sie empfinden Kummer, großen Kummer. Aber keine Tragik.»

«Nein, das stimmt. Sie wissen, dass ihre Ahnen etwas mit ihnen vorhaben. Sie haben nie das Gefühl, dass es anders hätte kommen sollen. Und Tragik basiert auf diesem Gefühl, dass ein schrecklicher Fehler passiert ist, nicht wahr?»

«Verglichen mit ihnen, sind wir theatralische Riesenbabys», sagte ich.

Sie lachte.

«Also, dieses Baby muss mal aufs Töpfchen.» Fen stand auf und stieg die Leiter hinunter.

«Bitte benutz die Latrine, Fen», rief Nell.

Aber er hatte höchstens einen Schritt vom Haus weg getan, als sein Strahl schon mit ungeheurer Wucht zu rauschen begann.

«Das kann jetzt ein bisschen dauern», sagte sie.

Allerdings. Wir lagen auf dem Bett und sahen uns an.

«Und dann, als Schlussakkord ...»

Fen ließ einen Wind streichen.

«Das.»

«Togate», kam es gedämpft von Fen, das Tam-Wort für Pardon.

Wir lachten. Mein Kopf fühlte sich leicht und klar an. Unsere Hände lagen nur Zentimeter voneinander auf dem von Fens Körper gewärmten Stoff.

14

3.3. B. heute abgereist, d. h., wir durften ihn 2 Tage bei passabler Gesundheit erleben. Haben ihn zu den anderen Tam-Dörfern mitgenommen – oder besser, er uns, in seinem Einbaum, der dahinsaust, dass all die herumwatenden Fischerinnen nur staunen können. Aber in den Dörfern sind wir ein ganzes Stück vorangekommen. Banksons Kiona wird von vielen verstanden. Er versucht unsere ethnographischen Methoden zu kopieren, aber er muss sich sehr überwinden dazu. Wahrscheinlich täte er sich sogar schwer, in einem Pub um Feuer zu bitten. Umso besser ist er als Theoretiker. Wir reden & reden. Themen, die zwischen Fen & mir unweigerlich zu Spannungen führen würden, werden fruchtbar diskutiert, wenn er dabei ist. Fen ist einsichtiger in B.s Gegenwart und ich vielleicht auch. Bankson teilt meine Sichtweise der Machtverhältnisse bei den Tam – der Vormacht der Frauen –, und wir führen produktive Gespräche darüber, zu dritt! B. hat Gespür für F.s Empfindlichkeiten, so dass ich nie eingreifen muss, z. B. gestern Abend, als wir über die Geschlechterrollen im Westen sprachen und B. & ich uns die Bälle zuspielten und ich das Gefühl bekam, wir könnten unsere Ideen ewig weiterspinnen, aber B. schlug genau im richtigen Moment den Bogen zurück zu Fens Dobuern. Er navigiert, als hätte ich ihm eine Stabkarte unserer Befindlichkeiten gegeben, die er nur hochhalten muss.

Gestern trieb er uns zu einer Nachtwanderung hinaus. Der Mond war fast voll, und alles schimmerte silbern, und die Sterne am Himmelsrand wirbelten & sprühten, und selbst die

Insekten sahen aus wie Meteoritensplitter, die durch die Luft auf uns zuschossen. Ein paar Tam waren noch draußen und folgten uns den Weg entlang, aber als wir den Pfad in die Hügel einschlugen, flüsterten sie eine Warnung und kehrten um. Nur die Kirakira fürchten sich nicht vor der Nacht – die Anapa, Mumb. und Tam sind alle sehr auf der Hut vor den Geistern im Busch, die ihnen ihre Seele stehlen, wenn sie nur die kleinste Chance dazu bekommen. Bankson sammelte ein paar morsche Zweige, die mit etwas bewachsen waren, das er Hiri nannte, ein fluoreszierender Pilz, der einen fahlen Schein auf den ansteigenden Pfad warf. F. & B. (Männer!) mussten jeder die Nase vorn haben, und so stiegen & stiegen wir, bis wir einen kleinen, nahezu kreisrunden See entdeckten, in dessen Mitte der Mond badete. F. und B. stürzten sich hinein. Ich mochte Bankson nicht merken lassen, dass ich nicht schwimmen kann – er wäre entsetzt und würde es mir auf der Stelle beibringen wollen, was wiederum F. als Kritik & Bedrohung auffassen würde –, also planschte ich nur im Seichten herum, und wir sahen hinauf zu den Sternen und redeten über den Tod und zählten all unsere Verstorbenen auf und versuchten ihre Namen zu einem Lied zusammenzufügen.

Bankson erzählte uns von einem Brauch aus den Zeiten früherer Kiona-Kriegszüge, wo der Sieger am Ende des Kampfs in seinem Einbaum steht, den Kopf des getöteten Feindes in die Höhe reckt und ruft: «Ich breche auf zu meinen schönen Tänzen, meinen schönen Zeremonien. Sprecht seinen Namen», und die Besiegten am Ufer sprechen den Namen des Toten und rufen dann den davonrudernden Siegern nach: «Fahrt. Fahrt zu euren schönen Tänzen, euren schönen Zeremonien.» Er habe einmal versucht, Teket den Weltkrieg und die 18 Millionen Toten zu erklären, sagte Bankson, doch Teket habe schon die bloße Zahl nicht begriffen und erst recht nicht, wie es in einem einzigen Konflikt so viele Tote geben konnte. B.

sagte, vom Leichnam seines Bruders in Belgien seien gar nicht alle Teile gefunden worden. Es sei doch gewiss zivilisierter, meinte er, alle paar Monate einen einzelnen Mann zu töten, seinen Kopf emporzuhalten, damit alle ihn sehen, seinen Namen zu rufen und zur Siegesfeier nach Hause zurückzukehren, als namenlose Millionen abzuschlachten. Wir standen ganz still im Wasser, und ich hätte ihn gern in den Arm genommen.

Es ist ein ziemlicher Eiertanz, den wir drei aufführen. Aber gleichzeitig stimmt die Balance mehr, wenn B. da ist. Fen forderndes, rigides, entschlossenes Naturell drückt die Waagschale schwer nach unten, da bilden Banksons & mein geschmeidigeres, anpassungsfähigeres Wesen auf der anderen Seite ein gutes Gegengewicht. Und schon überlege ich wieder, wie ich diese unausgegorene Theorie in meiner Arbeit anwenden kann, dieses Gleichgewicht, das man für die eigene Persönlichkeit zu erreichen sucht – vielleicht ist eine florierende Kultur ja eine, deren Mitglieder eine ähnliche Ausgewogenheit untereinander gefunden haben. Schwierig. Zu müde, um es zu Ende zu denken. Vielleicht sind wir einfach beide ein bisschen verliebt in Andrew Bankson.

15

Als ich nach Nengai zurückkam, streckte mir Teket gleich am Ufer ein Briefchen entgegen. Ich erkannte schon an der Form, zweimal quergefaltet, dass es von Bett war. Er überreichte es mir ganz erleichtert, als hätte er die ganze Woche meiner Abwesenheit damit am Wasser gestanden. Teket nahm es mit der Verantwortung sehr ernst. Ich konnte ihn mir unschwer in Charterhouse vorstellen, ein gewissenhafter Präfekt, ein herausragender Schüler. Er kam mit allen möglichen Fragen zu mir, und da bei den Kiona die Ältesten ihr Wissen als geheimes Familienerbe weitergeben, behandelte er meine Antworten stets mit großer Sorgfalt. Als es zwischen seinem Klan und einem anderen einmal zu einem Disput über das Phänomen Nacht kam, holte er meine Meinung dazu ein. Ich sagte ihm, wie ich die Sache sah: tägliche Umdrehung der Erde um sich selbst, ihre Kreisbahn um die Sonne. Seither sprach er davon verschämt als von der «Sache, von der wir beide wissen», und sooft das Gespräch im Beisein anderer auf Sonne oder Mond kam, warf er mir einen verschwörerischen Blick zu.

Ich nahm das Briefchen, schob es aber zu Tekets Enttäuschung in die Tasche, ohne es zu lesen. So aufgeraut, wie die Ränder waren, musste er es viele Male auseinander- und wieder zusammengefaltet haben, und belustigt malte ich mir aus, wie er dastand und Betts kleine schottische Krakel studierte.

Ich fragte nach den Neuigkeiten, und er berichtete mir, dass Tagwa-Ndemis Neugeborenes ein Mädchen war, so klein, dass es in eine Kokosnussschale passte, und dass ein Dieb, von Kopf bis Fuß mit Palmöl eingeschmiert, so dass keiner ihn greifen konnte, mitten in der Nacht durch das Haus von Tekets Tante gerannt und mit drei Halsketten und einer Turbomuschel entkommen war. Nianis beide Söhne seien krank, aber Niani habe die ganze Nacht durch mit den Ahnen der Kinder gefeilscht, und nun gehe es ihnen schon wieder besser. Ich wollte mich abwenden, doch Teket war noch nicht fertig. In der Nacht nach meinem Aufbruch, so erfuhr ich, hatte Winjun-Mali zu seiner Schwägerin Koulavwan in den Moskitosack zu kriechen versucht. Ihre Mutter hatte ihn gehört und zu schreien angefangen, woraufhin sich Winjun-Mali zwischen den Töpfen versteckte, aber die Mutter zog ihn heraus. Man brachte ihn in ein Zeremonialhaus, wo er seine Sicht der Dinge darlegte: Er habe beobachtet, wie Koulavwan dem Mann ihrer Schwester ein Betelblatt zusteckte, darum habe er sich überzeugen wollen, dass sie seinem Bruder während dessen Abwesenheit treu blieb. Koulavwans Vulva sei zu groß für seinen Geschmack, sagte er. Als sie das hörten, stimmten sämtliche Frauen, die unter dem Haus lauschten, ein Protestgeheul an, und Winjun-Mali nahm seinen Speer und rammte ihn durch die Bodenbretter und rasierte seiner eigenen Mutter ein Stück Ohr ab, so dass die Verhandlung unterbrochen werden musste. Als Nächstes warf Winjun-Malis Vater dem Vater von Koulavwan ihren überteuerten Brautpreis vor, worauf dieser ihn daran erinnerte, dass Winjun-Malis Vater, als sie beide noch Knaben gewesen waren, die Ehre für die Tötung eines Mannes für sich beansprucht habe, den in Wahrheit er getötet habe. Er zeigte auf die Quasten am Kalkstößel von Winjun-Malis Vater und wollte wissen, ob auch nur eine davon für einen echten Mord stand. Aber bevor die Sache ausarten konnte, rief Tekets Vater, ihrer beider Blut habe das Kind in Koulavwans Bauch hervorgebracht und sie dürften nicht kämpfen. Also, so Teket, haben wir alle Arekanüsse getauscht und uns wieder ins Bett gelegt.

Noch vor ein paar Monaten hätte ich mich fürchterlich gegrämt, das alles verpasst zu haben, und mit fliegenden Fingern mitgeschrieben, aber nun ließ ich den Erzählstrom über mich hinwegspülen, ohne auch nur nach einem Tropfen zu haschen. Teket schöpfte Luft und wollte seinen Bericht fortsetzen, aber ich deutete mit den Fingern auf den Boden, die Geste, mit der Mütter ihre Kinder zum Schweigen brachten, und bat ihn, sich den Rest für später aufzuheben, ich sei müde. Teket war sichtlich gekränkt und stand noch ein bisschen herum, damit ich es auch ja merkte, bis er schließlich doch abzog.

Teket hätte jemanden wie Nell gebraucht. In ihr hätte er eine verwandte Seele gehabt, eine unermüdliche Präfektenkollegin. Sie hätte Stunden mit ihm zusammengesessen und ihn darüber verhört, wer aus wessen Scheide kam, und all die kleinen Einzelheiten gewürdigt, die Teket für ihre Rückkehr aufgespart hatte.

In meinem Haus angekommen, machte ich Feuer, stellte einen Topf mit Wasser darauf, setzte mich hin und faltete Betts Nachricht auf.

Bin wieder auf dem Boot. Rabaul ein Hexenkessel. Hab dich vermisst. Wo steckst du? Niemand weiß etwas. Muss ich mir Sorgen machen? Komm zu mir, Süßer.

Vor vier Monaten hätte ich schon längst wieder in meinem Einbaum gesessen und wäre schnurstracks zu ihrer Pinasse gefahren. Ich blies auf meinen Tee. Ich würde natürlich hinfahren. So viel war klar, aber ich würde aus einem anderen Grund fahren als früher. Und Bett würde es spüren. Ich wusste genau, wie es ablaufen würde: nichts ausgesprochen, alles geklärt.

Ich würde morgen früh fahren. Nach meinem Tee. Ich öffnete meine Tasche. Wanji hatte meine Kleider gewaschen. Die Hemden hätten bei einem Herrenausstatter im Regal liegen können, so akkurat waren sie gefaltet. Einerseits stieß es mich ab, wie Nell und Fen die Eingeborenen einspannten – Einzug hielten wie ein Großunternehmen, die Einheimischen anheuerten, das Gleichgewicht von Macht und Reichtum aus dem Lot brachten und so ihre eigenen

Ergebnisse verfälschten. Aber andererseits sah ich, wie praktisch es war, wie viel Zeit man gewann, wenn man nicht kochte und abspülte und Wäsche schrubbte wie ich diese ganzen zwei Jahre hindurch. Gestern Abend hatten wir drei zusammen bei ihnen im Arbeitszimmer gesessen und unsere Aufzeichnungen getippt, während Wanji Wasser holte und der Jagdboy mit zwei Tauben zurückkam und Bani sie in einer Limonensoße garte. Die Soße war so scharf, dass ihr die Wangen glühten und ich die Finger ineinander verschränken musste, um nicht die Hand auszustrecken und ihre Haut zu berühren.

Ich zog den Reißverschluss wieder zu und ging zum Ufer zurück.

Teket, noch immer am Strand, wunderte sich nicht. Er wusste, was ein Blatt von diesem beigefarbenen Papier auslöste. Er wusste, dass er mich bis zum morgigen Sonnenuntergang zurückerwarten konnte, nicht so blutleer wie sonst, die Glieder gelockert wie die eines Knaben.

Bett saß im Ruderhaus und aß etwas Gelbes aus einer Dose. Beim Klang des Motors sah sie blinzelnd in meine Richtung, und als sie mein Boot schließlich erkannte, duckte sie sich unter der niedrigen Tür durch und winkte vom Bug.

Ich hätte nicht herkommen dürfen. Wenn ich irgendeine akzeptable Art gewusst hätte, kehrtzumachen und zurückzufahren, hätte ich es getan.

Es hatte einmal einen Ehemann gegeben. Die beiden hatten sich auf der Ingenieurschule in London kennengelernt und waren zusammen hierhergekommen, um eine Brücke in Moresby zu bauen, aber noch ehe die Brücke fertig war, hatte er sich mit einem Mädchen nach Adelaide abgesetzt, und Bett ließ sich für ein Brückenprojekt in Angoram unter Vertrag nehmen und kaufte diese Pinasse, um hinzugelangen. Seitdem wohnte sie auf ihr. Sie ging auf die vierzig zu, vermutete ich insgeheim – unser Alter war nie Thema zwischen uns gewesen.

Ich machte meinen Einbaum an ihrem Heck fest, und sie half mir an Bord. Sie trug ein sauberes weißes Hemd und duftete nach Lilien. Ein neuer Geruch.

«Du hast lange gebraucht.»

«Ich bin erst heute Morgen zurückgekommen.»

«Zurück von wo?»

«Vom Tamsee.»

«Jagen?»

Ich war miserabel im Lügen, aber ich sagte Ja.

«Jagt sich's gut am Tamsee?»

Etwas merkte sie, und sei es nur, dass ich noch nicht an ihren Kleidern zerrte. Ich streckte halbherzig die Hand nach ihrer Bluse aus.

Reglos sah sie zu, wie ich an den Knöpfen nestelte. Das war mir nur recht. Ich wollte nicht, dass sie nach mir griff und mein Zuwenig an Begeisterung entdeckte. Aber als das Hemd aufgeknöpft war und ich mit den Daumenkuppen über ihre Brustwarzen fuhr und ihre Brüste schwer in meiner Hand lagen, gelang meinem Körper der Schwenk zu dieser Frau, diesem Körper, und erleichtert spürte ich meine tatkräftige Erektion.

Für dieses erste Willkommen führte sie mich nie hinunter in ihr Bett, sondern nahm mich gleich dort, unter freiem Himmel, zwischen den Tauen und Werkzeugen und Lagerkästen. Sie fühlte sich warm und vertraut an, und auch wenn ich nicht recht bei mir war, sandte ich zuletzt einen Schrei über ihre Schulter empor, dass die Äste hinter ihr schwankten vom Davonhasten aufgescheuchter Baumbewohner. Wir lachten über ein gellendes, entsetztes *iiiiiii-uuuuuuuuuiiiiiii*, und meine Haut schmatzte laut gegen ihre.

Das noch zwanzigmal, dachte ich, dann hätte ich Nell Stone vielleicht restlos aus mir getilgt.

Sie ließ sich von mir heruntergleiten, und wir lehnten uns nebeneinander ans Ruderhaus. Wir lasen uns das Ungeziefer aus dem Schritt wie die Affen, und ich erkundigte mich nach ihrer Fahrt nach Rabaul, und sie erzählte mir, dass sie den Neffen von Shaw kennengelernt hatte, der Distriktsbeamter im Süden war, und wir spintisierten darüber, wie es wohl wäre, wenn sein Onkel eins seiner Stücke in den Territories spielen ließe. Schon allein die jüngsten Ereignisse in Nengai böten mehr als genug Stoff, sagte ich und berichtete ihr von dem ölglatten Dieb und von Winjun-Malis Besuch in Koulavwans Moskitosack.

«Warum kriege ich eigentlich nachts nie Besuch?», fragte sie. «Die Eingeborenen paddeln nur artig vorbei, als wäre mein Boot ein Baumstamm.»

«Barnaby hat fast genau das Gleiche.»

«Seins ist grün.»

«So nah wagen sie sich nicht an ein Boot heran, auf dem sie einen Regierungsbeamten vermuten. Aber wenn du dich öfter so präsentieren würdest wie jetzt, bekämst du sicher mehr Zulauf.»

«Meinst du?» Sie wälzte sich auf mich. Es gab nichts weiter zu sagen, also küsste ich sie und spreizte ihr die Beine, und als stoßendes, zuckendes Knäuel rollten wir über die rauen Deckplanken. Hinterher ging sie hinein und kam mit Zigaretten und Bademänteln zurück, und wir rauchten, bis es Zeit zum Essen war.

Sie briet einen Barramundi auf dem Grill vorne im Bug, und wir aßen ihn mit Senf und einer Flasche Champagner, die sie aus Cooktown mitgebracht hatte. Vom anderen Flussufer kamen plötzlich wildes Schwappen und Platschen, Wasser spritzte hoch auf. In dem Dämmerlicht machte ich zwei kämpfende Krokodile aus. Ich sah ihre Kiefer weit aufgesperrt in die Höhe ragen, und dann schlug das linke die Zähne in die zähe Haut am Hals des Gegners, und beide tauchten ab, und nach einer Weile glätteten sich die Kräusel über ihnen.

«Was war das? Kroks?»

Sie kniff die Augen zusammen. Ich wusste, dass sie furchtbar schlecht sah, aber ich hatte mich nie gefragt, wo ihre Brille war, oder daran gedacht, ihr die von Martin anzubieten.

Am nächsten Morgen brach ich vor Sonnenaufgang auf. Das Wasser war stumpf und spiegelte nicht, die Ufer lagen stumm da. Sie schickte mich mit einer Tasse Tee und einer Schachtel Karamellbonbons meiner Wege. Sonst gab sie mir immer eine Flasche Whiskey mit, und ich empfand die Bonbons als unehrenhaft, als eine Form der Herabstufung, aber ich lutschte sie eins nach dem anderen, die ganze Fahrt bis nach Hause.

16

Fast zwei Wochen hielt ich mich vom Tamsee fern, und mit meiner Arbeit ging es voran. Ich begann Leute in mein Haus einzuladen, nicht so viele wie Nell jeden Vormittag, sondern in kleinen Gruppen. Ich bewirtete Tekets ganze Sippschaft mit einem Wildschwein, das wir erlegt hatten, und mit Dosenbirnen, die sie erst anrührten, nachdem Teket sie davon hatte überzeugen können, dass auf ihnen kein Fluch lag. Seine Großmutter konnte gar nicht genug bekommen von den Birnen und ihrem süßen Saft, und sie trugen die leeren Dosen nach Hause, als hätte ich jedem von ihnen hundert Pfund geschenkt. Ich bat Kaishu-Mwampa, die alte Frau, die nicht mit mir sprach, und ihre Großnichte zum Tee zu mir. Er schmeckte ihnen nicht, und ich sagte ihnen, mit Milch sei er besser, und sie lachten sehr, als ich ihnen zu beschreiben versuchte, was Milch war, weil sie noch nie eine Kuh gesehen hatten. Wenige Tage später verkündete Tiwantu, nach dem nächsten Vollmond sollten die Erfolge seines Sohnes mit einer vollwertigen traditionellen Wai begangen werden. Ich erlebte meinen eigenen kleinen Glücksrausch.

Es hätte so weitergehen können – meine Arbeit in Nengai, ein paar Kurzbesuche am Tamsee –, bis ich im Juli wie geplant meine Zelte abbrach. Aber einen Tag nach Tiwantus Ankündigung brachte Teket, als er vom Markt zurückkam, eine Nachricht von Nell mit.

17

Sie erwachten von einem lang gezogenen Schrei, gefolgt von einem wilden Durcheinander von Rufen und Gebrüll. Sie hatte keine Ahnung, wie spät es war. Der Himmel war schwarz, ohne jeden Lichtsaum.

Wenn es darauf ankam, besaß Fen die Schnelligkeit einer Raubkatze. Mit einer einzigen weichen Bewegung verschwand er die Leiter hinab. Sie eilte hinter ihm her. Der Aufruhr hatte seinen Ursprung irgendwo auf dem Frauenweg. Fen sagte etwas, das sie nicht verstand.

Als sie die Ecke erreichten, wogte da, wie schon von ihr befürchtet, eine kreischende Masse von Leibern. Sie blieben etwas davon entfernt stehen. Die Menge drängte geschlossen in die andere Richtung, zum Haus von Malun. In dem Dunkel meinte sie kurz Sanjos langen Rücken auszumachen, Yorbas dicke Arme, den kleinen Kopf von Amun, aber es war ein einziges Gewühl und Geschrei und Gebrodel, so laut, dass es ihr alle Sinne verschlug. Etliche hatten sich den Haarschmuck und die Ketten und Flechtbändchen und Ziergürtel und Armringe heruntergerissen und von sich geworfen, während sie die Arme umeinanderschlangen und schluchzten und schrien und dabei blindlings nach vorn drängten, auf das zu, was dieses Dickicht aus Körpern verbarg.

Fen nahm sie bei der Hand und pirschte vorwärts. Er fasste sie fester, kämpfte sich hinein in den Strudel. «Wir müssen...», sagte er, aber der Rest ging unter. Dann verlor sie seine Hand. Alles stieß und schob zur Mitte hin, und sie wurde mitgezogen, mitgerempelt, mitgezerrt. Vergeblich versuchte sie sich dagegenzustemmen, dem

Druck standzuhalten. Was immer dort vorne war, sie wollte es nicht sehen. Aber ein gewaltiger Muskel aus Menschen walkte sie vorwärts. Sie verstand nicht, warum sie so wenige erkannte, warum niemand sie erkannte. Hysterie hatte alle ergriffen, und der Atem und Schweiß so vieler Rasender verklumpten zu einem säuerlichen Geruchsgemisch, als wären all diese Leiber irgendwo unter der Erde eingemauert. Sie war sich ganz sicher, dass dort vorn ein Leichnam lag. Wenn es nur kein Kind war. Bitte lieber Gott, nicht noch mehr tote Kinder! Hatte sie es geschrien? Sie wusste es nicht. Sie schmeckte Erbrochenes, Blut – nicht ihr eigenes, schien ihr. Ein Stück vor ihr flackerte Feuerschein. Und dann sah sie sie, Malun und einen Mann mit grüner Hose. Sie standen beide, aber er stützte sich mit seinem ganzen, ungefügen Gewicht auf sie, so dass sie all ihre Kraft brauchte, um ihn aufrecht zu halten, wehklagend, als hielte sie einen Toten. Doch er lebte. Lange, tiefe Narben zogen sich über seinen bloßen Rücken, frischer und viel kunstloser als die Initiationsnarben, Hiebe ohne Plan oder Sinn, doch er lebte.

Kommen Sie so schnell wie möglich, lautete Nells Nachricht an mich. *Xambun ist zurückgekehrt.*

18

In der vierten Nacht der Feier von Xambuns Rückkehr kam Fen nackt nach Hause, über und über mit einem Öl beschmiert, das wie ranziger Käse stank, und verkündete, er habe mit Jesus, seiner Ururgroßmutter und Billy Cadwallader getanzt.

Nell saß an ihrer Schreibmaschine und schrieb an Helen. «Wer ist Billy Cadwallader?», fragte sie.

«Siehst du? Dadurch weiß ich, dass es keine Einbildung ist. So einen Namen kann man nicht erfinden. Er war einfach ein Junge.» Er streckte den Kopf aus der Tür, als könnten diese Tanzpartner ihm nach Hause gefolgt sein. In seinen Haaren steckten bemalte Tonperlen, Asche klebte ihm auf der öligen Haut. Breitbeinig stand er da, um besser das Gleichgewicht halten zu können, aber er schwankte dennoch. Er war mager wie ein Eingeborener, nur Muskeln und Knochen. Zu einem Rauschmittel sagte er nie Nein; er trank, aß, schnupfte oder rauchte, was immer er angeboten bekam. «Weißt du, ich glaube» – seine Perlen klapperten, so unvermittelt drehte er sich um, mit einem Lächeln, als hätte er sie eben erst bemerkt –, «ich glaube, meine Mum weiß, sie weiß vielleicht ...»

«Wer der kleine Junge war?»

Sein Blick wollte ihr nicht gefallen.

«Hmm.» Er kam dicht an sie heran, und der Gestank war unerträglich. Er schien nach dem richtigen Wort zu ringen oder nach überhaupt einem Wort. «Sex», sagte er schließlich. «Ich mag Sex, Nell. Echten Sex.»

Zum Glück bekam sein Penis das nicht mit.

«Wo's nicht um ... um ...» Wieder suchte er nach dem Wort und konnte es nicht finden. Kinder, meinte er vermutlich.

Er wandte sich ab, als wäre sie es, die stank. Dann wieder dieses ruckartige Umdrehen, wieder das jähe Erkennen.

«Fleißig wie immer, Nell Stone? Tippen, tippen, tippen, so viel zu tippen, so viel zu sagen. Wie anstrengend das sein muss, immerzu Nell Stone zu sein.» Offenbar war er auf eine Wortader gestoßen. «Das Geratter von dieser Scheißmaschine, das ist das Rattern von deinem Scheißhirn.» Er drosch mit der Faust in die Tasten. Etliche Buchstaben schnellten in die Höhe und verkeilten sich. Ehe sie den Schaden abschätzen konnte, fegte er das Gerät vom Tisch. Es schlug auf der Seite auf. Der silberne Schalthebel brach ab.

Abrupt drehte er sich weg und ging, stieg mit so eckigen Bewegungen die Leiter hinunter, als zöge jemand mit Fäden an ihm. Einmal, noch in ihrem ersten Monat bei den Anapa, war einer von den Ältesten zu ihr gekommen; es sei nicht sicher für eine Frau, mit ihrem Mann ganz allein zu sein, hatte er gesagt und sich ihr als Bruder angeboten. Damals hatten sie und Fen darüber gelacht. Aber sie hätte einen Bruder gebraucht, wie sich später zeigte. Bei den Mumbanyo hätte sie einen gebraucht. Vielleicht hätte sie ihr Kind behalten, wenn sie dort einen Bruder gehabt hätte.

Sie schaltete die Lampe aus und versuchte zu schlafen. Ihr Herz schlug viel zu schnell. Sie atmete langsam und tief, aber es hämmerte weiter. Sie hatte Angst, er könnte zurückkommen.

Sie stand auf und schlüpfte wieder in ihre schmutzigen Kleider. Wanjis letzter Waschtag war drei Tage vor Xambuns Ankunft gewesen. Es waren weniger Leute am Strand, als sie gedacht hatte, höchstens fünfzig – an die zwanzig Tanzende und noch einmal dreißig, die um sie herum lagerten. Sämtliche Tänzer waren Männer, Perlen im Haar wie Fen, um die Hüften die aus Kalebassen gefertigten, kunstvoll gebogenen Peniskächer. Alles an dem Tanz drehte sich um diese Penisse, darum, sie wackeln und hüpfen und

Ausfälle in Richtung der Frauen machen zu lassen, die in Gruppen dalagen und kaum hinsahen, versunken, aber übersättigt, wie Männer, die schon zu lange in einem Nachtklub sind. Und da war Fen, ausstaffiert wie alle anderen, der im Kreis wirbelte und seinen Penisköcher gegen den seines Partners schlug, nur hölzerner, nicht so fließend. Die Flötenspieler waren längst schlafen gegangen, und der einzige Trommler drohte nach der Seite wegzukippen und versetzte seiner Trommel nur noch gelegentlich einen Klaps. Ein paar Frauen sangen oder hielten den Takt mit Steinen oder Stöcken. Die meisten steckten die Köpfe zusammen und unterhielten sich, ohne groß hinzuschauen. Von Xambun war nichts zu entdecken.

Die Stimmung, die Fen mit zum Haus hinaufgebracht hatte, war hier noch verstärkt. Die Feier war umgeschlagen. Die Männer waren angespannt, benebelt, manche hielten sich nur mit Mühe auf den Füßen, andere warfen sich herum, als wollten sie ihrem eigenen Körper entfliehen. Eine unterdrückte Verzweiflung schien alle ergriffen zu haben, nicht die wachsende Aggressivität einer Mumbanyo-Zeremonie, bei der die Tanzenden kurz davor schienen, sich abzustechen, nicht blutrünstig, eher suizidal, als wäre alles – das Desinteresse der Frauen, Xambuns Verschwinden, die Dürre – allein ihre Schuld.

Sie setzte sich neben eine Frau namens Halana, die ihr Kava und Tarowurzeln reichte. Sie klappte ihr Notizbuch auf. Schon die fünfte Nacht jetzt. Sie kannte es inzwischen alles. Es gab nichts hinzuzufügen. Boas' mahnende Stimme: Alles ist Material, auch eure Langeweile; nichts ist zweimal das Gleiche – denkt nie, ihr würdet etwas schon kennen, denn ihr kennt es nicht. Ich arbeite, sagte sie sich, ein Trick, der ihr oft half, neu zu sehen, besser zu sehen, über das Offensichtliche hinaus zu sehen. Sie spürte Halanas Blick. Sie machte Nell nach, wie sie den Bleistift hielt – kaute daran und tat so, als würde sie ihn aufessen, worüber ihre Freundinnen sich ausschütten wollten vor Lachen.

Immer weiter ging der Tanz, ohne erkennbare Form, ohne Anfang oder Ende. Einmal lächelte Fen ihr zu. Seine Wut war verraucht. Sie spürte, wie sie mit offenen Augen wegdöste. Und dann bemerkte sie, links hinter den Tänzern, in Ufernähe, einen Lichtschimmer. Angestrengt starrte sie hin. Es war ein winziges orangefarbenes Glimmen gleich oberhalb des Felsblocks, der über dem Wasser vorsprang. Eine Zigarette? Sie stand auf und schlenderte unauffällig in die Richtung, als wolle sie den Pfad zu ihrem Haus einschlagen, schwenkte aber stattdessen ab in die Büsche und auf den Felsen zu. Durch die Blätter konnte sie sehen, dass sie sich nicht getäuscht hatte: Es war eine Zigarette, und darüber gebeugt zeichnete sich ganz schwach der Umriss eines Mannes ab.

Alleinsein war bei sämtlichen Stämmen, die sie studiert hatte, verpönt. Schon die ganz Kleinen bekamen das eingeschärft. Wer allein war, dem konnten die Geister die Seele stehlen, oder er wurde von Feinden entführt. Wer allein war, dessen Gedanken gerieten auf Abwege. Allenthalben warnten Sprichwörter davor. *Allein geht auch der Kusu nicht*, war das meistgebrauchte bei den Tam. Der Mann auf dem Felsen war Xambun, und er hockte nicht, wie das bei den Tam Sitte war, sondern saß, die Knie leicht angewinkelt und den Oberkörper darübergebeugt, den Blick auf das Wasser gerichtet. Sein Körper war von dem Reis und Cornedbeef, mit dem die Minenarbeiter verpflegt wurden, fleischig und birnenförmig geworden. Schuhe machten mehr Geräusch als nackte Füße – er musste sie an ihrem Gang erkennen –, aber er wandte sich nicht um. Er hob die Zigarette zum Mund. Er trug nach wie vor die grüne Bergwerkshose, aber keinerlei Schmuck dazu, keine Perlen oder Knochen oder Muscheln.

Einen Informanten wie ihn zu gewinnen – einen Mann, der bei den Tam aufgewachsen war, doch dann längere Zeit außerhalb ihrer Kultur verbracht hatte, so dass er sie aus einem veränderten Blickwinkel betrachten und ihre Gebräuche zu denen anderer in Bezug setzen konnte – würde von unschätzbarem Wert sein. Und noch dazu jemand, der mit dem Westen in Berührung gekommen war –

sie wusste von niemandem, der je an einem so entlegenen Ort eine solche Quelle erschlossen hätte.

Die Versuchung war stark. Eine Gelegenheit wie diese bot sich vielleicht nie wieder. Andererseits konnte sie sein Bedürfnis nach Einsamkeit nachfühlen. Sie meinte seine Geschichte bereits zu kennen: Held schon als Kind, dann die falschen Versprechungen der Blackbirder, das Sklavendasein in der Mine, die gefahrenreiche Flucht zurück nach Hause und der zermürbende Druck, all dies vor seiner Familie verborgen zu halten, zu der er als Triumphator zurückkehrte. Aber sie wusste auch, dass die Geschichte, die man zu kennen meint, nie die wahre ist. Sie wollte die wahre Geschichte. Was war seine Sicht der Dinge? Sie konnte sich vorstellen, ein Buch nur über ihn zu schreiben.

Sie hatte sich nicht gerührt, aber er wandte jäh den Kopf, sah sie an und befahl ihr wegzugehen.

Sie kletterte schon ihre Leiter hinauf, als ihr bewusst wurde, dass er es nicht auf Tam und auch nicht auf Pidgin gesagt hatte, sondern auf Englisch.

19

15.3. Die Willkommensfeier für Xambun nimmt kein Ende. Jeden Morgen denke ich, jetzt müssen doch der letzte Fisch aus dem See & der letzte Vogel vom Himmel & das letzte Wildschwein aus dem Wald geholt sein und wenn schon ihre Ressourcen nicht erschöpft sind, dann doch ihre Kräfte. Und jeden Abend denke ich, morgen kehrt alles zur Normalität zurück, die Frauen rudern im ersten Frühlicht hinaus, meine Vormittagsbesucher kommen wieder, die Händlerinnen ziehen mit ihrer Ware zum Markt, aber nein. Sie schlafen den ganzen Tag, weil sie die ganze Nacht wach waren, und kurz vor Sonnenuntergang fängt die Trommel zu schlagen an & die Feuer werden angezündet & es geht wieder von vorn los: das Schlemmen, das Trinken, das Tanzen, das Geheul, das Singen, das Schluchzen.

Jemand aus dem Nachbardorf hat von der Küste einige neue Strandtänze mitgebracht. Bisher waren hier Strandtänze von den Ältesten nicht zugelassen, aber diese Woche haben alle sie gelernt. Gemessen daran, dass ihr Standardtanz weitgehend darin besteht, möglichst schnell & heftig den Penis zu schwenken & mit ermüdender Detailtreue den Paarungsakt nachzustellen, muten diese neumodischen Tänze so harmlos wie Squaredance an. Die Männer bemalen einander mit so raffinierten Mustern, dass auch ihre kunstvollste Töpferware nicht mithalten kann. Alle sind mit ihren prächtigsten Muscheln herausgeputzt, Ketten um Ketten davon, man kann sich nur schreiend verständigen in dem Gerassel.

Ich habe in 5 Tagen an die 50 Notizbücher vollgeschrieben, und trotzdem komme ich fast um vor Langeweile. Ich weiß, dass es verquer von mir ist, angeödet zu sein von Raserei, Visionen und öffentlicher Kopulation. Ich weiß, dass ich als Anthropologin begierig nach solchen Gelegenheiten sein sollte, den Symbolismus der Kultur manifest geworden zu sehen. Aber ich misstraue der Masse – Hunderte von Menschen auf einem Haufen, von keiner Rationalität gesteuert, sondern nur von den primitivsten Trieben: Hunger, Durst, Geschlechtstrieb. Fen behauptet, wenn man das Denken einfach einstellt, wird Platz für eine andere Form des Denkens, ein Gruppendenken, ein kollektives Denken und damit für ein euphorisches Gefühl der Verbundenheit, das uns in unserer Individualgesellschaft sonst nur noch zuteilwird, wenn wir in den Krieg ziehen. Eben.

Dazu kommt meine Ungeduld, X. zu befragen – ihn in die Mangel zu nehmen, wie B. sagen würde. Malun hat versprochen, mir eine Audienz zu verschaffen, sobald die Feier vorüber ist. Sie dankt uns immer wieder und glaubt mir partout nicht, dass seine Rückkehr nicht doch irgendwie unser Werk ist.

Ich wünschte, B. wäre noch hier. Ich könnte jemanden zum Reden gebrauchen, der nicht vollgepumpt ist mit Windensamen & einem Zeug namens Honi & Gott weiß was noch allem. Ich habe Tadi eine Nachricht gegeben, die sie den Kiona geben soll, wenn sie zum Markt geht, aber sie geht nicht zum Markt. Niemand hat sich seit über einer Woche vom See weggerührt.

Langsam kommt mir dieses Fest für Xambun wie ein wildes Tier vor, das seine Beute bald hier, bald dort schlägt, aber niemals weiterziehen wird.

20

Bis ich ankam, war der Spuk vorbei. Ich drosselte den Motor und hörte aus keiner Ecke des Dorfes Festlärm. Am Strand stritten Krähen und Bussarde um die besten Plätze auf einem Wildschweingerippe, ganze Geschwader von Fliegen taten sich an Taroschalen und Obstresten gütlich. Die Feuerstellen waren kalt, Perlen und Federn lagen halb verschüttet im platt gestampften Sand, und noch die Luft hatte etwas Verbrauchtes.

Der See stand um einiges niedriger als bei meinem letzten Besuch, und die Hitze fühlte sich dicker an als zuvor. Ich zog den Einbaum hinauf ins Gras und trug meinen Motor und den Ersatzkanister den Pfad hoch.

Auf dem Weg zu ihrem Haus begegnete mir keine Menschenseele. Ich kannte diese Ruhe, diese ausgelaugte Stille eines Dorfes, das sich in jeder Weise verausgabt hat. Es machte mir nichts aus, die Festivitäten verpasst zu haben. Nell hatte sicher vorbildlich über alles Buch geführt. Das eigentlich Ergiebige würde die Befragung Xambuns sein.

Aus dem Eingang eines der Männerhäuser hing ein Paar Beine, als hätte ihr Besitzer es nicht mehr ganz hineingeschafft, bevor er zusammengebrochen war. Ich schritt kräftiger aus. Ich fühlte mich so gesund wie schon lange nicht mehr und musste lachen bei dem Gedanken daran, wie ich beim letzten Mal einfach umgekippt war. Ich verstaute Motor und Kanister unter ihrem Haus und ging zurück zum Strand, um den großen Koffer zu holen, den ich mitgebracht hatte. Am Fuß ihrer Leiter rief ich nach oben, leise, um sie nicht zu stören, falls auch sie noch schliefen. Keine Antwort, also stieg ich hinauf. Sie saßen in dem großen Arbeitsraum, jeder vor seiner Schreibmaschine.

Keines der Photos von ihr in den Lehrbüchern oder den beiden Biographien, auch keins der im Feld aufgenommenen, zeigt Nell Stone so, wie sie wirklich war. Keines fängt ihre Lebendigkeit ein, diese rasche, übersprudelnde Freude, mit der sie einen willkommen hieß. Wenn ich ein Bild von ihr haben könnte, müsste es sie in dem Moment zeigen, in dem sie an jenem Tag aufblickte und mich sah.

«Sie sind gekommen.»

«Ich bleibe auch nur drei Monate», scherzte ich und hielt den Koffer hoch, der im Haus noch monströser wirkte.

Fen beobachtete sie jetzt, und ihr Gesicht verlor seinen unbefangenen Ausdruck. Sie gab mir einen Kuss auf die Wange, der vorbei war, ehe ich ihn so recht wahrnehmen konnte. Dann trat sie einen Schritt zurück. Sie roch entfernt wie der Garten in Hemsley House, nach Wacholder und Goldregen.

«Der britische Forschungsreisende, wie er im Buch steht. Ihnen fehlt nur noch – warten Sie!» Sie sprang auf, flitzte aus dem einen Netzraum hinüber in den anderen und kam mit Hut, Pfeife und Photoapparat zurück. «Kommen Sie. Hier drin ist es zu dunkel.»

«Herrgott noch mal, Nell, er ist doch gerade erst angekommen», sagte Fen, der auf seinem Stuhl sitzen geblieben war, anstelle einer Begrüßung. Er sah verheerend aus: blauschwarze Augenringe, die Haut pergamentgrau wie bei einem alten Mann. Das Hemd klebte ihm an der Brust, klatschnass vor Schweiß.

«Absolut klassisch», sagte sie. «Das kann er als Titelbild für seine Memoiren verwenden.»

Also musste ich mitsamt meinem Koffer die Leiter wieder hinunterklettern und vor der Tamarinde gegenüber ihrem Haus Aufstellung nehmen. Sie hob einen langen Palmwedel vom Wegrand auf und drapierte ihn über meiner Schulter.

«Und jetzt auf die Pfeife beißen.»

Ich klemmte sie mir zwischen die Zähne und machte ein Faltengesicht wie mein verschrumpelter alter Klassenlehrer in Charterhouse.

«Genau!» Aber sie lachte zu sehr, um den Apparat zu bedienen.

«Du meine Güte, gib her!»

Fen kam herunter und machte drei Photos von mir. Dann statteten wir Nell mit Hut, Koffer und Pfeife aus und knipsten noch ein paar mehr. Ein Mann eilte an uns vorüber, und Fen rief ihn zurück, um sich seinen Grabstock und die schweren Halsketten von ihm auszuborgen. Er gab sie zaudernd her und schaute dann besorgt zu, wie Fen darin posierte.

Nell sah wohl aus. Soweit ich sehen konnte, waren ihre Schrunden abgeheilt, und sie hinkte kaum noch. Ihre Lippen glänzten so tiefrot wie bei einem Kind. Die Ernährung der Tam bekam ihr sichtlich; sie war runder, und ihre Haut schien glatt wie Seife. Immer wieder musste ich meinen Drang zügeln, sie zu berühren, diese ganze Lebendigkeit in ihr.

«Was machen Ihre Krieger?», erkundigte sich Fen, als wir die Leiter wieder hochstiegen. Es war eine müßige Frage, wie jemand sie stellt, der in Wahrheit an etwas anderes denkt. So hatte mich mein Vater nach der Schule gefragt, wenn ich in den Ferien nach Hause kam und er mit seinen Gedanken bei einem Satz Zellen oder Schwanzfedern war.

Ich erzählte ihnen von der Wai, die die Kiona mir versprochen hatten.

«Phantastisch», sagte Nell. «Dürfen wir auch kommen?»

«Natürlich.» Es war so lange her, dass ich mich auf etwas hatte freuen können.

«Hier ist die Party vorbei», sagte Fen.

«Konntet ihr schon mit ihm reden?», fragte ich.

«Fen meint, wir sollten uns spröde geben und abwarten, bis er von selber kommt.»

«Tatsächlich?» Das überraschte mich. Für Abwarten, so hätte ich gedacht, war in dem zupackenden ethnographischen Regiment der beiden kein Platz. Ihr Stil war schnell, aggressiv, und mich durchzuckte der Verdacht, dass sie mich anlogen, und ich schämte mich dafür.

Fen, der uns allen Gläser mit fermentiertem Kirschsaft eingoss, stieß ein Lachen aus. «Es ist nicht so, als ob wir eine Wahl hätten.»

«Er hat mich abblitzen lassen.»

«Wir müssen ihm Zeit geben», sagte Fen. «Im Moment verbindet er uns noch mit der Mine.»

«Umso wichtiger, dass er mit uns darüber spricht. Außer uns versteht keiner, was er durchgemacht hat.»

«Nellie, du weißt nicht, was er durchgemacht hat.»

«Aber sicher weiß ich das. Er war ein Sklave westlicher Besitzgier.»

«Wo? In welcher Mine? Wie lange? Wer sagt, dass er viel mehr als drei Monate dort war? Und von diesem Barton in Edie Creek hört man so weit nur Gutes. Der hat keinen Dreck am Stecken. Wenn Xambun also da war ...»

«Nach meinen Berechnungen war er über drei Jahre weg. Malun hat ihre ganzen Palmwedel –»

«Ihre Palmwedel!» Fen wandte sich an mich. «Als wir hier ankamen, waren es höchstens halb so viele wie jetzt. Es ist völlig unmöglich, festzustellen, wie lange er weg war.»

«Und Barton hat sehr wohl Dreck am Stecken. Er gibt Krokodilpartys, Fen.» Ich wusste nicht, was sie meinte. «Er wettet auf das Krokodil, und seine Hausboys werden gefressen.»

«Das ist dummes Zeug, und das weißt du. Was hast du eigentlich in diesem Trumm, Bankson? Beim letzten Mal hattest du nicht mal einen Rucksack, oder?»

«Minton hat die Post gebracht, und für euch zwei war auch was dabei.»

Ich ließ die Schließen aufspringen. Die fünf Umschläge für Fen hatte ich ins Futter der Seitentasche gesteckt. Den restlichen Platz füllten Nells Briefschaften aus – einhundertsiebenundvierzig Stück.

«Schuyler Fenwick.» Ich streckte Fen sein dünnes Päckchen Kuverts hin. «Tut mir leid, Kumpel.»

«Keine Sorge. Ich bin's nicht anders gewöhnt.»

Sie offenbar auch nicht. Von dem Schock, der Überwältigung, die ich mir vorgestellt hatte, keine Spur. Stattdessen nahm sie den Koffer und machte sich ganz geschäftsmäßig daran, ihren Postberg zu sortieren: Familie links, Arbeit rechts, Freunde in die Mitte. Sie verweilte bei keinem der Umschläge länger, überprüfte nur den Absender und legte den Brief auf einen der Stöße. Gelegentlich löste ein Name ein kleines Lächeln aus, aber im Grunde, so schien mir, hoffte sie jedes Mal auf einen anderen. Fen ging mit seinen Briefen ins Arbeitszimmer und öffnete sie an seinem Schreibtisch.

Ich machte es mir auf dem Sofa bequem und griff nach einer Zeitschrift von Nells Stapel, dem *New Yorker*, den ich noch nie in der Hand gehabt hatte. Das Titelblatt war eine Zeichnung, Touristen in einem Pariser Café. Sie datierte vom 20. August 1932, die Perspektive verflacht, so dass die Tische gleichsam in der Luft schwebten, die Gesichter geometrisch, picassoartig. Rauch kräuselte sich als dünner schwarzer Schnörkel von einer Zigarette empor. Meine sieben Stunden Fahrt in der Sonne holten mich ein, und obwohl ich das Heft aufschlagen wollte, lagen meine Hände wie Blei darauf. Das Bild ließ mich nicht los, was auch daherrühren mochte, dass ich so lange keine westliche Kunst mehr gesehen hatte. Und es weckte Sehnsucht in mir: diese Speisekarte, die Karaffen voll Wein, die rotweißkarierten Tischdecken. Ein Kellner tauchte hinter mir auf. Er nahm meine Bestellung entgegen. Piep, sagte ich. Dann wandte er sich Nell zu, die Matz sagte, und wir lachten, und ich schreckte aus dem Schlaf.

Hoffentlich hatte ich nicht laut gelacht. Aber Nell las einen Brief und hätte mich so oder so nicht gehört. Ich spürte es immer noch in Brust und Kehle, eine große Blase aus Wärme, die herauswollte. Piep und Matz. Die Zeitschrift verbarg jetzt einen kleinen Ständer.

«Bankson!» Fen stieß mich an. «Komm, ich zeig dir was.»

Benommen stand ich auf und folgte ihm die Leiter hinab.

«Am besten macht man sich ein bisschen dünn, wenn sie dieses ganze Zeug liest», sagte er.

«Wieso?»

Er schüttelte den Kopf. «Sie kriegt Briefe von sämtlichen Irren Amerikas. Jeder will ihren Rat, ihr Placet. Ihr Name, egal, worauf, ist über Nacht zu einer Art magischem goldenen Siegel geworden. Und dann ist da Helen.»

Fen war unter dem Zeremonialhaus mit der riesigen bösen Fratze im Eingang stehen geblieben. Die stachlige schwarze Schlangenzunge hing ihr zwei Meter weit aus dem Maul.

«Wer ist Helen?»

«Helen Benjamin. Auch eine Jüngerin von Papa Franz Boas. Psychisch extrem labil. Tiefschwarze Depressionen. Ich musste Nell den Umgang mit ihr regelrecht verbieten. Nell schreibt dreißig Briefe und kriegt von ihr einen, wenn's hochkommt. Aber sie lernt nicht dazu. Geht jedes Mal vom Schlimmsten aus. Hast du gesehen, wie sie den Koffer nach Briefen von Helen durchwühlt hat? Ich glaube, diesmal war nicht mal einer dabei.»

Aber ein Paket, dachte ich. Rechteckig und schwer, mit Helens Namen und Adresse im linken oberen Eck. «Dann hätte ich besser nicht Briefträger spielen sollen.»

«Hilft ja nichts», sagte er und rief zu den Männern oben empor.

Nachdem wir die Leiter hinaufgestiegen und durch das Maul der Fratze geschritten waren, standen wir vor einem zweiten Eingang, schmaler als der erste und rot auf beiden Seiten. Ich sah, dass es der untere Teil einer weiteren Schnitzerei war, einer Frau mit geschorenem Kopf und großen Brüsten, die schwer über uns hingen. Ihre Taille war schmal, und ihre Beine waren gespreizt, und die Öffnung, die ins Innere führte, war ihre gewaltig große, scharlachrote Scham. Fen trat ohne einen Kommentar hindurch.

Ich ließ mir Zeit und sah mir an, wie alles gemacht war.

«Eins noch», sagte er zu mir, «ich nehme ihre Verschwiegenheitsregeln ernst. Keine Frau hat je den Fuß in dieses Haus gesetzt. Also erzähl Nell bitte nichts von dem, was du hier siehst. Sie würde nur Wunder was daraus konstruieren.»

Die Atmosphäre in den Zeremonialhäusern ist mit der eines Klubs in Cambridge vergleichbar – die gleichen gedämpften Stimmen, die gleiche Grüppchenbildung, die gleiche Zwanglosigkeit. Nicht für Nichtmitglieder allerdings. Selbst Fen, der normalerweise auf Etikette pfiff und eher der Meinung schien, die Welt habe sich ihm anzupassen als umgekehrt, wirkte befangen, als er durch den langen Raum schritt und, während sich seine Augen langsam an das Dunkel gewöhnten, Ausschau nach einem Mann namens Kanup hielt. Kanup war der Impresario der Tam-Kunst, er entschied darüber, was dablieb und was auf den Markt kam, er bestimmte die Preise, belud die Boote und sichtete die Erträge. Er hatte eine Zeit lang mit einer Kiona-Frau zusammengelebt, und kaum hatte Fen ihn entdeckt, begann er sich wortgewaltig über die Kunst der Tam und ihre Überlegenheit über die Kunst der Kiona und die sämtlicher anderer Stämme in der Region auszulassen. Kanup war jemand, der Aufmerksamkeit brauchte, und er brauchte sie ungeteilt. Sein Kiona war ausgezeichnet; seine Zweisprachigkeit beeindruckte mich fast mehr als sein Wissen. Ich schrieb mit, wie ich bei solchen Anlässen immer mitschrieb, mit höchster Konzentration und tiefsten Zweifeln am Sinn und Zweck meines Tuns. Fen verzog sich schon bald in den schummrigen hinteren Teil des riesigen Raums. Nach einer Weile merkte ich, dass in meinem Rücken ein Wortwechsel stattfand, der rasch heftiger wurde. Ich hatte schon Angst, meine Anwesenheit könnte der Grund sein, aber als Kanup mich einmal lange genug aus seinem intensiven Blick entließ, sah ich, dass die Männer in die andere Richtung schauten, zu dem dunklen Alkoven hin, in dem Fen war. Ich konnte nicht erkennen, was er dort tat oder wen er bei sich hatte.

«Was war dahinten los?», fragte ich ihn auf dem Rückweg.

«Nichts.»

«Was hast du gemacht?»

«Nichts. Mich ausgeruht. Auf dich gewartet.» Aber er log, und er gab sich wenig Mühe, es zu bemänteln.

21

Als wir zurückkamen, brannten im Haus die Lichter, und Nell saß in einem Kreis geöffneter Briefe auf dem Boden, einen großen Kalender auf dem Schoß.

Fen ließ sich hinter ihr aufs Sofa fallen. «Na, hast du deinen Nobelpreis endlich gekriegt, Nellie?»

«Stalins Frau ist unter ungeklärten Umständen gestorben, und John Layard hat eine Affäre mit Doris Dingwall!»

«Ist der nicht in Berlin, bei den ganzen Dichtern?», fragte ich und setzte mich auf den Stuhl in der Ecke.

«Anscheinend hat er Depressionen bekommen, einen Selbstmordversuch in den Sand gesetzt und dann von Auden verlangt, kurzen Prozess mit ihm zu machen. Leonie schreibt, Auden habe es in den Fingern gejuckt, aber dann habe er ihn doch lieber ins Krankenhaus gebracht. Und kaum war er wieder draußen, ist er nach London geflogen und hat Eric Doris ausgespannt.»

Doris und Eric Dingwall waren Anthropologen am Londoner University College – und berüchtigt für ihre offene Ehe.

«Was machen wir im November?», fragte sie Fen.

«Keine Ahnung. Wieso?»

«Ich soll beim Internationalen Kongress den Eröffnungsvortrag halten.» Fen zuliebe bemühte sie sich um einen neutralen Ton.

«Das ist ja phantastisch!» Ich versuchte mich in amerikanischem Enthusiasmus. «Welche Ehre.»

«Und das Museum will mich als Kuratorin. Sie würden mir ein Büro im Turm geben.»

«Chapeau, Nellie. Wie geht's unserem Konto?»

Sie lächelte vorsichtig zu ihm hinüber. «Blüht und gedeiht.»

«Ist das hier das, was ich vermute?», fragte Fen. Er stupste mit dem Zeh gegen Helens Paket auf dem Boden. «Noch gar nicht geöffnet?»

«Nein.»

Fen sah mich vielsagend an, als wüsste ich ja, was das hieß. Dem war nicht so.

«Na los, Nellie.» Er bückte sich und legte es ihr in den Schoß. «Schauen wir rein. Schon damit ich an die da rankomme.» Er zupfte an der dicken grauen Paketschnur, mit der es umwickelt war.

Unter dem braunen Packpapier kam eine Schachtel zum Vorschein, und in der Schachtel lag ein Manuskript, nicht mehr als dreihundert Seiten dick. Die Seiten waren glatt, die Ränder vollkommen bündig. Wir betrachteten es mit leichter Scheu, als könnte es zu sprechen beginnen oder eine Stichflamme aussenden. Nell war diesen Schritt schon gegangen, sie hatte ihre vielen Hundert Notizbücher zu einem Stoß sauberer, ungewellter Blätter komprimiert, hatte ihren Millionen Einzelheiten eine Ordnung übergestülpt, die daraus ein Buch machte, aber Fen und mir stand all das noch bevor. Für uns nahm sich eine derartige Transformation wie ein Ding der Unmöglichkeit aus.

Obenauf lag ein Briefchen in kleiner, enger Schrift.

Liebe Nell,
endlich. Ich hoffe, Du und Fen findet die Zeit, es Euch anzusehen. Keine allzu große Eile – gebe es heute Papa, der mich den Sommer über bestimmt alles umschreiben lässt. Wenn Fen an dem Dobu-Kapitel etwas auszusetzen hat, soll er mir das offen und schonungslos sagen. Gerade kam Dein erster Brief von den Mumbanyo. Sie klingen grauenhaft. Inzwischen habt Ihr sie sicher gezähmt.
Immer Deine
H.

Beide betrachteten sie diese wenigen Zeilen lange, so lange, als wäre die Seite von oben bis unten beschrieben. Das Schweigen war nicht still – es war das Gegenteil von Stille. Als führten die drei, Nell, Fen und Helen, ein Gespräch, das ich nicht hören konnte.

«Sollen wir es wagen?», sagte ich. «Ich mache den Tee.»

«Teestunde!», rief Fen im Ton einer Teemadame in Cambridge. «Huschhusch!»

«Wir alle?» Nell schüttelte ihre Trance ab. «Zusammen?»

«Warum nicht?»

Ich gierte danach. Ich sehnte mich nach neuen Ideen, irgendeinem neuen Gedanken in meinem Kopf. Eilig hantierte ich in Banis kleiner Küchennische herum und versuchte, ihm möglichst wenig ins Gehege zu kommen.

Nell begann zu lesen, sobald ich Kanne und Tassen auf der Truhe abgesetzt hatte. Auf den ersten Seiten geißelte Helen die westliche Voreingenommenheit gegenüber den Gebräuchen anderer Kulturen als das größte und schwerwiegendste gesellschaftliche Problem überhaupt. Auf Seite zwanzig hatte sie bereits Kopernikus, Dewey, Darwin, Rousseau und Linnés' *Homo ferus* abgehandelt, mehrmals im Rekordtempo den Globus umrundet und klargestellt, dass jede Vorstellung von rassischem Erbgut oder Rassenreinheit unsinnig sei, dass Kultur nicht biologisch weitergegeben werde und dass die abendländische Zivilisation so wenig als das Endprodukt einer kulturellen Evolution gelten könne, wie das Studium primitiver Gesellschaften als das Studium unserer Ursprünge.

Dieses erste Kapitel formulierte in schlichter, schnörkelloser Sprache etliche der Grundsätze, denen unsere Generation von Anthropologen anhing, ohne dass einer sie je so klar zu Papier gebracht hätte. Hier haltzumachen wäre undenkbar gewesen. Wir wechselten uns beim Lesen ab. Wir verschlangen ihre Worte. Es war, als hätte sie ihr Buch nur für uns geschrieben, eine Botschaft in turmhohen Lettern, die da lautete: Macht weiter. Ihr schafft es. Eure Arbeit zählt. Was ihr tut, hat einen Sinn!

Das stärkste Rauschmittel hätte mir nicht so zu Kopf steigen können. Ein paar Kapitel später stand Bani vor uns und sagte etwas mit erhobener Stimme. Anscheinend hatte er uns schon etliche Male zum Essen gerufen. Wir nahmen das Buch mit an den Tisch, der mit Leinenservietten und Platten und Schüsseln gedeckt war. Fen übernahm das Lesen und schob sich zwischen den Sätzen Bissen in den Mund, und ich fürchtete, wir würdigten das Mahl nicht hinreichend, denn Bani ging ohne ein Wort und ließ den Abwasch stehen.

Fen las weiter, an der Küchenwand lehnend, während Nell und ich abspülten. Als er zu der Stelle kam, wo Helen Malinowski vorwarf, seine Trobriander als exemplarische Primitive zu behandeln, gellte seine Stimme förmlich. Und dann sah er mit blitzenden Augen vom Blatt auf. «Bilde ich mir das nur ein, oder hat sie auf diesen drei Seiten gerade Frazer, Spengler *und* Malinowski auf einmal abgeschossen?»

Wir lachten laut, wie ein Mann. Wir waren wie trunken von ihrer Bilderstürmerei, ihrer Courage, ihrem Ehrgeiz. Fen las weiter. Primitive Gesellschaftsformen, räumte sie ein, ließen sich leichter studieren als unsere komplexere westliche Zivilisation, so wie Darwin seine Theorien leichter an Käfern hatte festmachen können als am Menschen.

«Schande über dich!», schrie Nell das Manuskript an. «Diese Käferdiskussion hatten wir Millionen von Malen. Und jedes Mal gewinne ich. Aber nein, hier bringt sie es wieder!» Und sie wühlte einen Bleistiftstummel aus ihrem Haar hervor und schickte sich an, die letzten Sätze durchzustreichen.

«Halthalthalt», sagte Fen und fing ihre Hand ab. «Lass sie zu Ende argumentieren, bevor du alles ausstreichst.»

Wir kehrten zum Sofa zurück, und ich holte einen Krug mit Kiona-«Wein», der wie gesüßter Gummi schmeckte. Fen gab das Manuskript an mich ab, und ich las weiter. Dieser Teil handelte von den Zuñi in Neumexiko. Die Zuñi, so schrieb Helen, hätten sich eine Existenz und eine «Haltung gegenüber ihren Existenzbedingungen» geschaffen, mit der sie sich von allen übrigen Kulturen Nordamerikas abhoben, die häufig Drogen und Kaktusbier benutzten, um «heilig zu werden».

«Ich werde gerade auch ein bisschen heilig», sagte Fen. «Dieses elende Zeug hat's in sich.»

Nell sagte nichts – sie kritzelte emsig in ihren Block –, aber ihr Becher war halbleer, und ihre Wangen leuchteten. Das Ende ihres Bleistifts war nass und abgekaut.

Andere Stämme tanzten, bis ihnen Schaum vor dem Mund stand und sie in Zuckungen oder Visionen verfielen, für die Zuñi dagegen sei das Tanzen nichts anderes als eine Methode, Einfluss auf die Naturkräfte auszuüben. «Durch das unermüdliche Stampfen der Füße ballt sich der Dunst am Himmel zusammen und türmt sich zu Regenwolken auf. Ihr Tanzen zwingt den Regen, auf die Erde herabzuströmen.»

Nell nickte dazu. «Hinreißend», sagte sie.

«Grauenhaft!» Fen sprang auf und zeigte mit dem Finger auf die Seite. «Genau das ist es. Das ist die Grenze, die sie nicht überschreiten darf. Damit verliert sie jegliche Glaubwürdigkeit.»

«Sie bindet uns in die Situation ein», sagte Nell. «Sie transportiert uns ins Herz der Kultur.»

«Reine Effekthascherei. Sie weiß haargenau, dass Füßestampfen keinen Regen bringt.»

«Natürlich, Fen. Aber sie fängt das Lebensgefühl der Zuñi ein, indem sie es aus ihrer Perspektive darstellt.»

«So was ist unsaubere Arbeit und sonst gar nichts. Sie biedert sich an ein Massenpublikum an, auf Kosten der Wissenschaftlichkeit. Das ist unter ihrem Niveau.»

Dieses Letzte brachte Nell zum Schweigen.

«Was sagst du, Bankson?», fragte Fen. «Wird der Regen auf die Erde herabgezwungen, ja oder nein? Darf sich der seriöse Wissenschaftler künstlerische Freiheiten erlauben?»

Ich zog es vor weiterzulesen. Das nächste Kapitel war das über Dobu. Fen war der einzige Anthropologe, der je auf Dobu gewesen war, darum basierten Helens sämtliche Darlegungen über die dortige Kultur auf seiner in *Oceania* erschienenen Monographie und einer Reihe von Gesprächen, die sie in New York mit ihm geführt hatte. Ich wappnete mich für Fens Proteste, aber er schien höchst einverstanden mit Helens verstörender Beschreibung einer gesetzlosen Gesellschaft, in der Böswilligkeit und Heimtücke als die höchsten aller Tugenden galten. Nicht ein offener gemeinsamer Tanzplatz bildete bei den Dobuern den Dorfmittelpunkt, sondern ein Friedhof. Statt in gemeinschaftlichen Gärten pflanzte jede Familie ihre eigenen Yamswurzeln auf kleinen Felsparzellen an und sicherte ihr Gedeihen durch Zauber und nichts als Zauber, da sie glaubten, dass die Knollen bei Nacht unter der Erde wanderten und nur durch Zauber und Gegenzauber wieder nach Hause gelockt werden könnten. Eine erfolgreiche Ernte hatte demnach einzig und allein mit Magie zu tun und nichts mit der Anzahl der gesteckten Saatknollen.

«Das kann nicht wahr sein», sagte Nell und schlug auf die Seite.

«Ziehst du jetzt die Aussagen deiner lieben Freundin Helen in Zweifel oder die deines Göttergatten oder beide?»

«Das stand nicht in deiner Monographie. Hast sie das von dir?»

«Von wem sonst?»

«Und du behauptest ernsthaft, dass die Dobuer keinen Zusammenhang zwischen Aussaat und Ernte sehen?»

«Goldrichtig.»

Eilig las ich weiter. Weil sie nie ausreichend zu essen hatten und oft dem Verhungern nahe waren, hatten die Dobuer alle möglichen abergläubischen Vorstellungen rund um den Nahrungsanbau entwickelt. Auch sahen sie Spielen, Singen, Lachen und jedwede sonstige Form von Fröhlichkeit als schädlich für die Yams an, wohingegen das Kopulieren im Garten als unverzichtbar für das Wachstum galt. Am Tod eines Mannes war grundsätzlich die Ehefrau schuld, und man glaubte, dass Frauen im Schlaf ihre Körper verlassen konnten, um Tod und Verderben zu verbreiten, weshalb die Frauen in hohem Maße gefürchtet wurden. Im selben Maße wurden sie begehrt, und keine unbegleitete Frau war sicher vor den Avancen der Männer. Die Dobuer waren prüde und äußerten sich nur widerstrebend über ihr Geschlechtsleben, das jedoch intensiv und, ihren Angaben zufolge, ungemein erfüllend war. Beidseitige geschlechtliche Befriedigung spielte eine große Rolle auf Dobu. Meine Wangen brannten beim Vorlesen. Zum Glück war Fen zu versunken in Helens Ausführungen, um mich deswegen zu verspotten. Einer ihrer wichtigsten Zauber war ein Unsichtbarkeitszauber, der in erster Linie bei Diebstahl und Ehebruch zum Einsatz kam.

«Den haben sie mir beigebracht», sagte Fen. «Ich kann ihn immer noch auswendig. Wer weiß, wann man ihn mal brauchen kann.»

«Der Dobuer», schloss Helen, «lebt rückhaltlos die schlimmsten menschlichen Albträume von einem übelwollenden Universum aus.»

«Sie klingen mir wie das grässlichste Volk, über das ich jemals gelesen habe», sagte ich.

«Fen war ein bisschen aus dem Tritt, als wir uns kennengelernt haben», sagte Nell. «Seine Augen waren so.» Sie spreizte die Lider mit den Fingern auseinander.

«Ich habe zwei Jahre lang jeden einzelnen Tag Todesangst ausgestanden», sagte er.

«Ich hätte nicht halb so lang durchgehalten», sagte ich, aber bei mir dachte ich, dass die Dobuer große Ähnlichkeit mit ihm hatten: sein paranoider Einschlag, sein düsterer Humor, sein Argwohn gegen alles Frohe und Schöne, sein Hang zur Geheimniskrämerei. Ich konnte nicht umhin, seine Darstellung zu hinterfragen. Wenn ein einzelner Mensch der alleinige Experte für eine bestimmte Kultur ist, verrät seine Analyse dann mehr über die Kultur oder mehr über ihn? Wie immer fesselte mich dieser Schnittpunkt mehr als alles andere.

Irgendwann holte Fen Ölsardinen und eine Dose mit Aprikosen, die wir in jähem Heißhunger mit den Fingern in uns hineinstopften. Inzwischen saßen wir alle mit unseren Kladden da und notierten Anmerkungen für Helen und Anmerkungen für uns selbst und tropften alles voll, während wir gleichzeitig lasen und schrieben und stritten und aßen.

Einem Außenstehenden hätten wir im Zweifel wie fiebernde Wahnsinnige vorkommen müssen, und zu Recht, aber Helens Buch gab uns das Gefühl, die Sterne vom Himmel reißen und die Welt neu erfinden zu können. Zum ersten Mal schien mir mein Buch über die Kiona in den Bereich des Möglichen zu rücken. Ich machte mir sogar ein paar Stichworte zu seinem Aufbau. Und allein schon diese wenigen Worte in meiner Kladde ließen vieles andere denkbar erscheinen.

Am Himmel zeigte sich ein blassrosa Schimmer, als Fen zu den letzten Seiten kam, Helens zusammenfassendem Postulat für ein Menschenbild, nach dem jede Kultur ihre eigenen, charakteristischen Ziele entwickelt und ihre Gesellschaftsform auf diese Ziele ausrichtet. Sie beschrieb das ganze Spektrum menschlicher Möglichkeiten als einen riesigen Kreisbogen und jede Kultur als eine Auswahl von Segmenten aus diesem Kreisbogen. Diese letzten Seiten erinnerten mich an ein Feuerwerk, zu dessen krönendem Abschluss viele Raketen auf einmal in die Luft aufsteigen, um dann eine nach der anderen ihre Lichtgarben über den Himmel zu ergießen. Sie vertrat die These, dass der Westen durch seine Fixierung auf Privatbesitz in seiner Freiheit deutlich stärker eingeschränkt sei als viele Primitivvölker. Eine echte Diskussion ihrer dominierenden Züge sei in einer Kultur oft tabu, schrieb sie; so lasse die abendländische Kultur keine wirkliche Diskussion über den Kapitalismus oder die Kriegsführung zu, was den Schluss nahelege, dass diese Merkmale übermächtig und zwanghaft geworden seien. Homosexualität und Trance gälten heutzutage als abnorm; im Mittelalter dagegen habe man Leute aufgrund ihrer Trancezustände heiliggesprochen, da diese als bevorzugte Seinsform empfunden wurden, und die alten Griechen hätten die Homosexualität, wie bei Plato nachzulesen, als einen der wichtigsten Wege zu einem «guten» Leben gesehen. Konformität könne in Überangepasstheit resultieren, warnte sie, und Traditionen ins Psychopathische kippen. In ihrer Coda drang sie auf eine Anerkennung der Relativität der Kulturen und auf Duldsamkeit gegenüber Andersartigem.

«Dies von einer echten Sodomitin, wohlgemerkt.» Fen warf die letzte Seite auf den Tisch. «Einer Sodomitin mit Verfolgungswahn. Zum Ende hin wird sie ein bisschen arg hysterisch – als würde der Weltuntergang unmittelbar vor der Tür stehen.»

Nell musste meinen Blick gespürt haben. «Was ist?»

«Sie sehen aus, als würden Sie mindestens neun verschiedene Ideen gleichzeitig verfolgen.»

«Eher dreiundvierzig. Wir sollten schlafen gehen, bevor uns der Kopf explodiert.» Sie stieg die Leiter hinab und hängte ein Bananenblatt über die unterste Sprosse, die hiesige Version eines Bitte-nicht-stören-Schilds. «So. Bis auf Weiteres geschlossen.»

Fen schüttete sich den letzten Rest Gummiwein in den Mund. Ein paar Tropfen liefen ihm übers Kinn, und er wischte mit dem Handrücken darüber. Dann zog er sein Hemd aus, rieb sich damit die Achseln und knäuelte es für Wanji zusammen.

«Auf nach Bedfordshire, teure Gattin», sagte er mit meinem Akzent und bot ihr den Arm, als sie in ihr Zimmer gingen. «Nacht, Bankson.»

Ich trollte mich auf meine Matte in ihrem Arbeitsraum und kam mir wie ein Hündchen vor, das über Nacht nach draußen verbannt wird. Schlaflos lauschte ich, wie die ersten Tiere im Geäst zu rappeln begannen, Zweige knacken ließen, fiepten und kreischten, bevor auch die Menschengeräusche hinzukamen, Husten, Grunzen, Seufzer, Rufe. Ich hörte die schnatternden Stimmen der Frauen, die zu ihren Kanus hinuntergingen, hörte ihre Ruder plätschern, ihre Lieder über den See klingen. Ich hörte Trommelschläge, Schelten,

Gelächter, das Aufklatschen der Möwen auf dem Wasser, die krachenden Landungen der Flughunde in den Bäumen. Endlich schlief ich doch ein. Ich träumte, ich säße auf einer Eisscholle, in der Hocke wie ein Eingeborener, und meißelte ein riesiges Symbol in die Oberfläche. Aber es taute, und obwohl ich tief in das Eis hineinhackte – zwei in der Mitte gekreuzte Linien, eine Glypte, die einen ganzen, langen Gedankengang zusammenfasste –, zerrann das Eis zu Matsch, und meine Füße rutschten ab, ins Meer.

Ich erwachte von Schreibgeräuschen, dem Kratzen eines Bleistifts und dem weichen, wischenden Nachrücken der Hand. Ich drehte mich Richtung Küchentisch in der Erwartung, Nell dort sitzen zu sehen, aber es war Fen. Er blickte nicht auf. Er merkte nicht, dass ich ihn beobachtete. Er beugte sich tief über das Blatt, das Gesicht verzerrt vor Konzentration, den Atem angehalten, bis er ihn lautstark durch die Nase ausstieß. Wenn ich es nicht besser gewusst hätte, hätte ich gedacht, er säße auf dem Abort. Als aus dem Schlafzimmer ein Geräusch kam, stand er auf, raffte die beschriebenen Seiten zusammen und verließ damit das Haus.

Nell erschien in den Kleidern, in denen sie offenbar auch geschlafen hatte, weite Baumwollhose und ein hellgrünes Hemd. Sie machte uns zwei große Becher Kaffee mit Kondensmilch und setzte sich auf Fens frei gewordenen Platz. Ich wusste nicht, ob es zehn Uhr morgens oder vier Uhr nachmittags war. Lichtstreifen fielen kreuz und quer herein, nicht zuzuordnen. Ich fühlte mich wie ein Kind an einem schulfreien Tag. Sie saß da mit hochgezogenen Füßen, ihren Becher auf einem Knie abgestellt. Ich setzte mich ihr gegenüber, Helens Buch zwischen uns.

Sie bog eine Ecke des Manuskripts hoch und ließ die Seiten langsam an ihrem Daumen vorbeistreichen. «Sie hat an diesem Buch geschrieben, seit ich sie kenne, aber irgendwann habe ich es nicht mehr ernst genommen. Ich dachte, in dieser Hinsicht hätte ich sie überflügelt. Und jetzt – gegen das hier sieht mein Buch aus wie ein Album mit Souvenirs aus Cincinnati. Sie hat bahnbrechende Denkarbeit geleistet. Während ich hübsche kleine Steinchen gesammelt habe, hat sie eine ganze Kathedrale gebaut.»

Mir steckte noch mein Traum in den Gliedern, diese angestrengten Versuche, mein Symbol in das schmelzende Eis zu schlagen. Wie drollig – sie wollte eine Kathedrale erbauen, während ich mich mit einem einzigen Zeichen abmühte.

«Lachen Sie nur über mich und mein Selbstmitleid.»

«Nein.» Ich musste an ihre Geschichte denken, die Vierjährige in der Ankleide, der die Spucke ausging. Ich sah sie so lebhaft vor mir.

«Und ob Sie lachen.»

«Nein, wirklich nicht» – aber ich konnte nicht aufhören zu lächeln. «Mir geht es ganz genauso.»

«Unsinn. Schauen Sie sich doch an. Rekeln sich da auf Ihrem Stuhl und grinsen wie ein Honigkuchenpferd.»

«Ich glaube, Fen hat vorhin mit seiner Kathedrale angefangen.»

«Er hat geschrieben?»

«Seitenweise.»

Sie wirkte überrascht, aber nicht sonderlich beeindruckt. «Er verrennt sich in irgendwelche Ideen, und dann verlaufen sie im Nichts. Und jetzt ist Xambun da, und er hilft mir nicht mit ihm. Ich darf nicht in die Männerhäuser. Je mehr ich dränge, desto sturer wird er, und wenn es nach ihm geht, könnten wir in fünf Monaten unsere Zelte hier abbrechen, ohne ihm auch nur eine Frage gestellt zu haben.»

«Ich könnte ja mal ein Wort mit –»

«Nein, bitte nicht. Er würde wissen, dass wir darüber gesprochen haben, und das würde es nur noch schlimmer machen.»

Ich wollte ihr helfen, sie mit etwas entschädigen. Ich erzählte ihr von dem zweiten Eingang zum Männerhaus, den ich gestern gesehen hatte, so diskret, wie es mir möglich war.

«Sie meinen, man geht durch ihre *Schamlippen*?» Sie griff schon nach ihrer Kladde. «Solche Sachen verschweigt er mir mit voller Absicht.»

«Vielleicht respektiert er einfach ihre Tabus.»

«Fen schert sich keinen Pfifferling um irgendwelche Tabus, und recht hat er. Wir versuchen aus dieser Kultur schlau zu werden, und ich habe einen Partner, der mir Informationen vorenthält.»

Sie spitzte einen Bleistift und ließ mich alles noch einmal ausführlicher beschreiben. Sie stellte Fragen über Fragen, aus denen sich eine Diskussion über die Vulva und die Art und Weise ergab, wie die verschiedenen Stämme entlang dem Sepik das Bild verwendeten. Am Schluss hatte ich das Gefühl, ihr wenn auch keine Befragung Xambuns, so doch ein paar brauchbare Einblicke verschafft zu haben. Es ließ ihre Stimmung umschlagen, und ich dachte, dass ich alles darum geben würde, zusammen mit dieser Frau im Feld zu arbeiten. Unser Gespräch kehrte zu dem Manuskript auf dem Tisch zurück. Wir lasen das erste Kapitel noch einmal durch und kritzelten unsere Kommentare an den Rand. Wir schrieben die Einleitung neu und zogen um in den Arbeitsraum, damit sie alles gleich tippen konnte. Die Schreibtische standen nebeneinander, und ich las die Sätze laut vor, während sie schrieb. Wir gingen zum nächsten Kapitel über; beide lasen wir jetzt stumm und unterbrachen uns zwischendurch, oft an derselben Stelle, um etwas für Helen anzumerken. Eine Handvoll Kinder war trotz des Bananenblatts die Leiter hochgeklettert. Sie kauerten vor dem Moskitonetz und schauten zu uns herein, und ab und zu versuchte eins, die befremdlichen Laute aus unseren Mündern zu imitieren.

Fen kam gerade rechtzeitig für das Dobu-Kapitel wieder. Es passte ihm nicht, uns so sitzen zu sehen, nur sie und mich bei der Arbeit an Helens Buch, und er schmollte, bis Nell ihn dazu brachte, die Geschichte von dem Dobuer zu erzählen, der überzeugt war, sein Unsichtbarkeitszauber funktioniere bestens, und in die Frauenhäuser schlich, nur um jedes Mal gleich an der Tür eins mit dem Grabstock übergebraten zu bekommen. Danach beschrieb er den Liebeszauber, mit dem ihn eine Heilerin am Tag vor seiner Abreise belegt hatte. Es klang, als sähe er darin und nur darin die Erklärung dafür, dass er sich auf der Heimfahrt so Hals über Kopf in Nell verliebt hatte.

Nell brach zu ihrer Runde auf, und Fen und ich erlebten in einem der Zeremonialhäuser noch kurz das Ende einer Narbentatauierung mit. Der Initiand, ein Knabe von höchstens zwölf, heulte vor Schmerz, und eine Gruppe älterer Jungen drückte ihn auf einen Baumstamm, während mehrere Männer ihm Hunderte von kleinen Schnitten in Rücken und Schultern ritzten. Sie träufelten eine Zitrusmixtur in jeden der Schnitte, damit die Wundränder anschwollen und die Narben dick und höckrig wie Krokodilhaut würden. Sein Blut sickerte durch das Holz wie eine dunkle Maserung. Als sie fertig waren, trugen sie Öl und Kurkuma auf seine Haut auf, rieben weißen Lehm darüber und schleppten ihn, schluchzend und halb besinnungslos, fort an den abgelegenen Platz, wo er bleiben würde, bis seine Wunden geheilt waren.

Fen und ich gingen zum Strand hinunter. Ich hatte schon Dutzenden von Tatauierungen beigewohnt, aber sie waren dadurch nicht leichter zu ertragen. Meine Beine fühlten sich an wie zwei Schwämme, und ich spürte ein Brennen in der Brust. Wir saßen im Sand, und ich glaube, wir sprachen kein Wort.

An diesem Abend versammelten wir uns für die Segnung der Vorratshäuser, die nach den Festlichkeiten für Xambun nahezu leer waren. Der Platz um die Vorratshäuser war eng, aber während zu Fen und zu mir alle einen guten Meter Abstand hielten, hatte Nell ein kleines Mädchen auf dem Arm, ein anderes Kind auf dem Rücken, und mehrere Kinder umdrängten ihre Beine. Die Erwachsenen waren mit den Totempflanzen ihrer Klans behängt. Ein Paar Yams wurde in jedes der Häuser getragen, dort gesegnet und beschworen, sich zu vermehren. In langen Liedern und Gebeten wurden die Vorfahren angerufen. Ich schwitzte, das Stehen strengte mich an, mir war noch immer flau von der Narbenzeremonie. Irgendwo im Busch lag dieser Knabe allein in einer kleinen Hütte, weinend und blind vor Schmerz.

Fen stieß mich an, und ich folgte seinem Blick zu einem Mann am Rand der Menge. Selbst ohne mein Vorwissen hätte ich gesagt, dass er anders war als die anderen. Er stand nicht allein, Männer in seinem Alter und ein Mädchen standen nahe bei ihm, dennoch wirkte er einsamer, innerlich abgeschotteter als sämtliche Eingeborenen, die ich jemals gesehen hatte. Gegen Ende der Zeremonie rief man ihn zur Tür eines der Vorratshäuser, aber er rührte sich nicht. Die Menge feuerte ihn an, doch zum Schluss wurde die Girlande aus Knollen zu ihm gebracht und ihm umgehängt. Er hob kurz den Kopf. Er schien an sich halten zu müssen, um sich den schweren Kranz nicht vom Hals zu reißen. Er hätte das Abschlussgebet singen sollen, machte aber keine Anstalten dazu, und nach einigen Sekunden trat Malun vor und sang es für ihn.

Wir sprachen den ganzen Rückweg über ihn. Nell sah seine psychische Verfassung genauso wie ich, aber Fen war der Ansicht, dass wir überreagierten. Für ihn war Xambun einfach ein junger Mann, der nach langer Abwesenheit heimgekehrt war: noch nicht ganz wieder da, nicht ganz schlüssig über seinen künftigen Weg. Nell wollte auf der Stelle mit der Befragung beginnen. Sie wollte, dass Fen zu den Männerhäusern ging und ihn holte, aber Fen überzeugte sie davon, dass Xambun noch ein paar Tage zum Eingewöhnen bräuchte, dass sie stimmigere Auskünfte von ihm erhalten würden, wenn er in den Rhythmus seines alten Lebens zurückgefunden hätte.

22

Ich habe neuerdings einen Biographen, einen jungen Burschen mit dicker Brille, dem das Hemd aus der Hose hängt. Meine Mutter kocht ihm Tee, und dann fragt er mich aus. Dies ist die Frage, die ihn am stärksten umtreibt, die Frage, die er bei jedem Besuch neu stellt – sie bald bis zuletzt aufspart, bald gleich zu Beginn auf mich abfeuert, bald unauffällig irgendwo einstreut, wie um mich zu übertölpeln. Wie sind Sie auf das Achsenkreuz gekommen? Ich grüble viel darüber nach, warum ich nicht antworte. Zum Teil hält mich Scham davon ab – auch wenn das Wort Scham viel zu kurz greift. Zum Teil hat es damit zu tun, dass unsere Unschuld, unsere vollständige Ahnungslosigkeit hinsichtlich dessen, was Deutschland und der Welt bevorstand, heute nahezu unvorstellbar ist. Und wieder ein anderer Teil von mir denkt noch immer: Wenn nicht das Achsenkreuz gewesen wäre, wenn wir nicht diesen Rausch erlebt hätten und ich zurück zu den Kiona gefahren wäre, anstatt zu bleiben, wäre dann möglicherweise alles anders gekommen?

Es war meine dritte Nacht am Tamsee, die den Umschwung brachte und unser aller Geschicke wendete.

Wir saßen wieder am Küchentisch. Wir hatten Helens Buch ein weiteres Mal durchgearbeitet, es mit Randbemerkungen in drei verschiedenen Schriften vollgekritzelt.

«Ich denke immer, es muss irgendein Schema geben», sagte Nell. Ich hatte die Skizzen und Diagramme gesehen, mit denen ihre Aufzeichnungen gespickt waren.

«Was für ein Schema?» Aber ich wusste es ja. Ich hatte es gesehen. Ich hatte es geträumt.

«Reicht dir der Kreisbogen nicht?», fragte Fen sie.

«Für die Orientierung.» Sie und ich sagten es gleichzeitig, dieses eine Wort. *Orientierung.*

«Die Orientierung von Kulturen in eine Richtung, auf Kosten anderer Richtungen.»

Während sie noch sprach, malte ich schon meinen Strich.

Auf Kosten anderer Richtungen. Es war, als zögen ihre Worte diesen Strich aus mir heraus, und umgekehrt schien mein Strich die Worte aus ihr herauszuziehen. Ich war mir nicht sicher, ob ich meine eigenen Gedanken dachte oder ihre. Aber ich spürte wieder das schmelzende Eis, dieses Gefühl der Dringlichkeit. Ich teilte den Strich. Genau wie ich ihn im Traum geteilt hatte.

Fen, merkwürdigerweise sofort im Bild, zeigte auf den oberen Blattrand, das Ende der Senkrechtachse. «Mumbanyo.» Und dann aufs untere Ende. «Anapa.»

Wir stürzten uns auf dieses Blatt Papier, jeder mit seinem Bleistift, und übersäten es, laut durcheinanderrufend, mit den Namen von Stämmen und dann Ländern. Falls wir an irgendeinem Punkt innehielten, um Kriterien festzulegen und die Richtungen auf unserem Kompass zu definieren, weiß ich es nicht mehr. In meiner Erinnerung gingen wir instinktiv vor, völlig einig darüber, dass die Amerikaner der nordische Typus waren wie die Mumbanyo und dass die Italiener wie die Anapa in den Süden gehörten. Im Westen waren die Zuñi und im Osten die Dobuer und die anderen dionysischen nordamerikanischen Stämme. Wir mussten den Südosten dazunehmen, für die Baining, und den Nordosten für die Kiona. Uns ging der Platz aus, also stückelten wir an allen vier Seiten an, pappten die Blätter mit Feigensaft zusammen und bedeckten sie dann fieberhaft weiter mit unseren Ideen. Wir drängelten, kamen uns in die Quere, mit schalem Atem und klebrigen Pfoten, und ich fühlte mich wie als Kind in England, wenn meine Brüder mich bei einem ihrer hochwichtigen Projekte mitmachen ließen, einem Vogelhäuschen oder dem Bühnenprospekt für eins von Martins verwickelten Theaterstücken.

Nach und nach ordneten wir unseren vier Himmelsrichtungen Eigenschaften zu. Die Kulturen, die wir im Norden ansiedelten, waren aggressiv, besitzgierig, energisch, erfolgreich, ehrgeizig, egoistisch. Das Über-Ich, sagte Nell. Die südlichen Kulturen dagegen waren aufgeschlossen, fürsorglich, sensibel, einfühlsam, unkriegerisch. Im Westen saßen die apollinischen Macher, die Wert auf unemotionale Effizienz, Pragmatismus, Extrovertiertheit legten, während im Osten die Spirituellen und Introvertierten beheimatet waren, die Suchenden, denen es mehr um die Fragen des Lebens als um die Antworten ging.

Fens eigenes Naturell erlaubte es ihm nicht, sich auf Dauer an dieses Kollektiv zu verlieren; er machte eine Zeit lang mit und schob uns dann weg, als bekäme er keine Luft mehr. Als Nell jeden Quadranten mit einer der Jung'schen Bewusstseinsfunktionen ausstatten wollte, schlug Fen nach ihrem Stift.

«Davon verstehst du nichts.»

«Dann erklär's mir.»

«Es ist viel komplexer als das, was du hier hast. Es gibt allein schon sechzehn verschiedene Kombinationen.»

Sie blätterte zu einer frischen Seite in ihrer Kladde vor. «Nämlich welche?»

Das verriet er ihr nicht.

«Ihr habt die Tam gar nicht eingefügt», sagte ich, um die Wogen zu glätten.

«Trag du sie ein», forderte ihn Nell auf.

Er schüttelte den Kopf.

«Fen. Mach doch.»

Die Auslassung war vorsätzlich geschehen.

«Wen interessiert meine Einschätzung? Es zählt ja doch nur deine.»

«Was redest du da?»

«Ich rede» – er ballte beide Fäuste um seinen Stift –, «ich rede von dieser Farce, dass du und ich hier gemeinsame Studien betreiben, wo wir doch beide wissen, dass deine Meinung über die Tam das ist, was die Welt über die Tam erfahren wird.» Er wandte sich mir zu. «Sie denkt, sie weiß alles über die Tam-Männer. Sie denkt, sie sind eitel und schwatzhaft wie westliche Frauen. Sie denkt, sie ist einem großen Tausch der Geschlechterrollen auf der Spur, aber wer verbringt seine Zeit denn mit den Männern, ich oder sie? Wer baut denn Einbäume und Häuser mit ihnen? Aber sie gibt keinen Fiedlerfurz auf meine Recherchen.»

«Welche Recherchen denn? Du hast mir so gut wie nichts gegeben.»

«Achtzehn Seiten an einem Tag über kreuzgeschlechtliche Vererbungslinien.»

«Die sich als Trugschluss herausgestellt haben.» Sie sah auf unser Papier hinab und atmete tief durch. «Du wirst dein eigenes Buch schreiben, Fen. Du wirst es aus deiner Sicht schreiben und –»

«Und wer liest das dann? Wer liest ein Buch von mir, wenn Nell Stone eins zum selben Thema geschrieben hat?» Er schleuderte den Stift quer durchs Haus. «Ich kann machen, was ich will, ich bin der Dumme», sagte er und ließ sich auf seinem Stuhl nach hinten sacken.

«Du bist dann der Dumme, wenn du die Arbeit nicht machst, für die wir hier sind! Dann stehen wir alle beide dumm da!» Nell knallte seinen Stift wieder auf den Tisch. «Du trägst die Tam-Männer ein und ich die Tam-Frauen.»

Sie ließ ihm den Vortritt. Es dauerte eine Weile, eine unbehagliche, stumme Weile, aber dann setzte er sich auf und zeichnete die Tam-Männer im aggressiven, aber künstlerischen Nordosten ein. Sie siedelte die Tam-Frauen im Nordwesten an.

Und das führte zu einer neuen Zuordnungsrunde, bei der wir die Männer von den Frauen trennten und uns einig waren, dass das männliche Ethos in der Regel die Gesamtausrichtung einer Kultur repräsentierte und die Frauen innerhalb dieses Rahmens das Ideal.

«Ein bisschen wie ein eingebauter Thermostat», sagte Nell.

Fen, immer noch eingeschnappt, versuchte sich zu sperren, aber die Idee faszinierte ihn genauso wie uns. Wir gingen die Frauen in unserer Bekanntschaft durch, die, jede auf ihre Art, die aggressiven männlichen Normen des Westens konterkarierten. Die Stunden verstrichen. Irgendwann gegen Morgen rumpelte Donner, und wir liefen nach draußen, um zu sehen, ob es endlich so weit war und der Regen kam, aber er kam nicht. Die Hitze war schwer und feucht, und wir beschlossen, uns vor dem Schlafengehen mit einem Bad im See zu erfrischen.

Als wir den Weg vom Strand wieder heraufstolperten, sagte einer von uns: «Ob es auch bei Einzelpersonen funktioniert?»

Und wir legten den Rest der Strecke rennend zurück, malten in aller Eile das nächste Achsenkreuz. Ich habe das Blatt noch, wellig vom Seewasser, das aus unseren Haaren tropfte.

NORDEN
willensstark
besitzergreifend
aggressiv
leistungsorientiert
wettbewerbsorientiert
durchsetzungsfähig

WESTEN	OSTEN
pragmatisch	kreativ
führungsstark	künstlerisch
linear	spirituell
strukturiert	innerlich
schwarzweiß, kein Grau	nur Grautöne
methodisch	nonkonformistisch
extrovertiert	introvertiert

SÜDEN
zugewandt
empfänglich
flexibel
mitfühlend
nachgiebig
willfährig

Das Einordnen fiel uns nicht schwer. Wir begannen mit berühmten Persönlichkeiten: dem schwerelosen, verträumten Nijinsky im Osten und dem eisernen, stockbewehrten Djagilew im Westen, J. Edgar Hoover im Norden und Edna St. Vincent Millay im Süden. Wir fügten Kollegen hinzu, Freunde, Verwandte. Während Fen und Nell darüber stritten, ob eine gewisse Leonie nach Nordosten oder strikt nach Osten gehörte, trug ich Martin bei Helen im Osten ein und John neben Nells Mutter im Nordwesten. Aber Nell ertappte mich.

«Und Ihre Mutter?», wollte sie wissen.

«Nordisch bis ins Mark.»

Sie lachte, als hätte sie sich das schon gedacht.

«Was ist mit uns?», fragte Fen. «Uns müssen wir auch reinschreiben.»

«Du bist der nordische Typus, ich der südliche, und Bankson ist auch südlich.»

«Wie kuschlig», sagte Fen.

«Sollte ich mich in meiner Ehre gekränkt fühlen?», fragte ich rasch, um die Missstimmung zu verscheuchen.

«Wohl kaum», sagte er und zeigte auf den Süden. «Süden ist für Nell gleichbedeutend mit Vollkommenheit. Schau, wen du alles zur Gesellschaft hast: Boas, ihre Großmutter und ihr kleines Schwesterchen, das gestorben ist, bevor es ein Wort reden konnte.»

«Hör auf, Fen.»

«Tut mir leid, dass ich nicht so ein sensibles Jüngelchen bin, das jeden deiner Gedanken errät und bei jedem Kratzer und jedem Mückenstich vor Besorgnis zerfließt.»

«Es geht hier nicht um uns, Fen.»

«Worum denn dann.»

«Bleiben wir besser bei –», setzte Nell an, doch sie wurde übertönt von einem wilden Scharren und Rascheln in den Binsen über unseren Köpfen. Ratten, die vor etwas flohen.

«Schlange», sagte Fen.

Sie glitt einen Pfosten hinab und war verschwunden.

«Ich hasse Schlangen», sagte ich. Tatsächlich hatte sich mir bei dem bloßen Geräusch schon der Magen verknotet.

«Ich auch», sagte sie.

«Verweichlichte Südlinge eben», sagte Fen.

Und das half der Spannung ein Weilchen ab.

Wir dachten nicht ans Aufhören. Die Sonne ging auf und wieder unter. Größenwahn hatte uns gepackt. Wir sahen unser Achsenkreuz, wie es mit Kreide an die Tafeln der Hörsäle gemalt wurde. Es war, als würden wir in einer chaotischen, verworrenen, strukturlosen Welt Sinn stiften. Es war, als würden wir einen Code entschlüsseln. Es war wie eine Befreiung. Nell und ich sagten beide, dass wir uns nie im Einklang mit unserer Kultur gefühlt hätten, mit ihren Werten und Erwartungen. Über weite Strecken schien es mir, als spazierte ich in ihrem Hirn herum und sie in meinem. Wir sprachen über Beziehungen im Allgemeinen, darüber, welche Temperamente zusammenpassten. Nell fand, Gegensätze ergänzten sich am besten, und ich stimmte eilfertig zu, obwohl ich ganz und gar nicht der Meinung war und schwer hoffte, sie auch nicht. Der südliche Typus, meinte sie, sei weniger besitzergreifend dem Partner gegenüber, mehr der Polygamie zuneigend.

«Freie Liebe nennt sich das in Nells Kreisen», sagte Fen. «Mehrere Liebhaber gleichzeitig. Hältst du es auch damit, Bankson?»

«Nein.» Es war die einzige Antwort, die ich ihm unter den Umständen geben konnte.

«Da schau her, ein besitzergreifender Südling», sagte er zu Nell.

Später, als Fen, wie er es ausgedrückt hätte, scheißen war, fragte sie: «Halten Sie das für natürlich, diesen Wunsch, einen anderen zu besitzen?»

«Für natürlich? Hatten Sie mich nicht eindringlichst vor diesem Wort gewarnt?» Solange Fen bei uns war, konnte ich mein Begehren nach ihr im Zaum halten, doch sobald er ging, schien es mir das ganze Zimmer auszufüllen.

Sie lächelte, aber ihr war es ernst mit der Frage. «Instinktgemäß dann eben, biologisch. Warum gibt es so viele Stämme, die alles teilen – Nahrung, Häuser, Land, Erträgnisse –, und dennoch drehen sich ihre sämtlichen Geschichten um jemands Bruder oder besten Freund, der ihm die Frau stiehlt?»

«Stimmt. Der Schöpfungsmythos der Kiona handelt von einem Krokodil, das sich in die Frau seines Bruders verliebt, und die beiden brennen miteinander durch und gründen einen neuen Stamm.»

«Aber kennen Sie das auch von sich – diesen Drang, einen anderen zu besitzen?»

«Schon.» Wie sehr gerade jetzt wieder, das konnte ich ihr kaum sagen. «Vielleicht bin ich doch nicht der südliche Typus.» Und um sie abzulenken, erzählte ich ihr von Sophie Soules, einer Französin, mit der ich in dem Sommer nach Martins Tod kurz verlobt gewesen war und deren Vater mir nach meiner Trennung von ihr ein schriftliches Attest über ihre Jungfräulichkeit abverlangt hatte.

«Eine Versicherung also, sie *nicht* besessen zu haben. Stimmte das denn?»

Sie *war* ein indiskretes Weibsstück. «Selbstverständlich» – ich machte eine Pause – «nicht.»

Sie lachte. «War sie Wein oder Brot für Sie?»

«Wie meinen Sie das?»

«Das ist aus einem Amy-Lowell-Gedicht, das wir im Studium alle geliebt haben. Wein als das Berauschende, Sinnliche und Brot als das Grundlegende, Vertraute.»

«Wein dann wohl.»

«Wäre daraus Brot geworden?»

«Das weiß ich nicht.»

«Manchmal tut es das nicht.»

«Ja, das denke ich mir.»

Sie rollte einen Stift mit der Handfläche auf dem Tisch hin und her und hob dann den Blick. «Helen und ich waren zusammen», sagte sie.

«Oh.» Das ließ mich manches klarer sehen.

Sie lachte über mein «Oh» und erzählte, dass sie sich in Nells erstem Anthropologiekurs bei Boas kennengelernt hatten. Helen, zehn Jahre älter als sie, war seine Assistentin gewesen. Sie hatten sich sofort miteinander verbunden gefühlt, und obwohl Helen einen Ehemann und ein Haus in White Plains hatte, übernachtete sie mehrmals die Woche in New York. Sie hatte Nell zu ihrer Forschungsreise zu den Kirakira ermutigt, ihr dann aber zornige Briefe geschrieben, in denen sie ihr vorwarf, sie im Stich gelassen zu haben. Und dann stand sie in Marseilles zu Nells Überraschung am Hafen und eröffnete ihr, dass sie ihren Mann verlassen hatte.

«Aber Sie hatten Fen kennengelernt.»

«Ich hatte Fen kennengelernt. Und es war ein Albtraum. Vor der Sache mit Helen hätte ich gesagt, diese Art von Besitzdenken ist in unserer Kulter eher männlich als weiblich besetzt, aber es scheint doch sehr stark eine Wesensfrage zu sein.» Sie klopfte mit dem Stift auf das Achsenkreuz.

«War sie Brot für Sie?»

Sie schüttelte langsam den Kopf. «Für mich sind die Menschen immer Wein, nie Brot.»

«Vielleicht wollen Sie sie deshalb nicht besitzen.»

Fen blieb über eine Stunde weg, und als er endlich kam, war sein Gesicht gerötet und glänzend, als wäre er durch die Kälte gestapft. Keiner von uns fragte, wo er gesteckt hatte. Wir arbeiteten weiter an unserem Achsenkreuz, bis Fen aufblickte und sagte: «Welcher Typ das Kind wohl wird?»

«Fen.»

«Welches Kind?», fragte ich.

«Unser Kind», sagte er. Er lehnte sich zurück, zutiefst befriedigt über meine Entgeisterung.

Ich wusste nicht, wohin mit mir, ich konnte sie alle beide nicht anschauen, kein Wort herausbringen.

«Hast du's ihm gar nicht erzählt, Nellie? Wolltest nicht noch mehr betütert werden?»

War das ihr Bild von mir? Jemand, der sie unnötig betüterte? Machte das den «südlichen» Mann für sie aus? Schließlich krächzte ich eine Art Glückwunsch hervor, sagte: «Bin gleich wieder da» und verließ fluchtartig das Haus.

Ich lief den Männerweg entlang. Ein paar Schweine drängelten sich unter einem der Häuser laut grunzend um Essensabfälle. Es war kaum Licht am Himmel, aber ob es ganz früher Morgen oder ganz später Abend war, vermochte ich nicht mehr zu sagen. Sie hatten mich genommen und mehrmals kräftig im Kreis herumgedreht.

Ich war sieben Stunden entfernt von meiner Arbeit, seit Gott weiß wie vielen Tagen schon. Nell war schwanger. Sie und Fen hatten ein Kind miteinander gezeugt. Wenn ich mit ihnen zusammen war, konnte ich mir leicht einreden, dass sie ihre Wahl noch nicht endgültig getroffen habe. Dazu trug sie bei. Ihre Augen schimmerten, wenn ihr eine Idee von mir gefiel. Sie sog meine Worte in sich auf, sie spann meine Gedanken weiter. Als ich Martins Namen in das Schema eingezeichnet hatte, war sie die Buchstaben mit dem Finger nachgefahren. Wie unsere eigene Art der Vereinigung war mir das vorgekommen, wie ein Koitus der Seelen, der Ideen, der Worte, Hunderter und Aberhunderter von Worten, während Fen schlief oder scheißen war oder wo auch immer. Aber seine Art hatte ein Kind hervorgebracht. Meine war nutzlos.

Wo die Häuser endeten, verzweigte sich der Weg in drei Richtungen: geradeaus zum nächsten Dorf, links zum See hinunter und nach rechts zu den Frauenhäusern. An dieser Gabelung, ein Stück entfernt, sah ich zwei Gestalten am Waldsaum, einen Mann und eine Frau. Sie berührten sich nicht. Hätte ich es nicht besser gewusst, dann hätte ich den Mann für einen Weißen gehalten, nicht aufgrund seiner Hautfarbe, die ich in dem Dämmerlicht nicht ausmachen konnte, sondern wegen seiner Art zu stehen, vorgebeugt und schwer, das Gewicht in den Schultern. Als ich näher kam, hörte ich ihre Stimmen, den flehenden Ton des Mädchens, und als der Mann mich sah, machte er zwei, drei Schritte auf mich zu, bevor er jäh innehielt. Er wandte sich ab und sagte etwas zu dem Mädchen, worauf sie sich eilig in den Frauenweg zurückzogen. Xambun. Es war Xambun gewesen. Und für ein paar Sekunden hatte er geglaubt, ich wäre Fen.

Ich ging zum Strand hinunter. Er war leer, das Wasser unnatürlich weit weg. Die Einbäume, darunter meiner, lagen hoch am Ufer aufgereiht. Fens Kirchenbänke. Hatte er hinter Nells Rücken begonnen, Xambun zu befragen? Ich wanderte auf und ab, blieb dann zu lange an einer Stelle stehen, und etwas kroch innen an meinem Hosenbein hoch. Ich schüttelte es heraus. Skorpion. Ich trat stampfend darauf, fest, und das Knacken des Panzers und der zarten Knochen verschaffte mir tiefe Genugtuung. Zügig stieg ich die sandige Böschung hinauf, zurück zum Haus. Ihre Lampen brannten noch. Als ich die Hände an die Leiter legte, drangen ihre Stimmen zu mir heraus. Ich duckte mich unters Haus, um sie besser hören zu können.

«Ich hab Augen im Kopf, Nell. Ich sehe es, und ich hör's an deiner Stimme, und ich spür's unter meiner Haut. Das ist nichts, was ich mir ausdenke.»

«So machst du es immer. Das ist deine nordische Art. Du hältst einen wie einen Gefangenen. *Ein* echtes Gespräch mit jemand anderem, und du ...»

«Hach, wissen Sie», begann er mit Falsettstimme, «wir sind beide der südliche Typus, und er ist bloß ein Stück Dreck. Das kommt mir bekannt vor, Nell. Nur dass ich vor drei Jahren auf der anderen Seite war. Und jetzt bin ich Helen an dem verdammten Kai in Marseille!»

«Du extrapolierst doch.»

«Ganz genau. Ich *extrapoliere*, Nell. Und zwar auf hochprofessionellem wissenschaftlichen Niveau. Dieser ganze Mist ist doch bloß eure Art, es vor meiner Nase miteinander zu *treiben*.»

«Das ist lächerlich, und das weißt du.»

«*Mich* wirfst du nicht auf den Müll wie die anderen, Nellie.»

«Hör auf.»

«Ich hab noch gar –»

«Hör auf, hab ich gesagt.»

«Verdammt noch mal, Nell.»

Als ich hereinkam, war Nell damit beschäftigt, unsere Diagramme zu glätten. Sie sah mich nicht an.

«Da bist du ja», sagte Fen.

«Ich geh schon mal schlafen», sagte Nell.

Auch mein Körper schrie nach Schlaf, aber ich wollte Fen so lange wie möglich davon abhalten, sich zu ihr ins Bett zu legen. Ich goss uns beiden einen Drink ein und setzte mich aufs Sofa, das dem

Schlafraum zugewandt stand. Nell nahm eine Lampe mit, schrieb, schon im Bett, noch ein paar Zeilen und blies dann die Flamme aus. Fen beobachtete mich, wie ich zu ihr hinsah. Es war zu dunkel, um etwas auszumachen, aber ich kannte ja alles an ihr, kannte ihre Brüste und den schmalen Rücken, die Kurve ihres Gesäßes und die feste Wölbung der Wade. Ich kannte den Bruch in ihrem Knöchel und die Narben auf ihrer Haut und die kurzen, runden Zehen.

Er erzählte mir von dem Brief eines Freundes aus Nordrhodesien. Dem Freund waren offenbar die Schuhe gestohlen worden, und das ganze Dorf hatte danach gesucht. Es war eine lange Geschichte, deren Clou darin bestand, dass die Schuhe im Rüssel eines Elefanten gelandet waren, und Fen erzählte sie schlecht.

«Das ist eine komische Geschichte», sagte ich.

«Absurd, nicht?», sagte er. Aber lachen konnten wir alle beide nicht.

Als er aufstand, um ins Bett zu gehen, sagte ich ihm, dass ich noch vor Tagesanbruch zurückfahren würde. Heimlich beschloss ich aufzubrechen, sobald sie beide schliefen. Sie würde sicherer sein, dachte ich, wenn ich ihn nicht länger durch meine Anwesenheit reizte.

Er setzte sich wieder hin. «Nein. Nein. Das geht nicht.»

«Warum?»

«Ich brauch dich hier. Wir brauchen dich beide. Wir müssen diese Theorie fertig ausfeilen.»

«Dazu braucht ihr mich nicht. Persönlichkeitstypen sind nicht mein Gebiet.»

«Ich kann das jetzt nicht erklären.» Er senkte die Stimme und sah zum Bett hinüber. «Aber du musst dableiben. Es tut mir leid. Ich war ...» Er vergrub den Kopf in den Händen, scharrte sich mit den Fingernägeln durchs Haar. «Ich war furchtbar, ich weiß. Meine Nerven liegen ein bisschen blank im Moment. Bleib nur noch einen Tag. Einen halben. Fahr morgen Nachmittag. Bitte.»

Und ich, selbstsüchtiger Narr, der ich war, willigte ein.

23

21.3. Mein Hirn lodert. Habe das Gefühl, wir legen etwas Vergrabenes frei und finden uns selbst, unser wahres Ich, kratzen Schicht um Schicht unserer Erziehung ab wie einen alten Anstrich. Kann noch nicht präziser darüber schreiben. Durchdringe es noch nicht. Aber wenn F. weg ist und B. und ich reden, ist es, als spräche – und hörte – ich die ersten durch und durch aufrichtigen Worte meines Lebens.

24

Schluchzen weckte mich. Nell. Nell in Not. Ich sprang von meiner Matte auf und schlug das Moskitonetz beiseite. Nell kauerte auf dem Boden vorn beim Eingang, in den Armen ein laut weinendes Mädchen. Ich erkannte das Mädchen, das so beschwörend auf Xambun eingeredet hatte. Nell musste lächeln, als sie mich in meinem Unterzeug sah, aber das Mädchen heulte und jammerte weiter. Ich verzog mich wieder in mein Zimmer. Das Mädchen schöpfte Atem genug für ein paar Worte, und Nell murmelte etwas Begütigendes. Tatem mo shilai, meinte ich zu verstehen. Er kommt wieder. Nach einiger Zeit standen sie auf, und Nell wischte ihr das Gesicht ab und half ihr die Leiter hinunter. Ich war in Hemd und Hose, als sie zurückkehrte.

«Der Tag der großen Dramen.» Sie sagte etwas zu Bani, den ich hinter seinem Wandschirm gar nicht bemerkt hatte.

«Erzählen Sie.» Ich kam hinter dem Netz hervor und setzte mich zu ihr an den Tisch. Ihr hellgrünes Hemd – das von gestern – war ganz streifig von den Tränen des Mädchens.

Bani brachte mir Kaffee. Ich dankte ihm, und er lächelte und sagte etwas zu Nell.

«Er sagt, Sie klingen wie seine Kiona-Verwandten.» Dann schob sie mir einen Zettel hin.

Bankson –
du wolltest zurück, ich weiß, aber ein paar Extratage im Paradies sind doch auch was, oder? Die Parole heißt jetzt oder nie. Nicht vergrätzt sein, dass du nicht mitdurftest. Jemand muss bei Nell bleiben, und du bist genau der richtige südliche Typus dafür.

«Er hat Ihr Boot genommen», sagte sie. «Das war Umi, Xambuns Mädchen. Er hat Schluss mit ihr gemacht, ihr gesagt, dass er von hier fortgeht. Nach Australien. Und jetzt ist er mit Fen gefahren. Diese ganze Zeit – all die Male, wenn Fen plötzlich verschwunden war – hat er mit Xambun zusammengesteckt. Aber nicht, um ihn zu befragen, nein, ihm ging's von Anfang an nur um diese Drecksflöte.»

Ich dachte an seine seltsamen Abwesenheiten, seine Stimmungsumschwünge, seine schwankende Aufmerksamkeit. An die Art, wie Xambun auf mich zugekommen war, ehe er sah, dass ich nicht Fen war, und schnell abdrehte.

«Und ich Idiotin habe es nicht kommen sehen», sagte sie. «Ich habe mich wochenlang belügen lassen.»

Was hatte er mir gesagt? Dass er sich den Weg eingeprägt hatte, dass das Versteck mit dem neuen Mond wechseln würde. Dass er flussaufwärts vom Dorf anlanden würde. Keiner würde ihn hören. Keiner würde etwas ahnen. Ich hatte ihn auf der ganzen Linie unterschätzt. Ich hatte seine Trägheit für chronisch gehalten, hatte gedacht, er würde sich dauerhaft in seinem Pech suhlen, seinen verpassten Chancen.

«Er muss Xambun Geld versprochen haben», sagte sie. «Geld für Australien.»

Ohne Motor würde ich über einen Tag für die Strecke brauchen. Vielleicht gab es irgendwo eine Pinasse, die mich zu den Mumbanyo bringen konnte. Ich erhob mich. «Ich trommle ein paar Männer zusammen. Wir finden einen Weg, sie aufzuhalten.»

«Wenn Sie sie jetzt auffliegen lassen, machen Sie alles nur noch schlimmer.»

Ich stand da, zaudernd, schwach.

«Bleiben Sie hier. Bitte.»

Sie hatten etliche Stunden Vorsprung. Dies war die einzige Zeit, die mir mit ihr allein vergönnt sein würde. Ich setzte mich wieder hin.

«Haben Sie Angst, dass ihm etwas passiert?», fragte ich.

«Er hat sein Gewehr dabei. Ich sorge mich mehr um die anderen.»

«Werden sie ihn nicht bis hierher verfolgen?»

«Wenn sie ihn sehen, vielleicht. Aber es gibt andere Stämme, die sie wahrscheinlich eher verdächtigen. Die Mumbanyo haben viele Feinde.» Sie zerknüllte den Zettel in der Faust. «Zum Teufel mit ihm.»

Fünf oder sechs Kinder reckten die Köpfe über die Türschwelle, bereit, auf die leiseste Ermutigung hin auch die restlichen Sprossen zu erklimmen.

Sie sah sehnsüchtig zu ihnen hin. Das war die Welt, die für sie Sinn ergab.

«Die Arbeit ruft», sagte ich.

Sie winkte die Kinder herein.

Den restlichen Vormittag beobachtete ich sie beim Beobachten. Sie war wieder ganz in ihrem Element, im Schneidersitz auf dem Boden sitzend, einen Kreis von Kindern um sich herum, während drei weitere auf ihrem Schoß umeinanderpurzelten. Das Spiel, das sie spielten, war ein Klatschspiel, bei dem man den Rhythmus halten und dabei reihum etwas rufen musste. Nell schaffte es, sich die Linke im Takt gegen den Schenkel zu schlagen, gleichzeitig mit der Rechten mitzuschreiben und, wenn die Reihe an ihr war, eine Antwort auf Tam zu rufen. Als das kleinste Mädchen seine Antwort herausrief, rollten alle am Boden herum vor Lachen. Nell hatte es nicht verstanden, und als einer der älteren Jungen sich wieder beruhigt hatte, erklärte er es, Nell lachte laut auf, und alle kugelten sich erneut.

Nach einer Weile wechselte sie zu einer anderen Gruppe, dann zur nächsten. Offenbar wussten sie alle, dass sie warten mussten, bis Nell zu ihnen kam – dass sie nicht unterbrochen werden durfte, wenn sie mit einer Gruppe beschäftigt war. Zwischendurch brachte

Bani Erfrischungen, so dass alle gut bei Kräften blieben. Ich sah von meinem Platz am Tisch zu, bis mich Nell nach einer Unterhaltung mit einem alten Mann zu sich rief und wissen wollte, ob ich schon einmal von einer sogenannten Bolunta gehört hätte. Ich verneinte. Sie sagte, es klinge ein bisschen wie eine Wai. Und dieser Mann, Chanta, habe einmal eine miterlebt. Seine Mutter sei eine Pinlau gewesen.

Ich hatte weder von den Pinlau gehört noch von sonst einem Stamm, bei dem es so etwas wie die Wai-Zeremonie gab.

«Er war damals noch ein kleiner Junge.»

«Wie alt?»

Nell fragte ihn. Er schüttelte den Kopf. Sie wiederholte die Frage.

«Fünf oder sechs, glaubt er.»

Ich versuchte abzuschätzen, wie lange das her sein musste. Er war ungewöhnlich alt für die Region, sein Gesicht ein furchiger Krater; das linke Ohrläppchen lag beinahe waagrecht auf einer großen Geschwulst auf, die aus dem Kieferansatz wuchs. Kein Haar mehr, keine Zähne, an jeder Hand nur ein Finger und der Daumen – unter neunzig konnte er auf keinen Fall sein. Er begriff sofort, dass die Fragen, auch wenn Nell sie stellte, von mir kamen, und sah beim Antworten mich an, sein Blick klar, ungetrübt vom bläulichen Film des Glaukoms, an dem so viele der Eingeborenen litten, selbst Kinder.

«Es war eine Zeremonie?»

«Ja.»

«Wie oft wurde sie abgehalten?», fragte ich.

«Ich habe sehr wenig gesehen», dolmetschte Nell. Sie hatte nicht meine Frage übersetzt. Sie hatte gefragt, was er gesehen hatte. Ich lächelte unwillkürlich, und sie zuckte mit den Achseln. Sie fragte noch einmal.

Er wisse es nicht mehr. Nell erinnerte ihn daran, dass diese Antwort tabu war. Nichtwissen gab es bei ihr nicht.

«Ich weiß nur noch wenig.»

«Was war das wenige, das du gesehen hast?»

«Den Rock meiner Mutter habe ich gesehen.»

«Wer hat den Rock deiner Mutter getragen?»

Chanta schaute verlegen. «Sagen Sie ihm, dass das nichts Ungewöhnliches ist», sagte ich. «Sagen Sie ihm, bei den Kiona ist das gang und gäbe.»

Sie übersetzte das, und Chanta sah mit seinen klaren Augen zwischen uns hin und her, unsicher, ob wir ihn nicht zum Besten hielten. «Sagen Sie ihm, das stimmt wirklich. Sagen Sie ihm, dass ich seit zwei Jahren bei den Kiona lebe.»

Das vergrößerte Chantas Skepsis nur. Er schien sich in sich selbst zurückzuziehen.

Nell wählte ihre Worte sehr sorgfältig. Sie reihte Satz an Satz, deutete dabei auf mich wie auf eine Tafel in einem Hörsaal. Der Ton, den sie anschlug, war bedächtig und ernst, feierlich.

«Ich habe meinen Onkel und meinen Vater in Frauenkleidern gesehen», sagte er schließlich.

«Kannst du sie beschreiben?»

«Kauri-Ketten, Perlmutthalsbänder, Schmuckgürtel, Blätterröcke. Sachen, wie Mädchen sie bei der Brautwerbung anhatten. Damals.»

«Und was haben sie in diesen Kleidern gemacht, dein Onkel und dein Vater?»

«Im Kreis gegangen sind sie.»

«Und dann?»

«Immer weiter im Kreis gegangen.»

«Und was haben die Zuschauer gemacht?»

«Gelacht.»

«Sie fanden es komisch?»

«Sehr komisch.»

«Und dann?»

Er setzte zu einer Antwort an und brach ab. Wieder hakten wir nach.

«Und dann kam aus den Büschen meine Mutter. Und meine Tante und meine Kusinen.»

«Und was hatten sie an?»

«Knochen in der Nase, Farbe, Schlamm.»

«Wo waren sie angemalt?»

«Im Gesicht und auf der Brust und am Rücken.»

«Sie waren als Männer verkleidet?»

«Ja.»

«Als Krieger?»

«Ja.»

«Hatten sie sonst noch etwas an?»

«Nein.»

«Was haben sie als Nächstes gemacht?»

«Den Rest habe ich nicht gesehen.»

«Wieso nicht?»

«Ich bin gegangen.»

«Wieso?»

Schweigen. Das Wasser in seinen Augen zitterte. Die Erinnerung wühlte ihn spürbar auf. Ich fand, wir sollten es gut sein lassen.

«Was hatten die Frauen an?», fragte Nell wieder.

Er antwortete nicht.

«Was hatten die Frauen an?»

«Das habe ich doch gesagt.»

«Wirklich?»

Schweigen.

«Hat etwas dich erschreckt?»

«Köcher hatten sie um», flüsterte er. «Penisköcher. Ich bin weggerannt. Ich war ein dummer Junge. Ich hab es nicht verstanden. Ich bin weggerannt.»

«Die Kiona-Frauen machen das auch», sagte ich. «Es kann ziemlich bestürzend aussehen.»

«Die Kiona?» Chanta fragte es mit Erleichterung im Blick. Und dann lachte er, ein lautes, bellendes Auflachen.

«Was ist so lustig?»

«Ich war ein dummer Junge.» Sekunden später überwältigte das Lachen ihn schier. «Meine Mutter hatte einen Penisköcher um!», prustete er, und sein Gesicht krumpelte immer mehr zusammen, bis es nur noch aus einem Paar nasser Augen und einem glatten, schwarzen Zahnfleischwulst zu bestehen schien. Die Spannung, die aus seinem Körper wich, war fast sichtbar.

Nell lachte mit ihm, und ich hätte kaum sagen können, was sich da eben abgespielt hatte: wer was gefragt hatte, wessen Fragen gestellt worden waren, wie es zugegangen war, dass er dieses lebenslange Geheimnis endlich doch preisgegeben hatte. Bolunta. Sie *wollen* erzählen, hatte sie einmal gesagt, sie wissen nur oft nicht, wie. Hinter mir lagen Jahre an der Universität, Jahre im Feld, aber meine wahre Unterweisung, in dieser Kunst des Insistierens, von der ich für den Rest meiner Laufbahn zehren sollte, fand bei diesem Gespräch statt, durch Nell.

Nach dem Mittagessen packte sie ein paar Sachen in einen Netzbeutel.

«Brechen Sie jetzt zu Ihrer Runde auf?»

«Keiner so langen heute. Ich gehe nicht zu den anderen Dörfern, nur zu den Frauen hier im Dorf.»

«Meinetwegen müssen Sie Ihre Pläne nicht ändern. Ich schaue, ob ich Kanup finde, und hänge mich ein bisschen an ihn.»

«Es tut mir so leid, dass Fen das gemacht hat. Dass er mit Ihrem Boot weggefahren ist. Jetzt sitzen Sie hier fest.»

«Ich sitze nicht fest. Ich könnte jemanden dafür bezahlen, mich zurückzubringen, wenn ich das wollte.» Ich lief rot an bei dem Geständnis.

Sie lächelte. Ich hätte sie ewig ansehen können, wie sie da stand, mit diesem verschlissenen Hemd über der weiten Baumwollhose, ihr Bilum über der Schulter. «Nehmen Sie Zigaretten mit», sagte sie und ging.

Kanup brannte darauf zu erfahren, was ich alles von Fens und Xambuns Jagdausflug wusste. Denn das glaubten sie – Fen und Xambun seien auf Wildschweinjagd. Er führte mich in einen Nebenraum seines Männerhauses, wo, wie er mir sagte, die Männer die Expedition besprachen. Ich saß auf einer dicken Schilfrohrmatte und verteilte die Zigaretten, was mir rasch viele Freunde einbrachte. Chanta war da und kicherte, sooft unsere Blicke sich begegneten. Kanup mühte sich redlich mit dem Übersetzen, das jedoch nicht zu seinen Stärken zählte, so dass ich die lange Unterhaltung nur bruchstückhaft verstand. Nun, da Xambun fort war, wagten sie es, über ihn zu sprechen. Einige der Männer kränkte es, nicht zum Mitkommen aufgefordert worden zu sein, aber letztlich fanden es alle eine gute Sache, dass er aufgebrochen war. Seine Seele sei in die Irre geschweift, sagten sie. Er sei ohne sie zurückgekehrt. Einst sei er ein Mann gewesen, in dem Flammen schlugen, und heimgekehrt sei er als ein Mann aus Asche. Er sei nicht mehr derselbe Mann, sagten sie, und er sei ausgezogen, um seine Seele zu finden und sie wieder mit seinem Körper zu vereinen. Sie riefen seine Ahnen mitsamt ihren ganzen langen Namen an und dann die Land- und Wassergeister. Ich sah ihnen zu, während sie glühend zu all ihren Göttern beteten, damit Xambuns Seele zu seinem Körper zurückkehre. Tränen sprangen zwischen ihren zugekniffenen Lidern hervor, Schweiß perlte ihnen die Arme hinab. Ich bezweifelte, dass jemals jemand auch nur annähernd so für mich gebetet hatte – falls überhaupt in irgendeiner Form.

Ich hörte sie nicht die Leiter heraufkommen. Ich war dabei, die Aufzeichnungen vom Nachmittag abzutippen.

«Ich mag dieses Geräusch so gern», sagte sie unmittelbar hinter dem Moskitonetz, und ich fuhr zusammen.

«Das war hoffentlich nicht zu eigenmächtig von mir? Meine Stichpunkte werden zu einem unentzifferbaren Wust, wenn ich sie nicht schnellstens ins Reine schreibe.»

«Meine auch.» Sie grinste mich an, fröhlich und schön.

«Ich bin fast fertig.»

«Lassen Sie sich Zeit, so viel Sie möchten. Das ist sowieso die von Fen.»

Sie ging ins Schlafzimmer und kam mit einer zweiten Schreibmaschine wieder, die sie auf den Nachbartisch stellte. Ich konnte mich nur schwer konzentrieren, zu deutlich war ich mir ihrer Beine gleich links von meinen bewusst, ihrer Finger, die ein Blatt in die Walze schoben, ihrer Lippen, die sich ganz leicht bewegten, während sie nochmals ihre Notizen überflog. Als sie dann freilich lostippte, in einem Höllentempo, das mich nicht im Mindesten überraschte, half mir der Klang, meine Gedanken zu ordnen, und unsere Tasten klapperten im Chor. Mir fiel auf, dass sie das Blatt am Ende jeder Zeile per Hand weiterdrehte. Es war ein schönes Gerät, taubengrau mit Elfenbeintasten, aber eine Ecke war eingedellt, und der silberne Schalthebel war gleich über der Verankerung abgebrochen.

Sie riss die Seite heraus und spannte die nächste ein.

«Erzählen Sie mir nicht, dass Sie da echte Worte schreiben», sagte ich.

Sie reichte mir ihre erste Seite herüber. Keine Absätze, kaum Interpunktion, nur ein ganz dünner Streifen Rand. *Tavi hält still wiegt sich Lider gesenkt schlafend fast, während Mudama behutsam die Läuse herausknipst & ins Feuer schnippt leises Wetzen von Fingernägeln durch Haarsträhnen, Konzentration Sachtheit Liebe Frieden Pietà.*

Ich blickte hinab auf meine eigenen Worte: *In Anbetracht dieser Unterhaltung mit Chanta und der räumlichen Nähe der Pinlau zu den Kiona liegt die Vermutung nahe, dass es noch andere Stämme in der Umgegend gab, die ebenfalls Formen transvestitischer Rituale praktizierten.*

«Ihres liest sich wie ein avantgardistischer Roman», sagte ich.

«Ich will mich einfach in den Moment zurückversetzen können, wenn ich es in einem Jahr wiederlese. Was mir jetzt wichtig erscheint, könnte mir dann unwichtig vorkommen. Wenn ich wieder weiß, was für ein *Gefühl* das war, an diesem Nachmittag neben Mudama und Tavi zu sitzen, dann fallen mir auch Einzelheiten wieder ein, die mir heute vielleicht nicht wichtig genug zum Aufschreiben scheinen.»

Ich probierte es mit ihrer Methode. Ich schilderte Chanta und seinen Tumor und seine fingerlosen Hände und klaren, wässernden Augen. Ich schrieb alles nieder, was mir von unserem Gespräch noch einfiel, was viel mehr war, als meine Stichpunkte hergaben, obwohl ich geglaubt hatte, alles erfasst zu haben. Ich genoss das Rattern unserer beiden Schreibmaschinen: eine Kapelle, die ihre ganz eigene Art von Musik machte. Es gab mir das Gefühl, Teil von etwas zu sein, an etwas mitzuwirken, das zählte. Das empfand ich in ihrer Gegenwart immer: dass unsere Arbeit zählte. Und dann hörte ihre Schreibmaschine zu klappern auf, und sie beobachtete mich. «Nicht aufhören», sagte ich. «Wenn Sie tippen, arbeitet mein Hirn besser.»

Als wir fertig waren, aßen wir Dörrfisch und alte Sagofladen. Durch die Türöffnung sahen wir Wetterleuchten den Horizont entlangflackern. Ein Rumpeln erklang, das ich für Donner hielt.

Sie zündete eine Moskitospirale an, und wir setzten uns mit unserem Tee in die Tür.

«Das sind die Schlitztrommeln», sagte sie. «Die Rufe für Fen und Xambun. Sie sollen sie in der Nacht beschützen.»

Ich berichtete ihr von den Gesprächen im Männerhaus, von der Hoffnung der Männer, dass Xambuns Seele zu ihm zurückkehren würde. Wir hörten, wie sich die Leute um die Trommeln versammelten. Unter dem Haus gingen ein paar Frauen vorbei. Ihre Kinder trödelten hinter ihnen her, eines mit einer Strickpuppe im Arm, die es von Nell bekommen haben musste. Hinter den Hügeln im Norden, über denen bald der Mond aufgehen würde, wetterleuchtete es immer noch. Mir war, als hätte sich auf dieser Welt endlich auch für mich eine kleine Nische aufgetan.

Wir kamen wieder auf unser Achsenkreuz zurück.

«Persönlichkeit ist kontextabhängig. Genau wie die Kultur», sagte sie. «Bestimmte Menschen fördern bestimmte Eigenschaften ineinander. Meinen Sie nicht? Wenn ich zum Beispiel einen Mann hätte, der zu mir sagt: ‹Wenn du tippst, arbeitet mein Hirn besser›, dann würde ich mich nicht so oft schämen, dass es mich schon wieder zum Arbeiten drängt. Man macht sich häufig nicht klar, in welchem Maß man durch andere Menschen geprägt wird. Wo schauen Sie hin?»

Ich schaute eigentlich nirgendwohin. Ich versuchte nur, nicht sie anzuschauen. Vom Mond keine Spur, und der See war nur in den Sekundenbruchteilen zu ahnen, in denen das Wetterleuchten zuckte. Aber in der Luft tat sich jetzt etwas. Ich meinte fast, einen kühlen Wind an Armen und Gesicht zu spüren, aber es war kein Wind, nicht einmal eine Brise, nur ein Hauch, der sich anders anfühlte, als hätte jemand in drei Meter Entfernung ganz kurz den Deckel einer Kühlbox hochgeklappt. Ich streckte die Hand in die Richtung, und wie von der Geste hergerufen, blies mich ein heftiger Luftzug an. Ein Schauder ging durch die Bäume, und der Grasstreifen um das Haus raschelte.

«Laufen wir runter zum Strand und tanzen den Regen herbei», sagte sie.

«Wie bitte?»

«Wie die Zuñi.»

Und schon war sie die Leiter hinuntergeklettert und lief vor zum Pfad. Ich folgte ihr. Natürlich folgte ich ihr.

Einen echten Regentanz konnte keiner von uns, aber wir improvisierten. Sie behauptete, *ami* sei das Zuñi-Wort für Regen. Sie hatte leicht reden, denn der Regen kam schon, alles war plötzlich in Bewegung, der Wind wühlte in den hohen Palmen über uns und fuhr in harten Stößen auf das Wasser herab, und der Himmel hing schwarz und tief. Aber wir stampften auf den Sand und riefen Ami! Ami! und sämtliche anderen Worte für Regen und Nässe und Wasser, die uns einfielen, und alles wurde jäh noch schwärzer und kühler, und der Wind peitschte, und die Erinnerung an Regen, richtigen Regen, brach über uns herein, nur Sekunden bevor der Regen selbst losbrach. Wir hielten ihm unsere Gesichter entgegen und breiteten die Arme aus. Dicke Tropfen klatschten auf uns nieder und spülten die Insekten von unserer Haut ab.

Der Regen prasselte auf den See, und meine Ohren brauchten mehrere Minuten, um sich an das Brausen zu gewöhnen. Im Lauf der Dürrezeit vergisst man ganz, woran die Natur alles spart, aber nun fluteten sämtliche Geräusche und Gerüche zurück, aufgerührt von dem Wind und der Nässe, Blüten, Knollen und Blätter entfalteten ihr volles Aroma. Sogar der See selbst sonderte einen Schwall stechenden Torfgeruchs ab, als der Regen sich in ihn hineingrub. Nell wirkte kleiner und jünger, ich sah sie als Dreizehnjährige vor mir, als Neunjährige, ein kleines Mädchen auf einer Farm in Pennsylvania, und ich konnte den Blick nicht von ihr abwenden. Ich merkte kaum, dass ich verstummt war. «Wollen wir reingehen?», fragte sie.

Ich dachte, sie meinte, zurück ins Haus, aber sie kehrte mir den Rücken und stieg aus ihren Kleidern und ließ sie in den Sand fallen. In Büstenhalter und kurzen amerikanischen Schlüpfern, die sich um die Schenkel bauschten, ging sie zum See vor. «Ich kann nicht schwimmen, also kommen Sie besser mit.»

Rasch zog ich Hemd und Hose aus. Das Wasser war wärmer als die Luft und fühlte sich an wie mein erstes Bad seit zwei Jahren. Ich ließ mich nach hinten sinken und die Füße zur Oberfläche hochtreiben, und der Regen hämmerte das Wasser wie ein Silberblech.

Sie konnte tatsächlich nicht schwimmen. Wie hatte mir das bisher entgehen können? Ich paddelte herum, aber sie stand nur da und wippte auf den Zehen. Natürlich hätte ich ihr jetzt und hier Unterricht erteilen wollen, sie halten, wie meine Mutter mich im Cam gehalten hatte, ihr Gewicht an meinem Arm spüren und den Saum ihres Büstenhalters unter den Fingern, während sich der dünne Stoff ihres Höschens zur Oberfläche emporblähte. Schon die Vorstellung war fast zu viel, und so musste ich immer wieder wegschwimmen von ihr, um die Auswirkungen zu verdecken, und dann wieder zu ihr zurückschwimmen, um zu hören, was sie sagte.

Der Regen peitschte unverändert, als wir zum Haus hinaufrannten. Wir zogen uns trockene Sachen an, jeder im Dunkeln hinter seinem Moskitonetz. Ich kramte ein paar ältliche australische Kekse aus der Vorratstruhe, und sie fragte, ob ich jemals nicht hungrig sei. Ich sagte, ich sei ja auch doppelt so groß wie sie, was zu einer Debatte über den Größenunterschied zwischen uns führte, die wiederum damit endete, dass wir uns an einen Pfosten stellten und das jeweilige Ergebnis mit einem Taschenmesser ins Holz kerbten und dann den Abstand nachmaßen. Ich hielt den Messstab waagrecht zwischen den Fingern, die noch feucht vom Schwimmen und krümlig von den Keksen waren. Siebzehn Zoll.

«So in der Horizontale sieht es nach mehr aus. Von oben nach unten wirkt es nicht so dramatisch, oder?»

Wir standen neben dem Pfosten, und sie schummelte, indem sie sich auf den Zehenspitzen hochreckte, das Gesicht zu mir emporgewandt, und der Regen donnerte auf das Dachstroh nieder, und ich wusste nicht, wie ich sie küssen sollte, ohne sie zu meinen Lippen hochzuheben. Sie lachte, als hätte ich das laut gesagt.

Wir kehrten zum Sofa zurück, und irgendwie ergab es sich, dass ich ihr von Tante Dottie und dem New Forest und meiner Galapagos-Reise 1922 erzählte. «Mein Vater hatte gehofft, die Fahrt würde einen Biologen aus mir machen, aber meine einzige nützliche Entdeckung dort war, dass mir ein heißes, feuchtes Klima bestens bekommt. Anders als Ihnen.» Ich hatte Mühe, ihr nicht über den narbenbedeckten Arm so dicht an meinem zu streichen.

«Meine Mutter stammt von kernigen pennsylvanischen Kartoffelfarmern ab. Sie sollten mich im Winter sehen. Die Kälte verleiht mir Energie.»

Ich lachte. «Ich bin mir nicht sicher, ob ich das erleben möchte.» Aber ich wollte es erleben. Mehr als sonst irgendetwas, was ich mir vorstellen konnte.

Sie erzählte mir noch mehr von ihren Kartoffelbauervorfahren und ihrer Flucht vor der großen irischen Hungersnot, was mich an Yeats' «Ballade von Vater Gilligan» denken ließ, und es endete damit, dass wir uns Gedichte über Gedichte aufsagten.

Nach dem Krieg hatten ich fast alle Gedichte von Brooke, Owen, Sassoon und Shillito auswendig gelernt und mir halb eingebildet, sie seien von John geschrieben. Oder von Martin, der ja wirklich dichtete. Die Weltkriegsdichter verbanden sich für mich untrennbar mit meinen Brüdern und meiner Jugend, und ich dachte, ich würde zu weinen anfangen, als ich zum Ende von «Härte des Herzens» und der Stelle von den Tränen kam, deren Zahl endlich ist, aber ich weinte nicht. Nell weinte für uns beide.

Ich versuche möglichst nicht an diese Augenblicke zu denken, zu prompt setzt die Selbstzerfleischung ein: Warum hast du sie nicht einfach geküsst? Ich glaube, wir hätten Zeit. Trotz allem glaubte ich aus irgendeinem Grund, dass wir Zeit hätten. Der erste Irrtum der Liebe. Vielleicht ihr einziger Irrtum. Zeit für mich und Zeit für dich – nicht, dass ich jemals viel mit Eliot hätte anfangen können. Sie war verheiratet. Sie war schwanger. Und wo wäre letztlich der Unterschied gewesen? Was hätte es verändert, wenn ich sie an diesem Abend geküsst hätte? Alles. Nichts. Unmöglich, das zu wissen.

Wir schliefen über dem Rezitieren ein. Wer gerade an der Reihe war und mit welchem Gedicht, weiß ich nicht mehr. Wir erwachten davon, dass uns Sema und Amini die Finger ins Bein bohrten.

25

Der Morgen begann wie der vorige, mit Kindern, die auf ihrem Schoß herumturnten, und Fingerspielen und explosionsartigem Gelächter. Bani brachte mir Kaffee, und ich arbeitete an ihrer Schreibmaschine. Ein paar Jungen spähten durch das Moskitonetz zu mir herein. Chanta kam nicht, aber ich hatte noch einige Ideen zu meinem Gespräch mit ihm und notierte mir ein paar Fragen, die ich Teket stellen wollte, wenn ich zurückkam.

Auf einmal, viel zu früh, scheuchte Nell alle aus dem Haus.

«Was ist los?», rief ich zu ihr heraus.

«Keine Mütter», sagte sie. «Keine erwachsenen Frauen heute.» Sie fing an, ihre Besuchstasche zu packen. Sie trug das blaue Kleid, in dem ich sie zum ersten Mal gesehen hatte. «Etwas ist im Gange. Letzten Monat war es das Gleiche, und sie haben mich abgewimmelt. Das passiert mir nicht noch einmal. Zum Tee bin ich wieder da.» Und fort war sie.

Zum Tee würde vielleicht auch Fen wieder da sein.

Die nächsten Stunden durchforstete ich ihre Bücherregale und die Bücherstapel ringsum. Sie hatten solche Massen an Büchern mitgebracht, amerikanische Romane, von denen ich noch nie gehört hatte, Ethnographien, die mir gänzlich unbekannte Preise gewonnen hatten, Bücher von Soziologen und Psychologen mit fremdartigen Namen aus Gegenden wie Kalifornien oder Texas. Es war ein ganzes Universum, von dessen Existenz ich kaum eine Ahnung hatte. Und einen Turm von Zeitschriften hatten sie. Ich las über Roosevelts Wahl zum Präsidenten und über ein Gerät, das sich

Zyklotron nannte, einen Teilchenbeschleuniger, der Protonen auf einer Art Kreisbahn zu Geschwindigkeiten von über einer Million Elektronenvolt beschleunigte, was sie auseinanderbrechen und eine neue Art von Radium bilden ließ. Ich hätte den ganzen Tag weiterlesen können, aber Kanup kam und fragte, ob ich mit ihm fischen gehen wolle.

Ich folgte ihm zum Strand hinunter. Die Sonne brannte vom wolkenlosen Himmel herab, aber der Boden war vom Regen zerlöchert und rifflig, übersät mit riesigen Palmwedeln und Blättern, Nüssen und harten, unreifen Früchten, die unter unseren Füßen knirschten. Etliche Kanus waren schon auf dem Wasser, alle mit Männern besetzt. Ich fragte ihn, warum heute die Männer fischten und nicht die Frauen.

Er lächelte und sagte, die Frauen seien beschäftigt. Es klang, als wollte er noch mehr damit andeuten. «Die Frauen sind verrückt heute», sagte er.

Wir überprüften unsere Netze und paddelten los. Die Tam-Männer waren Handwerker durch und durch: Töpfer, Maler, Maskenmacher. Vom Fischen, stellte ich an diesem Nachmittag fest, verstanden sie rein gar nichts. Sie stritten und warfen sich Beleidigungen an den Kopf. Ihre Finger rissen Löcher in die dünnmaschigen Netze. Sie hatten keine Ahnung, wie eine Reuse funktionierte. Ihre lauten Stimmen verscheuchten die Fische. Ich beobachtete sie mit einiger Erheiterung, aber halb hatte ich immer den matten Schimmer des anderen Ufers im Blick, wo sich jederzeit mein Einbaum ins Bild schieben konnte.

Ich war froh, als wir wieder anlegten; mein Tee mit Nell winkte, meine Zeit allein mit ihr würde knapp genug sein. Aber Kanup wollte unbedingt noch das Boot auswaschen, das ihm zu sehr nach Fisch stank, obwohl er gar nichts gefangen hatte, und ein kleines Leck ausbessern, darum gingen wir zu seinem Haus, um Harz zu holen. Im Vorbeigehen rief ich zu Nell hinauf, erhielt aber keine Antwort.

Als wir zum Strand zurückkamen, stand sie knöcheltief im Wasser, beide Hände schützend über den Augen, und suchte den See ab. Kanup redete immer weiter, und sie drehte sich um und sah uns. Sie ließ ihre Arme sinken.

«Ich dachte, Sie wären gefahren!»

«Gefahren?»

«Ja, Chanta sagte, Sie wären in einem Boot weggefahren.»

«Ich war mit Kanup beim Fischen.»

«Ach, Gott sei Dank.» Sie packte mich bei den Hemdsärmeln. «Und ich dachte schon, Sie wären ihnen hinterhergefahren.»

«Wäre das nicht reichlich spät?»

Kanup war zu seinem Kanu weitergegangen, aber ich folgte ihm nicht, weil Nell meine Ärmel noch immer gepackt hielt. Sie umklammerte sie und studierte angelegentlich den weißen Stoff. Irgendetwas war anders an ihr.

«Ich dachte, Sie wären zu Bett gefahren», sagte sie.

«Bett?»

«Weil sie doch ein Boot hat.»

Ich hatte Bett und ihr Boot völlig vergessen. Und erst recht, dass ich Fen von ihr erzählt hatte.

«Entschuldigung», sagte sie lachend, aber es schien auch Weinen dabei zu sein. Sie ließ meine Ärmel los und wischte sich rasch übers Gesicht. «Ich habe einen seltsamen Tag hinter mir, Bankson.»

Ich konnte den Blick nicht von ihr wenden. Es war, als sähe ich einem Zaubertrick zu: Was würde sie aus ihrem Taschentuch schütteln? Sie hatte etwas Ungeschütztes, als hätte sich zwischen uns schon ganz vieles abgespielt, als hätte die Zeit einen Satz nach vorn gemacht, und wir wären schon ein Paar. «Was ist passiert?»

«Gehen wir zum Haus.»

Ich ließ Kanup ein bedauerndes Achselzucken zukommen, das er zu deuten wusste oder auch nicht. Aber nichts hätte mich in diesem Moment von Nells Seite wegbringen können. Ich warf einen letzten furchtsamen Blick zum Horizont. Leer. Etwas Zeit blieb noch. Dicht hinter ihr stieg ich den Pfad hinauf.

Wir tranken keinen Tee. Sie goss uns Whiskey ein, und wir setzten uns einander gegenüber an den Küchentisch. «Ich weiß gar nicht, ob Sie mir glauben werden.»

«Ganz bestimmt werde ich das.»

Sie stand auf. «Entschuldigen Sie, aber ich glaube, ich sollte es erst aufschreiben.» Sie ging an ihren Schreibtisch und spannte ein Blatt Papier ein. Ich wartete auf das Trommelfeuer der Tasten. Nichts. Sie kam zurück und setzte sich wieder hin. «Vielleicht muss ich es doch einfach erzählen.» Sie trank einen großen Schluck Whiskey. Ihr Hals war wunderhübsch, unversehrt von den Tropen. Dann setzte sie das Glas ab und sah mir ins Gesicht.

«Wenn ich das Fen erzählen würde, würde er mir nicht glauben. Er würde sagen, dass ich mir das ausgedacht hätte oder etwas miss —»

«Erzählen Sie's mir, Nell.»

«Ich habe es gespürt, kaum dass ich in den Frauenweg eingebogen war, dieselbe eigenartige Stille wie das andere Mal, als sie mich ausgeschlossen hatten. Ich ging direkt zum letzten Haus, bei dem der Rauch aus allen drei Rauchabzügen quoll und alle Fenster verhängt waren. Ich schlug den Vorhang zurück, bevor mich jemand daran hindern konnte, und bekam einen Schwall heißen, stinkenden Dampf ins Gesicht, wie aus einem miefenden Schwitzhaus. Ich würgte und schnappte nach Luft, aber Malun zog mich hinein, nahm mir den Korb ab und sagte, es sei die Minyana, und sie hätten alle entschieden, dass ich bleiben dürfe.»

Die Minyana. Es war ein Wort, das sie noch nie gehört hatte, sagte sie. Als ihre Augen sich an den Dämmer gewöhnt hatten, erkannte sie auf den Feuerstellen Pfannen, in denen mit wenig Wasser etwas Schwarzes, Fladenförmiges erhitzt wurde. Der Raum war voller Frauen, weit mehr Frauen als sonst, und keine von ihnen flickte Netze oder wob einen Korb oder stillte ein Kind. Es war nicht ein

Kind im Haus. Einige der Frauen bewachten die Pfannen auf dem Feuer, andere lagen auf Matten, die den Wänden entlang ausgelegt waren. Dann wurden die schwarzen Fladen gewendet, alle zugleich. Es gab ein gewaltiges Geschepper. Es waren Steine, was da in den Lehmpfannen briet, glatte, flache, runde Steine. Die Frauen nahmen nun kleine Tiegel vom Feuer, die sie gewärmt hatten. Zu jeder Frau auf einer Matte gehörte eine Frau mit einem Tiegel. Eine alte Frau namens Yepe führte Nell zu einer Matte. «Ich wollte noch rasch meine Kladde aus dem Korb holen, aber sie hielt mich zurück, und ich musste mich hinlegen.» Yepe kauerte sich neben sie und öffnete ihr das Kleid, ungeschickt, weil sie keine Knöpfe gewohnt war. Nell musste sich auf den Bauch drehen, und Yepe tauchte beide Hände in den Tiegel, zog sie triefend von Öl wieder heraus und legte sie ihr auf den Nacken. Sie begann zu kneten, langsam, ließ die Hände, geschmeidig durch das dicke Öl, Nells Rücken hinabwandern. «Auf den anderen Matten war es das Gleiche, die Massagen wurden kraftvoller, schneller, und die Frauen – und vergessen Sie nicht, diese Frauen sind abgearbeitet, unverhätschelt; die Tam-Männer sind diejenigen, die Muße haben, die schwatzend herumsitzen und ihre Töpfe und Körper bemalen – diese Frauen fingen an, zu grunzen und zu stöhnen.»

Nell ging die Whiskeyflasche holen, und als sie zurückkam, setzte sie sich über Eck zu mir, schenkte uns nach und stellte die Füße auf die Sprossen meines Stuhls. «Sind Sie sich sicher, dass Sie noch mehr hören wollen?»

«Ja.»

Die Massage wurde erotisch. Yepes Hände glitten unter Nells Körper und umschlossen ihre Brüste, ihre Daumen rieben über Nells Brustwarzen, bevor sie die Hände weiter zu den Hinterbacken wandern ließ und das Fleisch dort durchwalkte und die Finger an den After drückte. Die Frauen auf den Matten machten inzwischen einen ziemlichen Radau, ihre Körper, nicht länger passiv, bäumten sich auf unter den massierenden Händen. Einige Frauen versuchten, sich zwischen die Beine zu greifen oder sich auf den Rücken zu wälzen, wurden aber abgehalten. Bo nun, sagte jemand. Noch nicht. Dann trat Yepe wieder ans Feuer, hob mit einem gegabelten Stock dampfende Steine aus den Lehmpfannen, legte sie auf einen Streifen Rindenbast und kam damit zurück. Wie auf Kommando drehten sich all die Frauen auf den Matten um. Sie stöhnten laut, als die Steine mit Öl eingerieben wurden.

«Gut, den Rest können Sie sich wahrscheinlich vorstellen», sagte sie.

«Nein, ganz unmöglich. Ich bin sträflich phantasielos.»

«Yepe hat einen Stein hier hingelegt.» Sie öffnete ein paar der weißen Knöpfe vorn an ihrem Kleid und drückte meine Hand an ihren Bauch. «Und hat damit langsame Kreise beschrieben.» Ihre Haut war noch ölig, noch gewärmt. Ich bewegte meine Hand in langsamen, engen Kreisen über ihre straffe Bauchdecke, obwohl ich jeden einzelnen Knochen, jeden einzelnen Fleck an ihr hätte berühren wollen. Ich wollte jeden Millimeter ihres Körpers an meinem spüren.

«Sie hat ihn immer höher geschoben, bis zum Schlüsselbein und dort hin und her.» Ich machte die Bewegung nach, und meine Hand streifte auf dem Weg nach oben ihre Brust (kein Büstenhalter heute), die voller war, als gedacht, und fuhr mehrmals den Grat ihres Schlüsselbeins entlang. «Und dann wieder nach unten, über die Brustwarzen, immer auf und ab.» Sie sah mich an. Ich sah sie an. Keiner von uns senkte den Blick. So oft war mir die Lust einer Frau als eine nebulöse Angelegenheit erschienen, irgendein Nichts von einem Ding, das es aufzustöbern galt, wobei sie von seinem Verbleib keine klarere Vorstellung hatte als man selbst.

«Dann hat sie den Stein auf die Seite gedreht und ihn hier hinunter –»

Ich küsste sie. Oder, wie Nell hinterher behauptete, ich stürzte mich auf sie. Ich konnte gar nicht genug von ihr auf einmal zu fassen bekommen. Ich erinnere mich nicht, wie wir aus unseren Kleidern kamen, sie oder ich – nur dass wir nackt waren, weiß ich, und dass wir lachten über unser Gegrapsche, und als sie nach unten griff und mich spürte, lächelte sie und meinte, ein Stein sei das nicht direkt, aber doch brauchbar genug.

«Noch mal Glück gehabt», sagte sie, als wir ineinander verschlungen dalagen, betupft mit Krümeln und kleinem Getier.
«Wieso?»
«Erinnerst du dich noch an die Elefanten mit den großen Stiefeln?»
«Der Tintenklecks?»
«Das war die Beziehungstafel. Da soll man etwas Geschlechtliches assoziieren. Und bei dir waren es Elefanten in großen Stiefeln. Das hat mich bedenklich gestimmt. Hör dir das an.»
Die Laute kamen aus allen Richtungen – vom Strand, aus den Gärten, von den Feldern jenseits des Frauenwegs.
Wenn ich nicht Bescheid gewusst hätte, hätte ich sie kaum für menschlich gehalten.
«Reichlich Verkehr heute Nacht», sagte sie. «Die Männer fühlen sich ein bisschen bedroht durch die Steine, scheint es. Am Abend nach der Minyana müssen sie bestätigt bekommen, dass ihre Frauen sie noch wollen.»
«Nur immer zu.»

Wir schliefen nicht in dieser Nacht. Wir siedelten auf meine Matte über und redeten und flochten unsere Gliedmaßen umeinander. Die Tam, so erzählte sie mir, glaubten, dass die Liebe im Bauch wächst, und wenn sie ein gebrochenes Herz hatten, liefen sie herum und hielten sich den Unterleib. «Du bist in meinem Bauch» war bei ihnen die innigste Liebeserklärung.
Beide wussten wir, dass Fen jeden Moment zurückkommen konnte, aber wir erwähnten es nicht.
«Die Mumbanyo töten ihre Zwillinge», sagte sie gegen Morgen

zu mir, «weil zwei Kinder zwei verschiedene Liebhaber bedeuten.» Das war das einzige Mal, dass sie auf ihn oder ihre Schwangerschaft Bezug nahm.

Wir hörten Bani nicht heraufkommen. Offenbar hatte er schon eine ganze Weile dagestanden, um unseren Seelen Zeit zu geben, zu unseren Körpern zurückzukehren, denn als wir ihn endlich bemerkten, war seine Stimme laut und entnervt. «Nell-Nell!» Seine Lippen drückten sich an das Geistergespinst des Netzes. «Fen di lam», rief er. «Mirba tun.»

Sie fuhr hoch wie von einer Schlange gebissen. Bani kletterte die Leiter wieder hinunter. «Er ist schon halb über den See.»

«Verflixt und zugen...»

«Vor allem zugen», sagte sie. Ich streichelte über ihren Rücken, während sie nach ihrem Kleid tastete, und sie drehte sich um und küsste mich, und ich glaubte, töricht, dass vielleicht alles gut würde.

Wir hätten uns nicht zu beeilen brauchen. Als wir ans Ufer kamen, war das Boot noch weit weg. Wir hätten im Bett bleiben und uns noch ein letztes Mal lieben können.

«Er hat den Motor viel zu früh ausgestellt.» Ich würde ihm alles ankreiden, was ich nur konnte. «Wen will er so weit draußen denn stören?» Er hatte uns zu überrumpeln versucht, dachte ich.

Nell beschirmte die Augen mit der Hand, dabei war es kein klarer Morgen. An dem niedrigen, metallgrauen Himmel schien nirgendwo Platz für die Sonne. Es regnete nicht, dennoch hatte man das Gefühl, Wasser zu atmen. Ich hätte gewollt, dass sie den Arm nach mir ausstreckte, Zugehörigkeit bekundete, aber sie stand so steil aufgerichtet wie ein Erdmännchen, völlig auf den Einbaum konzentriert, ein Schmutzfleck in der Weite des Sees, der langsam näher kam. Ich berührte ihren Nacken, die kurzen Härchen, die aus ihrem Zopf entwischt waren. Ich fühlte mich so weit geöffnet und schutzlos, wie ein Mann sich nur fühlen kann.

«Bitte, lieber Gott, mach, dass er die Flöte nicht hat», sagte Nell.

Erste Konturen zeichneten sich ab: eine sitzende Gestalt im Heck des Boots, eine stehende mittschiffs. Aber die Entfernung war noch so groß. Ich wollte mit ihr ins Bett zurückkehren; es machte mich zornig, hier stehen und warten zu müssen, bis er kam und sie wieder in Besitz nahm. Mein Zorn schloss sogar Bani mit ein, der mir diese letzten Minuten gestohlen hatte, auch wenn Fen sie sonst vielleicht in meinen Armen ertappt hätte.

Bani und ein paar andere Jungen standen ein Stück näher am Wasser, lachend, ausgelassen redend – über die letzte Nacht zweifellos, Aufschneidereien für Xambun.

Nell blinzelte. Sie hatte ihre Brille nicht auf. «Was siehst du?», wollte sie wissen. «Sie sagen, es war eine gute Jagd. Sie sagen, sie haben etwas Großes erlegt, ein Wildschwein oder einen Bock.»

Einige Augenblicke lang wirkte es in der Tat so: eine gute Jagd, ein großes Tier, das da überm Bug meines schmalen Einbaums lag.

Und dann stieß einer von Banis Freunden einen Schrei aus. Und ich sah, was er sah.

Die stehende Gestalt in der Mitte war kein Mann, sondern ein langer, dicker Pfahl, der Ruderer im Heck war Fen, und was wie ein Tierkadaver aussah, war Xambun, der schräg über den Bug herabhing.

«Was ist da, Andrew?», jammerte Nell. Ich glaube, es war das einzige Mal, dass sie meinen Vornamen sagte.

Ich schlang die Arme um sie und flüsterte es ihr ins Ohr. Hinter uns brach das Geheul los und riss nicht mehr ab. An den Seiten meines Einbaums lief Blut herab. Als das Boot nahe genug war, wateten Bani und die anderen Jungen bis zum Hals ins Wasser, um zu Xambun zu gelangen. Sie hoben seinen Leichnam aus dem Bug und trugen ihn hoch über ihren Köpfen an Land.

Fen wiederholte immer wieder denselben Satz: Fua nengaina fil. Ich wusste nicht, was das hieß. Platschen ertönte, noch mehr Geheul, und Xambun wurde Malun übergeben, die laut weinend herbeigerannt war. Sie sank auf dem nassen Sand nieder, ihren Sohn in den Armen, dessen Blut nicht mehr floss und dessen Haut die Farbe von Treibholz hatte. Nell machte sich von mir los und lief zu ihr. Sie warf beide Arme um Malun, aber Malun stieß sie weg. Sie schrie und schüttelte Xambun, dass Tränen und Speichel und Schweiß nur so rannen, als glaubte sie, wenn sie bloß fest genug schüttelte, könnte sie das Universum zurück in seine Fugen rütteln.

Fen kauerte sich neben Nell ins flache Wasser. Sein Gesicht schien noch schmaler geworden zu sein, eine Klinge, die durch die Luft schnitt, die Stirn weiß, aber der Rest blutverkrustet. Auch sein Hemd war vorn blutig.

«Fua nengaina fil», rief er ihnen entgegen, als wäre er immer noch im Boot, hundert Meter von ihnen entfernt. Dann sprach er Malun direkt an, Tränen zogen blasse Bahnen durch das getrocknete Blut auf seinem Gesicht. Malun nahm ihn erst nicht wahr und kreischte dann auf wie ein verwundetes Tier. Mit beiden Armen stieß sie ihn vom Leichnam ihres Sohnes weg.

«Ich kann nichts dafür, Nell. Es war ein Hinterhalt. Kolekamban hat uns in einen Hinterhalt gelockt.»

Ich konnte die Pfeilwunden sehen: eine in der Schläfe, eine in der Brust. Saubere, präzise Einschüsse.

Immer mehr Leute strömten zum Ufer herunter, von allen Seiten drängten sie heran, um Xambun zu sehen. Ich bekam kaum noch Luft. Irgendwo hinter uns begann eine Schlitztrommel zu schlagen, kraftvolle, lang gezogene, hohle Schläge, ein Grabgeläut, laut genug, dass jeder Mensch und jeder Geist auf dem See es hören konnten. Mein ganzes Inneres vibrierte davon.

Ich ging neben Fen in die Hocke. «Haben sie dich erkannt?»

Er hob sein verwüstetes Gesicht zu mir auf, und so etwas wie ein Lächeln erschien darauf. «Nein! Mich hat keiner gesehen. Ich war unsichtbar.» Er drehte sich zu Nell um. «Ich habe den Zauber angewendet. Ich war unsichtbar.»

Aber Nell versuchte immer noch, an Malun heranzukommen, sie zu erreichen in ihrer Hysterie, sie zu halten und zu trösten.

«Haben sie dich mit der Flöte wegfahren sehen?», fragte ich Fen.

«Mich konnten sie nicht sehen. Nur Xambun.»

«Wenn sie dich gesehen haben, werden sie dich verfolgen.»

«Sie haben mich nicht gesehen, Bankson. Nellie.» Er nahm ihr Gesicht in beide Hände und drehte es zu sich. «Nellie, es tut mir leid.» Sein Kopf schwankte hin und her und sank dann an ihre Brust, und aus seiner Kehle brachen Schluchzer, die in dem Aufruhr keiner hörte.

Ich befreite mich aus dem Getümmel und holte mein Boot, das ein Stück am Ufer entlanggetrieben war. Ich zog es hoch bis zum Ende des Pfades, der zu ihrem Haus hinaufführte. Die Flöte war in Handtücher eingeschlagen und mit der Schnur von Helens Päckchen umwickelt. Sie war so dick wie ein Männerschenkel. Ich hievte sie heraus und kippte das Boot auf die Seite. Blut und Wasser tröpfelten auf den Sand. Ich stellte es wieder gerade, und als ich mich aufrichtete, wurde mir schwindlig, und ich musste mich setzen. Rund um mich herum fanden sich Trauernde auf dem Sand zusammen, weinend, wehklagend, singend. Auf der Haut der Frauen glänzte noch immer das Öl von gestern.

Drei Männer, die ich nicht kannte, alle drei schon älter und bereits mit Trauerschlamm eingerieben, näherten sich dem Einbaum. Einer besah sich den Motor, aus sicherer Entfernung für den Fall, dass das Ding plötzlich losröhrte, aber die beiden anderen marschierten geradewegs auf die Flöte zu und zupften an der Schnur.

Fen rief etwas und kam angerannt.

«Herrgott, Bankson, lass sie nicht an sie ran.» Er streckte die Hand nach der Flöte aus, aber die beiden Männer zogen sie weg. Fen machte einen Satz nach vorn, bekam das lange Paket mit einem Arm zu fassen und stieß mit dem anderen die Männer zurück.

«Pass auf, Fen. Mach jetzt keinen Fehler», sagte ich leise.

Der größte der Männer begann Fragen zu stellen, eine nach der anderen, dringlich, aber überlegt. Fen antwortete feierlich. Einmal schwankte seine Stimme, und er schien zu einer langen Entschuldigungsrede anzusetzen. Der große Mann hatte keine Geduld dafür. Er hob die Hand und zeigte dann auf die Flöte. Fen sagte Nein. Er fragte es noch einmal, und Fen sagte wieder Nein, schärfer, womit das Gespräch beendet war.

Als sie weggingen, sagte Fen: «Sie wollen Xambun die Flöte mit ins Grab geben.»

«Scheint mir das Mindeste zu sein, was du tun kannst, nachdem ...»

«Sie in der Erde verbuddeln, damit sie da verfault? Nach allem, was ich auf mich genommen habe?»

«Jetzt ist nicht der Zeitpunkt, ihnen etwas abzuschlagen.»

«Ach, ist dafür jetzt nicht der Zeitpunkt?», äffte er mich mit bitterer Stimme nach. «Bist du neuerdings auch der Experte für meinen Stamm?»

«Ein Mann ist getötet worden, Fen.»

«Halt du dich da raus, Bankson, ja? Halt dich dieses eine Mal raus.» Er wuchtete die Flöte hoch und schleppte sie davon.

Die drei Männer standen ein Stück entfernt bei einer größeren Gruppe von Männern, die sich um die Trommel versammelt hatten. Aber die Trommel schwieg jetzt, alle lauschten, was die schlammbeschmierten Männer zu sagen hatten.

Ich wusste, was da vor sich ging. Nach und nach begriffen sie alle, dass es keine Jagd gewesen war, auf die Fen Xambun mitgenommen hatte, sondern ein Raubzug, und dass Fen sich nun weigerte, die Beute mit Xambuns Geist zu teilen. Ohne die Flöte würde Xambun keine Ruhe finden, er würde zum Problem für sie alle werden. Sie mussten die Flöte haben. Ich sah es ihnen an den Augen an. Und vielleicht war dies erst der Beginn dessen, was die Vergeltung für Xambun erfordern würde.

Ich drängelte mich wieder zu Nell durch.

Ihre Augen waren geschlossen. Malun war ruhiger geworden und ließ sich von ihr den Rücken streicheln.

«Wir müssen weg. Wir müssen auf der Stelle hier weg.» Ich

drückte die Wange an Nells Schläfe, spürte ihr Haar an meinen Lippen. «Im Ernst. Wir müssen weg hier.»

Ohne die Augen zu öffnen, sagte sie: «Wir können nicht weg. Nicht jetzt. Nicht so.»

«Hör mir zu.» Ich packte ihre beiden Arme. «Wir müssen mein Boot nehmen und wegfahren.»

Mit einem Ruck machte sie sich los. «Ich fahre nirgends hin. Ich lasse Malun nicht allein.»

«Es ist nicht mehr sicher, Nell. Keiner ist mehr sicher.»

«Ich kenne sie. Sie werden uns nichts tun. Sie sind nicht wie deine Kiona.»

«Sie wollen die Flöte.»

«Dann sollen sie die Flöte haben.»

«Er wird sie ihnen nicht geben, Nell. Eher stirbt er, als dass er sie hergibt.»

«Wir können nicht weggehen. Es sind meine Freunde.» Ihr brach die Stimme. Sie verstand. Sie wusste um ihre Götter und ihre Wiedergutmachungsregeln – und um Fens brutales Besitzdenken.

Ihr kleines Gesicht war von Blut und Sand verschmiert, und sie sah mich an, als hätte ihr niemand je einen solchen Abscheu eingeflößt wie ich jetzt mit meiner Vernunft. Eine Weile sperrte sie sich noch, dann führte ich sie aus dem Pulk weg, die Böschung hinauf.

Noch immer kamen Leute zum Strand heruntergeeilt. Ich sah Chanta und Kanup und den kleinen Luquo, der gellend nach seinem Bruder schrie. Doch niemand hielt uns auf. Die Männer an den Trommeln sahen uns nach, aber sie kamen nicht hinter uns her.

Fen saß auf einem Stuhl, die Flöte neben sich an die Wand gelehnt. Nell ging geradewegs in den Schlafraum. Er sprang auf und folgte ihr.

«Bleib draußen.»

«Nell, ich muss dir etwas erklären.»

«Nein.»

«Ich habe mit Abapenamo gesprochen. Sie haben sie mir wirklich geschenkt. Die Flöte gehört mir. Ich bin ihr rechtmäßiger Besitzer.»

«Denkst du, darum geht es jetzt noch? Du hast ein Menschenleben auf dem Gewissen, Fen. Xambun ist *tot*.»

«Ich weiß, Nellie. Ich weiß.» Er warf sich auf die Knie und umschlang ihre Beine.

Nackter Ekel brandete in mir auf. «Steh auf, Fen», sagte ich durch die Maschen. «Pack deine Sachen. Wir fahren.»

Ich holte den Einbaum und brachte ihn hinüber an den Nebenstrand, den wir als Treffpunkt ausgemacht hatten. Wir luden meinen Koffer ein, ihre Taschen und die kleine Truhe. Ich hatte ihre Brille neben meiner Matte gefunden und steckte sie ihr zu, als Fen nicht hinsah. Sie setzte sie auf, ohne irgendeine Regung erkennen zu lassen, und drehte sich zu dem großen Strand um, wo sich nun das ganze Dorf versammelt hatte.

«Nicht die Aufmerksamkeit auf euch lenken», sagte ich gedämpft. «Einfach ins Boot steigen.»

Fen und seine Flöte stiegen ein. «Es hat keinen Tropfen Benzin mehr», sagte er, als wäre das meine Schuld. «Ich musste fast den ganzen Rückweg rudern.»

Gut so, dachte ich. Da hatte ich mehr Zeit mit deiner Frau.

«Ich habe den Ersatzkanister gleich hier», sagte ich. «Den hast du übersehen, als du mein Boot gestohlen hast.»

Ich fixierte die Benzinleitung an dem neuen Kanister und pumpte das Benzin an. Der Motor sprang beim ersten Versuch an. Ein paar kleine Köpfe ruckten hoch, wandten sich. Nur die Kinder, die im Flachwasser spielten, schienen das Tuckern zu hören.

«Baya ban!», schrie die kleine Amini.

Nell reckte sich auf ihrem Sitz und rief mit leiser, geborstener Stimme: «Baya ban!»

«Baya ban!»

«Baya ban!», rief Nell. Nicht, wollte ich sagen, aber die Männer an den Trommeln am anderen Ende des Strands hörten sie in dem Tumult offenbar gar nicht.

Nell sang all die langen Namen sämtlicher Kinder heraus, die ihr winkten, mitsamt Klannamen und den Namen der Ahnen mütterlicher- und väterlicherseits, bis ihre Worte unverständlich wurden und ihr Rufen in Weinen überging. Die Kinder plantschten hinter uns her, als wir Fahrt aufnahmen, und schaufelten wild Wasser in unsere Richtung und schrien Dinge, die ich nicht verstehen konnte.

Fahrt. Fahrt zu euren schönen Tänzen, euren schönen Zeremonien. Und wir bleiben und begraben die Toten.

Der Himmel sah so niedrig aus, so bleiern. Einen Moment lang war ich so orientierungslos, dass ich nicht einmal wusste, in welche Richtung ich steuern musste, um zurück zum Fluss zu gelangen. Dann besann ich mich auf den Wasserweg zwischen den Hängen und gab Gas, und der Motor übertönte all ihre Stimmen. Der Einbaum hob sich, schlingerte kurz und schnurrte dann über den schwarzen See davon.

Eine Pinasse nahm uns an Bord, kaum dass wir den Sepik erreicht hatten. Sie war voller Missionare aus Glasgow, die sich und ihren Glauben großzügig über die Region zu verteilen gedachten. Bei unserem Anblick erhielt ihr Gottvertrauen sichtlich erste Risse.

«Im Krieg gewesen, wie?», scherzte einer noch, aber sowie wir an Bord geklettert waren, wichen sie vor uns zurück. Nicht, dass wir ihnen groß Gelegenheit gegeben hätten, ein Gespräch anzufangen, auch wenn einer von ihnen mir den Einbaum samt Motor weit über Wert abkaufte. Nell wollte mich überreden, nicht zu verkaufen, sondern direkt zu den Kiona zurückzukehren. Aber ich war fest entschlossen, sie bis nach Sydney zu begleiten, und ich brauchte das Geld. Während Fen mit dem Bootsführer darüber verhandelte, wie der Rest ihrer Sachen nachgeholt werden konnte, sagte ich ihr, dass ich auch bis New York mit ihr fahren würde, wenn sie mich ließe. Sie schloss die Augen, und ehe sie noch antworten konnte, kam Fen zu seinem Platz neben ihr zurück.

26

In Sydney stiegen wir im Black Opal in der George Street ab. Nell bestand auf einem eigenen Zimmer. Der Mann am Empfang trug in sein Buch ein: Nell Stone, Andrew Bankson, Schuyler Fenwick, und es tat mir wohl, ihre Namen so getrennt zu sehen und zuschauen zu dürfen, wie Nell ihren Schlüssel ausgehändigt bekam, 319, eine Etage über den Zimmern von Fen und mir.

Ungebadet gingen wir zur Commonwealth Bank und dann weiter zum White-Star-Kartenschalter, wo Nell und Fen zwei Schiffspassagen nach New York buchten. Ich hatte gehofft, sie würden viele Wochen auf die Überfahrt warten müssen, aber die Wirtschaft, so der Schalterbeamte, lahmte derart, dass die meisten Dampfer halb leer fuhren. Die SS *Calgaric* würde in vier Tagen ablegen. Das Papiergeld, das sie über den Tresen schoben, kam mir wie Falschgeld vor. Aus einem Elektroventilator wehte uns lauwarme Luft an, obwohl es ein kühler Tag war, und Nell trug einen Pullover über ihrer Bluse, in dem sie wie eine Collegestudentin aussah. Alles fühlte sich verkehrt an: der Ventilator, der harte Boden, die Fliege des Mannes und sein gekämmtes Haar, die Gerüche nach Leder und Pfefferminzdragees. Ich wollte mein eigenes Billett für diesen Dampfer. Ich wollte Nells Billett zerreißen und sie mitnehmen zu den Kiona.

Uns zog es weder zurück ins Black Opal mit seinen dicken Mauern noch in eines der Restaurants, also liefen wir einfach herum. Ich versuchte mich gegen den Lärm zu stählen, gegen das Getriebe auf den Gehsteigen und Straßen, die Massen gedunsener rosa Gesichter mit ihrem bellenden australischen Englisch, dessen Klang meinen Ohren wehtat. Schon die Werbetafeln und Plakatwände waren zu viel. IHR GASKÜHLSCHRANK, MADAM ... IST SCHON DA! DIE BESTEN DINGE IM LEBEN KOMMEN IN ZELLOPHAN. Ich las sie, jede einzelne, wie unter einem Zwang.

Nach meiner ersten Forschungsreise war das ein aufregendes Gefühl gewesen, diese plötzliche Fremdheit und Grellheit altbekannter Dinge. Diesmal war es nur quälend. Mit nie da gewesener Klarheit empfand ich, dass all die breiten Straßen durchweg von amoralischen Feiglingen angelegt und bevölkert waren, Leuten, die ihren Reichtum tief im Hinterland mit Gummi, Zucker, Kupfer und Stahl verdienten, um dann hierher zurückzukommen, wo keiner sie für ihre Praktiken, ihren Menschenverschleiß, ihre Raffgier belangte. Wie sie würden auch wir drei nie Rechenschaft ablegen müssen. Niemand hier würde je danach fragen, auf welche Weise wir den Tod eines Mannes verschuldet hatten.

Ehe Fen einen Blick auf die Zimmernummern hatte werfen können, hatte ich die 219 gewählt, direkt unter Nell. Als ich am nächsten Morgen ihre Tür auf- und wieder zuklappen hörte, machte ich mich rasch fertig und ging nach unten. Der Frühstücksbetrieb hatte noch nicht angefangen, und der Saal war leer bis auf Nell, die in der Ecke saß, beide Hände um ihre Teetasse gewölbt, als wäre es eine Kokosschale. Ich setzte mich ihr gegenüber. Geschlafen hatten wir alle beide nicht.

«Der einzige Ort, wo man es in dieser Stadt noch weniger aushält als draußen, ist drinnen», sagte sie.

Ich wollte ihr so vieles sagen. Ich wollte das Geschehene mit ihr rekapitulieren – wie es dazu gekommen war, wie wir es dazu hatten kommen lassen. Ich wollte ihr beichten, dass Fen mir gleich zu Beginn zu verstehen gegeben hatte, dass er auf die Flöte aus war, und dass ich nichts dagegen unternommen, sondern nur seine Abwesenheit nach Strich und Faden ausgenützt hatte. Aber ich wollte sie in meinen Armen halten, während ich ihr das sagte, wollte wieder im Bett mit ihr liegen. «Ich hätte ihm gleich nachfahren sollen, als ich den Zettel gelesen hatte ...»

«Du hättest ihn nie eingeholt.» Ihre Fingerspitze strich den Tassenrand entlang. «Und ausgeredet hättest du es ihm sowieso nicht.» Sie trug auch jetzt wieder den Pullover. Sie hatte mich noch nicht angeblickt.

«Ich wollte diese Zeit mit dir», sagte ich. «Ich wollte sie so sehr, wie ich noch nichts in meinem Leben gewollt habe.» Diese letzten Worte überraschten mich selbst. Ihre Wahrhaftigkeit ließ mich erzittern. Als sie nicht antwortete, sagte ich: «Ich kann das nicht bereuen. Es war der Himmel.»

«Aber ein Menschenleben wert?»

«Ob was ein Menschenleben wert war?», fragte Fen. Er war durch eine Seitentür hinter mir gekommen.

«Deine Flöte», sagte Nell.

Er schüttelte den Kopf, als wäre sie ein vorlautes Kind, und befahl dem herbeieilenden Kellner, ihm einen Stuhl zu holen. Er hatte gebadet und sich rasiert und roch wie der Westen in Person.

Wieder liefen wir durch die Stadt. Wir gingen in die Art Gallery of New South Wales. Wir betrachteten die Aquarelle von Julian Ashton und sahen eine neue Ausstellung mit Rindenmalereien der Aborigines. Wir saßen in einem Café mit Tischchen im Freien, wie auf der Zeichnung aus dem *New Yorker*. Wir bestellten Gerichte, die wir jahrelang nicht mehr bekommen hatten: Kalb, überbackenen Käsetoast, Spaghetti. Aber keiner von uns aß mehr als ein paar Bissen davon.

Auf dem Rückweg zum Black Opal bemerkte ich, dass Nell wieder stärker hinkte.

«Das ist nicht der Knöchel», sagte sie. «Das kommt von diesen Schuhen, die ich zwei Jahre nicht mehr anhatte.»

Als wir an einer Apotheke vorbeikamen, blieb ich hinter ihnen zurück. Das Mädchen hinterm Ladentisch hatte einen deutlichen

Aborigines-Einschlag, damals ungewöhnlich bei einer Verkäuferin in Sydney. Sie schob mir die Packung hin, ohne etwas zu sagen.

«Die Pflaster für meine Frau bezahle immer noch ich.» Fen drängte mich beiseite und gab ihr das Geld.

Im Hotel überreichte uns der Portier eine Nachricht von Claire Iynes, einer Anthropologin an der hiesigen Universität. Sie lud uns zu einer kleinen Abendgesellschaft ein.

«Woher weiß sie, dass wir hier sind?», fragte Nell.

«Ich habe sie gestern angerufen», sagte Fen.

Er wollte ihr von der Flöte erzählen.

«Abendgesellschaft? Wie sollen wir zu einer Abendgesellschaft gehen, Fen?»

«Zwei Häuser weiter ist ein Kleidergeschäft, Miss», sagte der Portier. «Friseur und Kosmetik gleich gegenüber. Die bringen Sie auf Vordermann.»

Wir nahmen ein Taxi hinaus nach Double Bay, wo Claire und ihr Mann wohnten, gleich über dem Redleaf Pool.

«Nobel, nobel», sagte Fen, der aus dem Fenster auf die großen Villen am Wasser blickte. Er zog den Kopf zurück ins Wageninnere. «Unsere Claire ist aufgestiegen. In was macht gleich wieder ihr Mann?»

«Bergbau, glaube ich. Silber oder Kupfer», sagte Nell, ihre erste Äußerung seit Erhalt der Einladung.

Fen grinste süffisant zu mir herüber. «Bankson hat es nicht gern, wenn wir Kolonisten darüber reden, wo das Geld herstammt.»

Die Gesellschaft war überschaubar, neun Leute um einen kleinen Tisch in einer Art Wohnzimmer. Der Speisesaal, der sich, wie man uns erklärte, am anderen Ende des Hauses befand, wäre zu groß gewesen für vier Paare und ihr englisches Anhängsel. Niemand wusste so recht, was von meiner Anwesenheit zu halten war. Ich fuhr weder heim, noch hatte ich meine Forschungen abgeschlossen. Wir hatten nicht weit genug gedacht. Plötzlich schien es eine unübersehbare Tatsache, dass es für meine lange Reise hierher keinen wirklichen Grund gab. Ich glaube, insgeheim wartete ich schon die ganze Zeit darauf, dass Fen sagte: «Was willst du eigentlich hier, Bankson? Warum zum Teufel lässt du uns nicht in Frieden?» Denn mein einziger Grund, der Grund, den er so gut kannte wie ich, war ja, dass ich seine Frau liebte. Er hätte mich jederzeit bloßstellen können, er hätte es hier und jetzt tun können, vor den Iynes und ihren Gästen, aber stattdessen sagte er: «Er war krank. Krampfanfälle. Wir dachten, er sollte sich untersuchen lassen.»

Es folgte eine lange Diskussion über Ärzte in Sydney und die Frage, bei wem man mit rätselhaften Tropenkrankheiten am besten aufgehoben war. Schließlich lenkte Fen das Gespräch auf unseren «Durchbruch», wie er es nannte, unser Achsenkreuz, und wir brachten den Großteil des Abends damit zu, die Anwesenden und gemeinsame Bekannte einzuordnen, von denen es eine Menge gab. Ein Mann mit gewaltigem Schnauzbart kannte Bett von einem Bauprojekt in Rabaul; ein anderer hatte bei meinem Vater in Cambridge Zoologie studiert. Claire schien jeden Anthropologen zu kennen, der uns nur einfiel, und servierte uns den neuesten Fakultätsklatsch von drei verschiedenen Kontinenten.

Fen blühte auf in dieser Gesellschaft und gab sämtliche Mumbanyo-Geschichten zum Besten, mit denen er auch mich schon unterhalten hatte. Ich beobachtete ihn, wie er sein Weinglas zwischen den Fingern drehte, wie er mit einer massiv silbernen Austerngabel Garnelen aufspießte – dieser Mann, der seinen Darm über den Rand eines Einbaums entleert hatte, besudelt mit dem Blut eines anderen Menschen. Und mir wurde klar, dass die Reue, die er gezeigt hatte, gespielt gewesen sein musste. Er war in Hochstimmung, wie sich das für jemanden gehörte, für den die beste Zeit seines Lebens anbrach. Nell und mich so aus der Bahn geworfen zu sehen gab ihm nur noch mehr Auftrieb.

Mich hatte man neben Mrs Isabel Swale gesetzt. Ihr Mann, Arthur, der schon bei unserer Ankunft angesäuselt gewesen war, hatte sich in eine sprachlose Dumpfheit hineingezecht und folgte der Konversation stumpfsinnig wie ein Hund, der bei einer Tennispartie dem Ball nachspringt. Mrs Swale bestürmte mich mit Fragen über die Kiona, hörte aber nicht hin, wenn ich antwortete, so dass ein zerfahrenes Verhör daraus wurde, nichts, was den Namen Gespräch verdient hätte. Ihr linkes Bein, nackt unter dem geschlitzten Kleid, kam derweil nah und näher, bis es sich beim Dessert schließlich an meines schmiegte. Ihr ganzes Verhalten – wie sie die Lippen dicht an mein Ohr brachte, wie sie in jähem, grundlosem Auflachen den Kopf zurückwarf, wie sie das Schwarze unter meinen Fingernägeln inspizierte – musste auf die anderen am Tisch den Eindruck eines sofortigen, innigen Rapports zwischen uns machen. Nell schoss mehrere vernichtende Blicke auf mich ab, und schon diese Bekundung eines Gefühls für mich tat mir gut. Am anderen Tischende sprach Fen halb laut mit Claire Iynes.

Nach dem Essen lud Colonel Iynes die Herren ein, seine Sammlung antiker Waffen zu begutachten, und die Damen begaben sich unter Claires Führung auf die Terrasse an der Rückseite des Hauses, um dort einen Digestif zu nehmen. Ich ließ mich ein wenig zurückfallen, hörte noch, wie Fen dem Colonel zuraunte, auch er nenne ein seltenes Artefakt sein Eigen, dann kehrte ich um. In einem schmalen Gang vor der Küche packte ich Nell am Handgelenk.

«Du kommst doch bestens zurecht mit der Zivilisation», sagte sie. «Insbesondere mit den Damen.»

«Bitte, sparen wir uns diese Spielchen.»

Ihr Gesicht war so eingefallen und blass wie bei unserer ersten Begegnung.

«Bleib bei mir», sagte ich. «Bleib bei mir und komm mit zu den Kiona. Bleib bei mir und fahr mit mir nach England. Bleib bei mir, und wir gehen, wohin auch immer du willst. Fidschi», sagte ich verzweifelt. «Bali.»

«Ich muss ständig daran denken, wie wir anfangs gedacht haben, Xambun müsse ein Gott sein, ein Geist. Ein Toter mit sehr viel Macht. Und jetzt ist er es.» Sie wollte etwas hinzufügen, aber es blieb ihr in der Kehle stecken, und sie lehnte sich an mich.

Ich hielt sie fest und ließ sie weinen. Ich streichelte ihr das Haar, das offen und leicht verfilzt war. «Bleib hier bei mir. Oder lass mich mit dir kommen.»

Sie zog mich zu sich herab, um mich zu küssen. Warm. Salzig.

«Ich liebe dich», sagte sie, die Lippen an meinen. Aber es war ein Nein.

Sie schwieg den ganzen Weg in die Stadt hinein und ging im Hotel ohne ein Wort zu Fen oder mir auf ihr Zimmer.

Fen hielt eine Flasche Cognac hoch, die ihm der Colonel mitgegeben hatte. «Kleiner Schlummertrunk? Dann schlafen wir besser.»

Ich bezweifelte, dass er an Schlaflosigkeit litt, aber ich folgte ihm auf sein Zimmer. Lust hatte ich nicht, aber irgendwie dachte ich, vielleicht fänden wir ja eine Lösung. Ein Kiona hätte in einer solchen Situation seinem Nebenbuhler ein paar Speere, eine Axt und eine Handvoll Betelnüsse angeboten, und die Frau wäre sein gewesen.

Fens Zimmer war identisch mit meinem, nur am anderen Ende des Ganges gelegen. Die gleiche grüne Tapete, der gleiche weiße Strücküberwurf auf dem schmalen Bett. Er goss den Cognac in zwei Gläser auf einem Tablett neben dem Bett und gab mir eins.

Sein Seesack und die Tasche lagen aufgeklappt unterm Fenster, aber von der Flöte war nichts zu sehen. Es gab keine Schränke, und in die kleine Kommode bei der Tür hätte sie nicht hineingepasst.

«Sie ist unterm Bett.» Er stellte sein Glas aufs Tablett zurück und rollte die Flöte ein Stück ins Zimmer. Auch jetzt war sie in Tücher gehüllt und verschnürt, aber nur lose, als würde ihm das ständige Aus- und Einwickeln zu dumm.

«Sie ist ein Prachtstück, Bankson. Noch schöner, als ich sie in Erinnerung hatte. Rundherum mit Glypten bedeckt.» Er bückte sich, um die Knoten aufzuziehen.

«Nein. Lass. Ich will sie nicht sehen.»

«Natürlich willst du's.»

Er hatte recht. Ich wollte sie sehen. Ich wollte ihn als Lügner entlarven. Die isolierten, destruktiven Mumbanyo mit einem logographischen Schriftsystem? Niemals. Doch sosehr es mich juckte, ihn zu widerlegen, die Freude, sie mir vorzuführen, gönnte ich ihm nicht. «Ich meine es ernst, Fen.»

«Wie du willst. Dann siehst du sie eben erst unter Glas. Claire und der Colonel meinen, dass ich freie Wahl unter den Museen haben müsste, wenn ich einmal so weit bin.» Er ließ sich aufs Bett fallen und deutete auf den schwarzen Sessel an der Wand. «Mach's dir bequem.»

Die vermummte Flöte lag zwischen uns auf dem Boden. Ich trank meinen Cognac in zwei Zügen herunter. Ich wollte aufstehen und gehen, aber Fen füllte mein Glas auf, bevor ich mich erheben konnte.

«Ich habe sie nicht gestohlen», sagte er. «Sie haben sie mir ganz zeremoniell überreicht, zwei Tage vor unserem Aufbruch. Sie haben mir gezeigt, wie ich sie pflegen und füttern muss, und als ich ihr einen Bissen Dörrfisch in den Mund löffelte, fielen mir die Schnitzereien im Holz auf. Abapenamo sagte, nur große Männer dürften die Schrift lernen. Ich fragte ihn, ob ich ein großer Mann sei, und er sagte Ja. In dem Moment kam Kolekamban mit seinen drei Brüdern hereingestürzt. Er sagte, die Flöte habe schon immer seinem Klan gehört, nicht dem von Abapenamo, und sie rissen sie an sich. Ein paar von Abapenamos Männern wollten die Verfolgung aufnehmen, aber mir war klar, dass das nur böse enden konnte. Also habe ich sie davon abgehalten. Ich habe den Frieden bewahrt. Abapenamos Sohn hatte mir gesagt, wo sie sie hinbringen würden, und ich beschloss, lieber später wiederzukommen. Ohne sie abzureisen kam nicht in Frage. Ein Steinchen aus dem Mosaik der

Menschheit lässt man nicht einfach am Wegrand liegen. Aber ich wollte sie mir friedlich holen, ohne Blutvergießen.»

Ich ließ das klägliche Scheitern dieses Plans unkommentiert. Ich dachte daran, dass er ursprünglich mich hatte mitnehmen wollen, dass ich es hätte sein sollen, der für Fens verblendete Ideen den Kopf riskierte. Der Leichnam im Bug hätte meiner sein können.

«Warum haben sie nicht auf dich geschossen, Fen?»

«Ich hab's dir gesagt. Ich habe den Dobu-Zauber angewendet.»

«Fen.»

So gern er mir das weisgemacht hätte, wollte er mich doch auch bei der Stange halten. Er war wie ein kleiner Junge, der nicht allein im Dunkeln bleiben will. «Ich glaube, Xambun wollte sterben», sagte er. «Ich glaube, er hat alles darangesetzt.»

«Wie das?», sagte ich.

«In der ersten Nacht haben wir ein paar Stunden im Busch kampiert, ein Stück vom Dorf entfernt. Ich wurde wach, und da hatte er meinen Revolver in der Hand.»

«Hat er damit gezielt?»

«Nein, er hielt ihn nur in der Hand. Ich glaube nicht, dass er auf mich schießen wollte. Eher schien er Mut zu sammeln, um *sich* zu erschießen. Ich habe ihm das Ding weggenommen, und er hat es nicht noch mal versucht. Wir haben unsere Route abgesprochen und bis Sonnenuntergang gewartet. Er war lautlos und geschickt, bestimmt ein großartiger Jäger, aber als wir die Flöte einmal hatten, ließ er alle Vorsicht fahren, so als wollte er um jeden Preis Aufmerksamkeit auf uns ziehen. Wir waren weit vom Dorf entfernt, aber ein paar Hunde hörten uns. Ich wusste, dass wir es zum Boot zurückschaffen könnten, und wir schafften es auch, aber er duckte sich einfach nicht. Er fing an, irgendwelchen Unsinn zu schreien, und ich hätte ihn runtergedrückt, aber ich musste ja den Motor anlassen und uns da wegsteuern. Ich begreife es nicht. Ich hatte ihm ein Viertel von dem Geld versprochen, das bei der Sache rausspringen würde.»

Ich wusste nicht recht, wie viel ich ihm davon glauben sollte. Letzten Endes spielte es auch keine Rolle. Xambun war tot. Die SS *Calgaric* würde morgen Mittag auslaufen.

Ich wollte aus meinem schwarzen Sessel aufstehen.

«Ich hab euch zwei am Strand gesehen», sagte er. «Aber es war ja von vornherein klar. Ich bin schließlich nicht blöd. Du wusstest, dass ich losziehen würde, und ich wusste, dass du mich nicht aufhalten würdest. Aber Nell kannst du nicht haben wie andere Mädchen. Sie ist der südliche Typ, sagt sie, aber sie kommt auf dem Kreuz gar nicht vor. Sie ist eine Sorte für sich. Glaub's mir.»

Er schenkte mir nach. Die Flasche war schon fast leer.

«Und was für eine Sorte ist das?»

«Bilde dir bloß nicht ein, dass ich dich das rausfinden lasse.»

Diesmal stand ich auf. Er auch.

«Ich musste mir die Flöte holen», sagte er. «Begreifst du das nicht? Um ein Gleichgewicht zu schaffen. Ein Mann kann nicht ohne Macht sein, das funktioniert einfach nicht. Was hätte ich denn tun sollen – ihren Büchern meine eigenen kleinen Büchlein hinterherschieben wie ein verdammtes Echo? Ich habe etwas Großes gebraucht. Und das hier ist groß. Die Bücher darüber werden sich praktisch von selbst schreiben.»

«Mit blutiger Tinte, Fen.»

Auf dem Weg den Flur entlang kam ich an der Treppe zum dritten Stock vorbei. Ich zögerte und ging dann weiter zu meinem Zimmer. Ich schlich mich hinein, so leise ich nur konnte, falls sie meine Bewegungen so deutlich hörte wie ich ihre. Ich wollte sie nicht wecken, und ich wollte sie auch nicht darauf stoßen, dass ich mit Fen getrunken hatte. Ich legte mich angezogen aufs Bett und starrte an die weiße Stuckdecke hinauf. Es war still. Hoffentlich konnte sie schlafen. Mein Bett fühlte sich bequemer an als die Nächte davor, trotz eines leichten Drehwurms. Fen hatte recht gehabt, der Cognac machte mich schläfrig. Ich ließ mich fallen.

Laute Schläge weckten mich. Fäuste auf Holz, donnernd. Dann

öffnete sich ihre Tür. Ich hörte Schritte und Stimmgemurmel, erst bei der Tür, dann in dem ganzen kleinen Zimmer. Die Stimmen wurden lauter, die Schritte rascher, ein Hin und Her. Etwas krachte zu Boden. Meine Füße trugen mich die Treppe hinauf, meine Handballen hämmerte an ihre Tür, ehe mein Verstand so recht hinterherkommen konnte.

«Dein Freund ist da», hörte ich Fen sagen.

«Lass mich rein!»

Von der anderen Seite des Gangs rief ein Mann: «Geht's auch ein bisschen leiser?»

Die Tür ging auf.

Nell saß im Nachthemd am Fußende des Bettes.

«Bist du verletzt?»

«Mir fehlt nichts», sagte sie. «Bitte, lasst uns doch aufpassen, dass wir nicht alle miteinander hier rausfliegen.»

«Nellie will zur Polizei gehen. Mich hinter Gitter bringen. Und dich dann zu ihrem neuen Hausboy machen, schätze ich. Aber das könnt ihr euch verdammt noch mal abschminken.» Er senkte den Kopf, um sich eine Zigarette anzustecken. «Eingeborene murksen Eingeborene ab. Dafür wirft *mich* keiner ins Kittchen. Und die Flöte – verflucht, wir reden hier nicht über den Parthenonfries, und wie Elgin an den rangekommen ist, interessiert außer ein paar sentimentalen Griechen auch keinen.»

«Ich wollte den zuständigen Gouverneur nur wissen lassen, dass es zu Spannungen zwischen den Mumbanyo und den Tam kommen könnte, mehr nicht.» Ihre Stimme war dünn, fremd in meinen Ohren.

«Nell», sagte ich.

Sie schüttelte wild den Kopf. «Bitte geh wieder ins Bett, Bankson. Nimm Fen mit und geh.»

Fen kam widerstandslos mit.

Als wir auf unserer Etage waren, fragte ich: «Was war da oben los?»

«Nichts. Kleines eheliches Scharmützel.»

Ich packte ihn und drängte ihn gegen die Wand. Sein Körper war gänzlich entspannt, als wäre die Situation völlig alltäglich für ihn. «Was war das für ein Lärm, den ich da gehört habe? Was war dieses Poltern?»

«Ihr Seesack. Er lag auf dem Bett, und ich hab ihn runtergeschmissen. Herrgott noch mal.» Er wartete, bis ich ihn losließ, und öffnete dann seine Tür.

Ich kehrte in mein Zimmer zurück, wo ich lange Zeit nur dastand und zur Decke emporsah, aber für den Rest der Nacht hörte ich nichts mehr.

Am nächsten Morgen lag vor meiner Tür ein halbvoller Hotelwäschesack. Ich trug ihn zu meinem Bett und leerte ihn Stück um Stück: ein Paar Lederschuhe, ein Schildpattkamm, ein silbernes Armband, ihr verknittertes blaues Kleid. Zuunterst eine Nachricht an mich.

Du hast schon so viel getan, dass ich es kaum wage, Dich um noch einen Gefallen zu bitten. Könntest Du diese Sachen vielleicht Teket mitgeben, wenn er das nächste Mal zum Tamsee fährt? Das Armband ist für Bani, der Kamm für Wanji, das Kleid für Sali und die Schuhe für Malun. Und er soll Malun bitte sagen, dass sie ganz tief in meinem Bauch ist. Tekets Kusine wird wissen, wie sie es sagen muss.

Bitte lass mich gehen. Sag nichts mehr, das macht es nur schlimmer. Ich muss versuchen zu richten, was noch zu richten ist.

Der ganze Kai lag im Schatten des Schiffs. Ich half ihnen mit dem Gepäck, trieb einen Träger auf.

«Letzte Chance, ihr noch mal die Schuhe zu binden», sagte Fen. Seine Flöte war fest eingewickelt und verschnürt, und er setzte sie vorsichtig ab, um mir die Hand zu geben.

Ich wandte mich ihr zu. Ihr Gesicht sah klein und starr und elend aus. Wir umarmten uns. Ich drückte sie eng an mich, zu lange. «Ich lass dich nicht los», flüsterte ich ihr ins Ohr.

Aber ich ließ sie los. Ich ließ sie gehen. Und sie bestiegen ihr Schiff.

27

Ich fuhr zu den Kiona zurück. Teket bestrafte mich für mein langes Ausbleiben, indem er zwei Tage lang nicht mit mir sprach. Einige der alten Frauen kanzelten mich an seiner statt ab, aber niemand sonst schien mir etwas krummzunehmen, und die Kinder folgten mir wie zuvor auf Schritt und Tritt, bettelten darum, meinen Eberhauer anprobieren zu dürfen, und lauerten auf Abfälle von mir – eine leere Blechdose, ein altes Farbband, eine ausgequetschte Zahnpastatube –, mit denen sie spielen konnten. Die Regenzeit war endlich da, und der Fluss war angeschwollen, trat aber noch nicht über die Ufer. Die Frauen trugen zipflige Blätterumhänge, wenn sie in ihre Gärten gingen, und die Kinder bauten ganze Städte aus Schlamm.

Sie hielten die Wai ab, die sie mir versprochen hatten. Trotz all meiner Recherchen zu dieser Zeremonie, meiner Hunderte von Fragen an Hunderte von Kiona hatte ich nichts verstanden. Mir war die Komplexität entgangen. Teils zotig, teils historisch und teils tragisch, löste die Wai eine viel größere Bandbreite an Gefühlen aus, als mir beim ersten Mal klar geworden war. Sowohl ihre Krokodilursprünge als auch ihre Menschenfresser-Vergangenheit hatten darin ihren Auftritt. Vorfahren kehrten in Gestalt ihrer Nachkommen, die sich ihre tönernen Totenmasken überstülpten, kurz ins Leben zurück. Frauen in Kriegsbemalung und mit Penisköchern jagten Männer in Schilfröcken, bis sie niedergerungen waren, um dann die nackten Hinterbacken an den Beinen der Männer zu scheuern – bei den Kiona die schlimmste nur denkbare Beleidigung –, und die Zuschauer schrien vor Lachen. Ich saß bei Teket und seiner Familie und machte mir zu ihren Reaktionen fast ebenso viele Notizen wie über die Zeremonie selbst. Hinterher stand ich bis tief in die Nacht an meinen Regenbogenbaum gelehnt und schrieb Nell einen fünfzehnseitigen Brief, der sie nicht vor dem Sommer erreichen würde.

Zwei Tage danach reiste ich ab.

Ich ließ mich von Minton abholen, der mich erst zum Tamsee und dann nach Angoram bringen sollte, von wo aus ich nach Sydney weiterfahren würde. Teket hatte sich bereiterklärt, mich zum See zu begleiten und einen Besuch bei seiner Kusine anzuschließen.

Minton kam zeitig und in bester Stimmung, bis Teket das Boot bestieg, das wir zuvor mit meinem Gepäck beladen hatten.

«Stoppstoppstopp», sagte er. «Der kommt mir hier nicht rein.»

Zum Glück hatte ich ihn noch nicht bezahlt. «Dann schicke ich eben nach Robby.» Robby war der teurere Bootsführer. Ich fing an, meine Habe von Bord zu wuchten.

«Aber hinten bei den Damen kann er nicht sitzen.»

«Er sitzt da, wo es ihm passt.»

Im Zweifel hatte Teket haargenau verstanden, worum es bei dem Wortwechsel ging, doch er ließ sich nichts anmerken. Wir saßen hinten bei den Damen, unseren Geschenkesack aus dem Black Opal zwischen uns.

Ich hatte mich schwergetan, Teket von dem Vorgefallenen zu berichten. Er kannte Xambun von seinen Besuchen bei den Tam. Ich nannte ihm Fens Begründungen dafür, warum Xambun erschossen worden war und nicht er. Teket meinte, er habe noch nie von jemandem gehört, der getötet werden wollte (ein Wort für Selbstmord gab es bei den Kiona nicht). Und dass ein Weißer glaubte, unsichtbar werden zu können – die Vorstellung quittierte er mit einem höhnischen Schnauben. Hätten die Mumbanyo auf Fen geschossen, so Teket, wäre das ganze Dorf zusammengetrieben und eingekerkert worden. Natürlich hatten sie auf Xambun gezielt.

Minton war noch nie am Tamsee gewesen. Wir dirigierten ihn durch das Dickicht. Ich hatte befürchtet, er könne sich weigern, sein Motorboot durch diese Enge zu zwängen, aber er sagte nur immer wieder: «Ich werd verrückt, Mann» und grinste dazu bis über beide Ohren. Dann breitete sich vor uns der See aus, und das Boot sauste mit uns über das schwarze Wasser, wie mein Einbaum es niemals gekonnt hätte, und ehe ich mich noch recht gewappnet hatte, waren wir da.

Das Wasser stand so hoch, dass der Strand zu einem schmalen Streifen unterhalb des Grassaums geschrumpft war. Die Moskitos waren eine wahre Pest. Sie fielen in Schwärmen über uns her, kaum dass das Boot an Tempo verlor. Ich konnte den oberen Teil ihres Hauses sehen. Unvorstellbar, dass hinter dem blau-weißen Türvorhang keine Nell wartete.

Das Stampfen des Motors hatte Aufsehen erregt. Ich half Minton beim Festmachen, während Teket mit großer Herzlichkeit von seiner Kusine und ihrer Familie begrüßt wurde. Sie gehörte nicht zu Nells Vormittagsbesuchern; Nell hatte sie als eine scheue Frau beschrieben, die ihre Fremdheit noch immer sehr stark empfand und ihren Befragungen auswich. Mein Blick fiel auf eine Reihe älterer Männer, die von der Hangkante zu uns herabschauten. Keine Speere oder Bogen, stellte ich aufatmend fest. Teket bemerkte sie auch. Wir sahen uns an, dann schickte er seine Kusine, damit sie Malun und die anderen holte.

Es war zu spüren, dass ich im Dorf nicht willkommen war, und Teket wartete mit mir am Strand. Nach langer Zeit kamen sie. Sie gingen eng aneinandergedrängt, Malun in der Mitte, ihr Gesicht starr, grimmig. Sie und Sali waren mit Trauerschlamm eingerieben.

Wir hockten uns alle in den Sand, und ich verteilte Nells Geschenke.

Bani schob sich den silbernen Armreif bis hinauf über den Ellbogen, und Wanji flitzte mit seinem Kamm den Hang hoch und schrie seinen Kameraden etwas entgegen. Sali stockte beim Anblick des Kleides der Atem, als zöge ich Nell selbst aus dem Sack. Sie legte es neben sich in den Sand und deckte die Hand darüber, als ob es sonst weglaufen könnte. Sie und Malun hatten jede einen verschorften Fingerstummel; sie hatten sich das jeweils letzte Fingerglied abgehackt, für Xambun.

Ich überreichte Malun das Säckchen mit den Schuhen. Nach langer Zeit neigte sie den Kopf und sah hinein, holte sie aber nicht heraus. Ihr Blick blieb hart. Ich war froh, dass Nell das nicht mitansehen musste. Ich bat Tekets Kusine, ihnen zu sagen, dass es Nell unendlich leidtue, dass sie alles in ihrer Macht Stehende tun würde, um zu sühnen. Ich sagte Malun, dass sie tief in Nell-Nells Bauch sei. Maluns Züge wurden weicher, aber sie regte sich nicht und wischte auch die Tränen nicht weg, die als dunkle Bäche durch den getrockneten Schlamm sickerten.

Bani wollte mich unter vier Augen sprechen. Wir gingen ein paar Schritte den Strand entlang. In dem Englisch, das Nell ihm beigebracht hatte, sagte er: «Fen is bad man.» Und für den Fall, dass ich das nicht verstanden hätte, wiederholte er es auf Pidgin – ich hatte nicht gewusst, dass er Pidgin sprach. «Em nogut man.»

Ich nickte, aber das reichte ihm nicht, und er wechselte ins Englische zurück: «He break her.»

Also doch. Ich machte Inventur, zu spät: ihr gebrochener Knöchel, die zerbrochene Brille, die Schreibmaschine.

Als wir ablegten, stand Malun in ihren braunen Schuhen da, und Sali trug ihr blaues Kleid wie einen Schal, und die Männer beobachteten uns noch immer vom Hangsaum.

Teket schob uns noch einmal kräftig an. Er und ich riefen einander letzte Abschiedsgrüße zu. Beiden kam es uns nicht wie ein Abschied für immer vor, und das sollte es auch nicht sein. Ich würde noch oft zu den Kiona zurückkehren.

Minton legte den Rückwärtsgang ein, und wir beschrieben einen langsamen Bogen vom Strand weg. Ich würde meiner Mutter um mehr Geld depeschieren, beschloss ich, und von Sydney eine Überfahrt direkt nach New York buchen. Ich würde keine Zeit mehr verlieren. Das Boot nahm Fahrt auf und hielt flott auf den schmalen Durchlass zu.

«Nicht gerade ein gastfreundliches Völkchen, was?», sagte Minton. «Diese Wilden da oben auf dem Hang haben geschaut, als wollten sie einen bei der ersten Gelegenheit abstechen.»

28

?.4.   Ich hab's getan. Fünf Faden tief ruht sie nun. Habe mich in der Bibliothek der 3. Klasse versteckt. Seltsam: Ein Schiff hat uns zusammengebracht, und jetzt bringt uns ein Schiff auseinander. Soll er wüten. Soll er quer über alle Weltmeere wüten. Aber er wird alleine wüten. Ich gehe morgen in Aden von Bord. Fahre zurück nach Sydney. Er ist Wein und Brot und tief in meinem Bauch.

29

In Sydney angekommen, stellte ich fest, dass der nächste Dampfer erst in zwei Wochen auslief, also schlug ich ziellos die Zeit tot – richtete mir im Black Opal eine Art Büro ein, brachte aber nichts zustande. Ich entdeckte ein Pub, *The Cat & Fiddle*, das ich viel zu früh und viel zu häufig frequentierte. Meine Mutter schickte mehr Geld, allerdings sagte ich ihr nicht, dass wir uns nur während der zwei Tage sehen würden, die das Schiff in Liverpool im Dock liegen sollte, bevor es mit mir weiter nach Amerika fuhr.

Einen Tag vor der Abreise raffte ich all meinen Mut zusammen und riskierte einen Abstecher zu den Rindenmalereien in der Kunstgalerie. Hauptsächlich wollte ich da wieder herumlaufen, wo wir herumgelaufen waren, da stehen, wo wir gestanden hatten. Wenn ich richtig rechnete, näherte sie sich bereits dem europäischen Festland. Unterwegs kam ich an der Apotheke vorbei, in der ich das Pflaster für sie besorgt hatte, und an dem Café aus dem *New Yorker*. In der Eingangshalle des Museums hörte ich meinen Namen.

«Sieh einer an, da hat jemand ein Bad genommen!»

Es war Mrs Swale, meine Tischgenossin bei den Iynes. Sie hakte sich bei mir ein und verschwendete keinen Blick mehr an die Gruppe, mit der sie gekommen war. Ihr Geruch drängte sich mir in die Nase, nicht der feuchte, erdige Geruch der Kiona-Frauen, der, als ich sie kennenlernte, auch Nells Geruch gewesen war, sondern ein anorganischer Duft, dazu gedacht, alles Körpereigene zu überdecken.

Wir stiegen die Treppe zur Ausstellung hinauf. Sie begann mit der Vernehmung: Wie lange ich schon hier sei, wann ich abreisen würde, doch nicht schon morgen, ob ich nicht noch umbuchen könne? Und dann, auf der Schwelle zum Ausstellungssaal, sah sie mich plötzlich mit einer Grabesmiene an, wie ich sie ihr niemals zugetraut hätte. «Das mit der Frau Ihres Freundes hat mich so sehr bestürzt.»

«Wovon reden Sie?» Meine Lippen fühlten sich plötzlich an wie aus Gummi. Mein ganzer Körper schien unter mir wegzuschmelzen.

Sie hielt sich die Hand vor den Mund, schüttelte den Kopf und sagte mit einem kleinen Japser, o Gott, sie sei ganz fest davon ausgegangen, dass ich Bescheid wüsste.

«Bescheid worüber?», fragte ich viel zu laut in den hohen Saal hinein.

Eine Fehlgeburt. Verblutet. Unmittelbar vor der Ankunft in Aden. Mrs Swale legte ihre Hand auf meine, und ich hätte am liebsten danach geschlagen.

«Hatten Sie gewusst, dass sie schwanger war?»

«Zwillinge», sagte ich, bevor ich mich abwandte. «Sie dachte, es werden vielleicht Zwillinge.»

Vom Museum fuhr ich direkt zu Claire. Sie war nicht daheim, und ich wartete mehrere Stunden lang in dem riesigen Haus und hörte Uhren schlagen und Hunde bellen und Hausangestellte hin- und hereilen, als stünde die Welt in Flammen. Als sie schließlich kam und mein Gesicht sah, ließ sie ihre Pakete fallen und rief laut nach Whiskey. Ganz schwach hatte ich noch gehofft, Isabel Swale in ihrer Beschränktheit könnte etwas missverstanden haben, doch Claire räumte im Nu mit jeglichen Zweifeln auf. «Sie konnten die Blutung nicht stillen.» Sie zögerte, unsicher, wie viel ich noch verkraftete. Ich hielt ihrem Blick stand und holte möglichst ruhig Atem. «Das Gräuliche ist, dass Fen eine Seebestattung durchgesetzt hat. Ihre Eltern sind außer sich. Denken, er will etwas vertuschen. Sie wollen gerichtlich gegen ihn und den Kapitän vorgehen. Es war alles ein fürchterliches Drama.» Nells Tod schien das Uninteressanteste an dem Ganzen zu sein.

Sie goss mir Whiskey nach, und in dem leichten Luftzug, den ihre Bewegungen verursachten, roch ich wieder den synthetischen Geruch dieser Frauen. Ihr Mann, so bemerkte sie mit einem Unterton, sei für einige Tage verreist.

Ich sehnte mich nur nach einem Taxi, danach, zurückzugelangen in den Schutz meines Zimmers. Doch irgendwie brachte ich das nicht über die Lippen, und so saß ich stumm da und beschwor mein Glas, nicht zu zittern, als ich es zum Mund hob. Meine Lunge fühlte sich wie zugeschnürt an. Ich dachte an Fen und Nell damals auf dem Schiff: Ich kann hier nicht atmen, hatte sie gesagt. Und es war aus mit meiner Fassung. Claire, nicht der südliche Typus, tröstete mich nach Kräften mit aufmunternden Sprüchen und unbeholfenen Klapsen auf den Arm, aber sobald mich meine Füße halbwegs trugen, setzte sie mich in ein Auto, das mich wieder in die Stadt expedierte.

30

Auf dem Schiff, der SS *Vedic*, lief ich auf den Decks hin und her, stand an der Reling und sprach mit niemandem als mit dem Meer. Es gab Zeiten, da meinte ich sie draußen auf den Wellen zu sehen, im Schneidersitz, auf dem Gesicht ein überraschtes Lächeln, als wäre ich gerade zur Tür hereingekommen. Und es gab andere Zeiten, in denen das Wasser so schwarz wie der Weltraum war, unermesslich, feindselig. Irgendwo da unten war sie. Ich wusste nicht, wo. Fen hatte sie ins Meer geworfen. Sie konnte nicht einmal schwimmen. Es wollte mir nicht in den Kopf. Ich lehnte mich über die Reling und schrie in die Leere hinaus, und es war mir egal, wer mich hörte. Ich hatte gehofft, John und Martin, die noch in jeder meiner Krisen mit ihrem Geblödel zur Stelle gewesen waren, würden dazwischenreden wie immer, aber sie schwiegen, sprachlos vor Mitleid oder vor Grauen.

Wir durchquerten die Javasee. Der Mond hatte seine volle Größe erreicht.

Es war einmal ein Mumbanyo, der wollte den Mond töten, so hatte Nell es erzählt. Er hatte entdeckt, dass seine Frau jeden Monat blutete, und beschuldigte sie, noch einen zweiten Ehemann zu haben. Sie lachte und sagte ihm, alle Frauen seien mit dem Mond verheiratet. Ich werde diesen Mond töten, sagte der Mann, und er paddelte los, und nach vielen Tagen gelangte er zu dem Baum, von dem der Mond, mit einer Bastschnur am höchsten Ast festgebunden, hinauf an den Himmel sprang. Komm herab, damit ich dich töte, rief der Mann dem Mond zu, denn du hast mir meine Frau gestohlen. Der Mond lachte. Jede Frau ist zuerst meine Frau, sagte er. Also hast in Wahrheit du mir die Frau gestohlen. Das machte den Mann nur noch zorniger, und er stieg hinauf bis zum höchsten Ast und zog an der Bastschnur. Nichts tat sich, darum begann er an der Schnur zum Mond emporzuklettern. Schon bald wurden ihm die Arme schwer, und obwohl der Baum tief unter ihm lag, war er dem Mond kein Stück näher gekommen. Lass nun los, sagte der Mond. Und der Mann, der keine Kraft mehr hatte, ließ los und fiel geradewegs in sein Boot und paddelte heim, um seine Frau, wie alle Männer, fortan mit dem Mond zu teilen.

Ein hochgewachsener, düsterer, sichtlich verstörter Engländer ist dazu angetan, romantische Phantasien zu beflügeln, und ein Mädchen aus Shropshire gab sich eine knappe Woche große Mühe um mich, bis sie erkannte, dass mein brütendes Schweigen nie zu Liebesschwüren erblühen würde, und mit einem irischen Soldaten anbändelte.

Mein Schiff lief Colombo an, Bombay, Aden. Einen Tag vor der Ankunft in Suez entdeckte ich, in den hintersten Winkel eines Koffers gestopft, die Diagramme für unser Achsenkreuz. Ich hatte keine Erinnerung daran, sie eingepackt zu haben. Ja, ich hätte schwören können, dass sie nicht mitgekommen waren. Ich breitete sie auf dem Nussbaumschreibtisch in meiner Kabine aus und strich sie glatt. Es schien ein Werk des Wahnsinns zu sein, diese speckigen, verknickten, in drei verschiedenen Handschriften beschmierten Seiten, aber der Wahnsinn hielt in mir vor und trieb mich an. Ich schrieb stetig, schneller, als ich je etwas zu Papier gebracht hatte. Sie waren bei mir, während ich schrieb, alle zwei, anstachelnd, provozierend, protestierend, sich mokierend und, zu guter Letzt, d'accord. Ich schrieb mit einer Überzeugung, wie ich sie nie zuvor bei etwas verspürt hatte. Ich wollte ihr ein Denkmal setzen damit, wollte diese Momente am Tamsee mit allen Mitteln festhalten. Ich dachte, ich würde bis zum Ende der Fahrt dafür brauchen, aber in Genua war die Monographie fertig, und ich gab sie dort in die Post. Ich hatte unsere drei Namen daruntergesetzt.

Oceania brachte sie in der nächsten Ausgabe, und im Jahr darauf erschien sie gleich in mehreren Anthologien. Für eine Weile wurde das Achsenkreuz in etlichen Ländern fester Bestandteil des Lehrplans. 1941 jedoch erfuhr ich, dass Eugen Fischer in Berlin die deutsche Übersetzung in seine Lektüreliste für das Dritte Reich aufgenommen hatte. Er hatte ihr ein Nachwort angefügt, in dem er die Deutschen dem nordischen Typus zuordnete, das rigide nordische Naturell zum überlegenen erklärte und unser Achsenkreuz als weiteren Beweis für die Unumgänglichkeit der Rassenhygiene anführte. Dass sich meine Schrift in Gesellschaft von Mendel und Darwin befand, war ein schwacher Trost. Hätte ich nicht von dieser Liste gewusst, wäre ich vielleicht, als das OSS auf mich zukam, weniger bereit gewesen, mein Wissen über die Sepik-Region für Kriegszwecke zur Verfügung zu stellen, weniger bereit, bei der Befreiung der drei amerikanischen Spione in Kamindimimbut zu helfen. Und dann wäre vielleicht nicht ein ganzes Olimbi-Dorf ausgelöscht worden. So viel zu meinen Versuchen einer Wiedergutmachung.

Nach Genua liefen wir Gibraltar an und schließlich Liverpool.

Seltsam, wie einem in einer Menschenmenge, aus einem Abstand von achtzig Metern und zweieinhalb Jahren, das eine vertraute Gesicht ins Auge sticht, das zurückgekämmte weiße Haar, die Hände, die sich vor den Mund pressen.

All diese strengen, unterkühlten Briefe, Enterbungsdrohungen, Vorhaltungen über die Notwendigkeit exakter Wissenschaft, und nun hing mir meine Mutter als schluchzendes Bündel am Hals.

«Sie dachte, Sie würden nie heil hier ankommen», erklärte die Freundin, die sie nach Liverpool gebracht hatte. «Sie hatte die furchtbarsten Träume.»

Ich war nicht viel besser als ein Zaunpfosten, wie ich da mit meiner Mutter im Arm auf dem überlaufenen Kai stand, während all die Passagiere, die ich nie kennengelernt hatte, sich an uns vorbeidrängten in die Arme ihrer Lieben. Siebenundvierzig Tage hatte ich nur mit dem Ozean gesprochen, seit Sydney kein Auge mehr zugetan. Meine Mutter gewann ihre Beherrschung zurück, sagte mir, dass ich fürchterlich aussähe, und führte mich zu dem Automobil ihrer Freundin, wo sie sich mit mir auf den Rücksitz setzte und meine Hand hielt. Ich hatte in keinem meiner Briefe auch nur eine Andeutung gemacht, dennoch schien sie völlig im Bilde. Englands vertrauter Teer- und Rußgeruch brannte mir in der Nase, die feuchte Kälte kroch mir schon jetzt bis in die Knochen. Die SS *Vedic* leuchtete hell in der Abenddämmerung. Übermorgen früh würde sie ohne mich ablegen, hinaus in die leere Weite stampfen, mit Ziel New York. Durch die Windschutzscheibe sah ich ein letztes Mal aufs Meer, das kabbelig und aufgewühlt war, ein Muskel, der nichts, was er einmal umfasst hielt, wieder hergab.

31

Ich war nur einmal in Amerika. Es ist kein Land, um das sich leicht ein Bogen machen ließe, aber viele Jahre hindurch schaffte ich es dennoch. Ich lehnte Einladungen ab, wies Lehrangebote zurück. Erst als das American Museum of Natural History im Frühjahr 1971 seinen Saal für die Kulturen des Pazifik eröffnete und mir die Ankündigung dafür schickte, mit dem Photo eines Zeremonialhauses auf dem Deckblatt und darunter einem Zitat aus meinem jüngsten Buch über die Kiona, konnte ich mich nicht länger entziehen.

Ich durfte die Ausstellung vorab besichtigen. Besichtigt wurden auch ich und meine «Rückmeldungen», vom Museumsdirektor, dem Vorsitzenden des Kuratoriums sowie mehreren gewichtigen Sponsoren, die mit mir auf den weichen Teppichen dahinschritten. Wir sahen balinesische Schattenspielfiguren, eine Maori-Pataca, Moro-Rüstungen. Wir sahen das Diorama eines Salomonen Dorfs mit einem Exemplar der *Kinder von Kirakira* auf einem Bord dahinter, das auf die Szene herabblickte wie ein Gott.

«Und hier», sagte der Direktor, als wir um eine Ecke bogen, «ist Ihr ganz spezielles Fleckchen Erde.» Damit hatte ich nicht gerechnet: ein ganzer großer Nebenraum, der den Stämmen der Sepik-Region gewidmet war. Jahre zuvor hatte ich dem Museum meine wenigen Kiona-Artefakte gestiftet – um sie nie wiederzusehen, wie ich dachte, und hier waren sie alle, aufgespießt und beschriftet und unter Glas wie Tante Dotties Käfer: meine bemalten Kokostässchen, meine Stabkarte mit den Schneckengehäusen, mein Muschelgeld, die Handvoll Tonfiguren, die mir bei der Abreise überreicht worden waren. Auch die *Oceania*-Ausgabe vom November 1933 mit meiner Monographie über das Achsenkreuz war ausgestellt, die Seiten in Fetzen gerissen, wie von mir verlangt. Der Begleittext daneben berichtete von der glückhaften Zufallsbegegnung der drei Verfasser am Weihnachtsabend 1932 in Angoram, von der Zweckentfremdung unserer Theorie durch den Nationalsozialismus, meinem darauffolgenden Verbot jeglicher Nachdrucke und meinem Drängen auf eine dauerhafte Entfernung des Achsenkreuzes aus den Lehrplänen weltweit. Dem Begleittext zufolge hatten diese Maßnahmen seine Popularität nur verstärkt. Neben dem zerrissenen *Oceania*-Artikel lagen meine Bücher und das Buch, das Nells Verleger aus Nells Neuguinea-Notizen zusammengestellt und das noch größere Triumphe gefeiert hatte als ihr erstes. Eine zweite Übersichtstafel behandelte Nells Tod auf See, Fens Verschwinden und meine lange Karriere. Sepik-Artefakte, die direkt von Nell oder Fen stammten, besaß das Museum zwar keine, aber ein junger Anthropologe hatte sich kürzlich auf Spurensuche begeben und eine Anzahl von Gegenständen von den Anapa, den Mumbanyo und den Tam mitgebracht.

Fen war in der Tat verschwunden. Niemand, den ich kenne, hat in all den Jahren von ihm gehört. Der Einzige, der ihn je gesichtet haben will, ist Evans-Pritchard, Ende der Dreißigerjahre am Omo in Äthiopien. Aber als er Fens Namen gerufen habe, sei der Mann zusammengezuckt und habe sich eilig entfernt.

Tränen sind endlich, sagte ich mir immer wieder. So überstand ich den langen Marsch von Schaukasten zu Schaukasten, vorbei an Fens riesenhaft vergrößerter Photographie von Nell und mir mit meinem sperrigen Koffer, Fens Pfeife und Hut und dem Palmwedeldekor. Ich gab ein zügiges Tempo vor. Anders hätte es sich nicht ertragen lassen. Nur einmal blieb ich doch stehen, vor einer Schädelmaske der Tam. Die Knochen waren mit Lehm übermodelliert, um das Gesicht nachzubilden, mit einer Frisur aus Menschenhaar. Der Lehm war zu einem Beigeton getrocknet, weiße Kriegsbemalung zog sich in Streifen die Nase hinab, schräg über die Wangen und um die Lippen. In jeder Augenhöhle steckte eine kleine ovale Kaurischnecke, so dass der lange Schlitz mit seinen gezahnten Rändern ein geschlossenes Auge mit Wimpern ergab. Fünf weitere Kaurimuscheln saßen als Krone über der Stirn. Etwas an dieser Muschelreihe war es, das meinen Blick anzog. Eine Unregelmäßigkeit. Die mittlere Muschel war größer als die anderen oder vielmehr gar keine Muschel, sondern ein Knopf: ein kreisrunder, in diese Lehmstirn gedrückter Elfenbeinknopf. Ich griff danach. Mein Handballen schmetterte gegen die Scheibe. Sie zersprang nicht, aber es tat einen lauten Schlag, auf den jähe Stille um mich folgte.

«Ist das jemand, den Sie kennen?», scherzte einer der Sponsoren, und die anderen lachten nervös.

Aus den Löchern im Knopf ragten ein paar zerfranste hellblaue Fädchen. Ich zwang mich, zur nächsten Vitrine weiterzugehen. Es war nur ein Knopf. Es war nur ein Restchen Garn. Von einem verknitterten blauen Kleid, das ich einmal aufgeknöpft hatte.

Danksagung

Die Handlung dieses Buchs ist frei erfunden, aber inspiriert wurde sie durch eine Szene aus Jane Howards 1984 erschienener Biographie *Margaret Mead: A Life* und meine nachfolgende Lektüre zu den Anthropologen Margaret Mead, Reo Fortune und Gregory Bateson und ihre kurze gemeinsame Zeit 1933 am Sepik-Fluss im damaligen Territorium Neuguinea. Auch wenn ich Anleihen bei den Lebensläufen und Erfahrungen dieser drei Menschen gemacht habe: Die Geschichte, die ich erzähle, ist eine andere.

Die meisten Stämme und Dörfer in meinem Buch sind fiktiv. Die Tam oder die Kiona sind auf keiner Landkarte zu finden, obwohl sie einzelne Merkmale der echten Stämme aufweisen, die Mead, Fortune und Bateson damals erforschten: der Tschambuli (heute Chambri genannt), der Iatmul, der Mundugumor und der Arapesch. Das Buch, das bei mir *Kreisbogen der Kultur* heißt, hat Ruth Benedicts *Patterns of Culture* zum Vorbild.

Folgende Bücher waren mir bei meinen Recherchen eine unschätzbare Hilfe: *Naven* von Gregory Bateson, *With a Daughter's Eye: A Memoir of Margaret Mead and Gregory Bateson* (dt. *Mit den Augen einer Tochter. Meine Erinnerung an Margaret Mead und Gregory Bateson*) von Mary Catherine Bateson, *Patterns of Culture* (dt. *Urformen der Kultur*) von Ruth Benedict, *The Last Cannibals* von Jens Bjerre, *Return to Laughter* von Elenore Smith Bowen, *One Hundred Years of Anthropology*, Hg. J. O. Brew, *The Way of All Flesh* (dt. *Der Weg allen Fleisches*) von Samuel Butler, *To Cherish the World: Selected Letters of Margaret Mead*, Hg. Margaret M. Caffrey und Patricia A. Francis, *Sepik River Societies: A Historical Ethno-*

graphy of the Chambri and Their Neighbors von Deborah Gewertz, *Women in the Field: Anthropological Experiences*, Hg. Peggy Golde, *Margaret Mead: A Life* von Jane Howard, *Papua New Guinea Phrasebook* von John Hunter, *Kiki: Ten Thousand Years in a Lifetime; An Autobiography from New Guinea* (dt. *Ich lebe seit 10 000 Jahren*) von Albert Maori Kiki, *Margaret Mead and Ruth Benedict: The Kinship of Women* von Hilary Lapsley, *Gregory Bateson: The Legacy of a Scientist* von David Lipset, *Argonauts of the Western Pacific* (dt. *Argonauten des westlichen Pazifik*) von Bronislaw Malinowski, *Rain and Other South Sea Stories* von Somerset Maugham, *The Mundugumor* von Nancy McDowell, *Blackberry Winter: My Early Years* (dt. *Brombeerblüten im Winter: Ein befreites Leben*) von Margaret Mead, *Coming of Age in Samoa* (dt. *Kindheit und Jugend in Samoa*) von Margaret Mead, *Cooperation and Competion Among Primitive Peoples*, Hg. Margaret Mead, *Growing Up in New Guinea* (dt. *Kindheit und Jugend in Neuguinea*) von Margaret Mead, *Letters from the Field, 1925–1975* von Margaret Mead, *Sex and Temperament in Three Primitive Societies* (dt. *Geschlecht und Temperament in drei primitiven Gesellschaften*) von Margaret Mead, *Four Corners: A Journey into the Heart of Papua New Guinea* von Kira Salak, *Malinowski, Rivers, Benedict, and Others: Essays on Culture and Personality*, Hg. George W. Stocking Jr., *Observers Observed: Essays on Ethnographic Fieldwork*, Hg. George W. Stocking Jr., *Village Medical Manual: A Layman's Guide to Health Care in Developing Countries – Volume II: Diagnosis and Treatment* von Mary Vanderkooi MD.

Für ihre sorgfältige und aufschlussreiche Lektüre früherer Manuskriptfassungen danke ich: Tyler Clements, Susan Conley, Sara Corbett, Caitlin Gutheil, Anja Hanson, Debra Spark, meiner Schwester Lisa, meiner großartigen Agentin Julie Barer, William Boggess, Gemma Purdy und meiner lieben, klugen und brillanten Lektorin Elisabeth Schmitz. Ich danke außerdem Morgan Entrekin,

Deb Seager, Charles Woods, Katie Raissian, Amy Hundley, Judy Hottensen sowie allen bei Grove Atlantic. Liza Bakewells scharfer Anthropologenblick war bei einer späteren Fassung Gold wert. Ein dickes Dankeschön auch an mein Paradies zum Sonderpreis, das Inn by the Sea, wo ich die allerletzte Durchsicht vornehmen durfte. Und noch eines an Cornelia Walworth, die mich damals mit in die Buchhandlung geschleppt hat.

Meinen innigsten Dank wie immer an meinen Mann Tyler und an unsere Töchter Calla und Eloise. Ich liebe euch sehr.

Titel der Originalausgabe:
Euphoria
Zuerst erschienen bei Atlantic Monthly Press, 2014
© Lily King 2014

Das dem Text vorangestellte Zitat von Margaret Mead erschien in der Übersetzung
von G. Carnegie in *Jugend und Sexualität in primitiven Gesellschaften, Band 3:
Geschlecht und Temperament in drei primitiven Gesellschaften*, Deutscher Taschenbuch Verlag, München 1970, S. 84.
Das Zitat von Ruth Benedict wurde von Sabine Roth übersetzt.

1. Auflage im Taschenbuch 2025
Dieses Buch erschien zuerst 2015 in gebundener Form im Verlag C.H.Beck
© Verlag C.H.Beck oHG, München 2015
Wilhelmstraße 9, 80801 München, info@beck.de
Alle urheberrechtlichen Nutzungsrechte bleiben vorbehalten.
Der Verlag behält sich auch das Recht vor, Vervielfältigungen dieses Werks zum
Zwecke des Text and Data Mining vorzunehmen.
www.chbeck.de
Umschlaggestaltung: Geviert, Grafik & Typografie, Andrea Janas
Umschlagabbildung: Geviert unter Verwendung eines Motivs von
© shutterstock/Norph, shutterstock 70054240
Karte © Peter Palm, Berlin
Satz: Fotosatz Amann, Memmingen
Druck und Bindung: Druckerei C.H.Beck, Nördlingen
Printed in Germany
ISBN 978 3 406 82988 8

verantwortungsbewusst produziert
www.chbeck.de/nachhaltig
produktsicherheit.beck.de

Aus dem Verlagsprogramm

400 Seiten | Broschiert | 978-3-406-82234-6

«Lily Kings *Vater des Regens* ist ein eindringlich und überzeugend geschriebener, tief bewegender Roman.»
Richard Russo

«Das erzählerische Talent Lily Kings wird offenkundig, ihr Gespür für schwankende Stimmungen und doppelbödige Dialoge.»
Ulrich Rüdenauer, Süddeutsche Zeitung

C.H.BECK
WWW.CHBECK.DE

136 Seiten | Broschiert | 978-3-406-81710-6

«Ein spannender und aufwühlender Roman, eine universelle Geschichte über die Liebe und das Aufwachsen, über das oft schwierige Verhältnis zwischen Söhnen und Vätern.»
Tonio Schachinger, Stern

«Hier finden wir die Bilder, nach denen wir im Leben streben.»
Martin Lüdke, Die ZEIT

C.H.BECK
WWW.CHBECK.DE

335 Seiten | Broschiert | 978-3-406-82250-6

«Ein poetischer Roman über das Fremdsein, über Sprache und Identität.»
Fiona Ehler, Spiegel

«*Das Buch vom Salz* siedelt Identität auf der Zunge an, und das beschert dem Leser eine Beschreibungsorgie, die gekonnt zwischen Appetit und Gänsehaut changiert.»
Jutta Person, Süddeutsche Zeitung